도서
실에
있어
요

아오야마 미치코 장편소설
박우주 옮김

있어요 도서실에

차례

1 장

도모카
(21세, 여성복 판매원)

남자친구가 생겼다고 사야에게서 메시지가 와 "어떤 사람인데?" 하고 물었더니 "의사"라는 답장만 돌아왔다.

나는 '어떤 사람'이냐고 물었는데 성격이나 외모를 건너뛰고 직업만 얘기하다니. 의사 중에서도 이런저런 사람들이 있을 텐데.

그럼에도 그렇게 말한다는 건 직업이 누군가를 설명하는 가장 빠른 길이란 뜻이겠지. 직업은 곧 그 사람을 나타내는 캐릭터와 같은 것이다. 하긴 나 역시 의사라는 말을 듣고 약간은 감을 잡은 것도 같다. 고정 관념 혹은 지극히 개인적인 이미지만으로.

그렇다면 내 직업은 남들의 일반적인 기준에서 어떤 캐릭터로 설정되어 있을까. 나를 모르는 누군가가 직업만 듣고도 내가 어떤 사람인지를 알아챌 수 있을까.

스마트폰 화면에선 하늘처럼 옅은 파란색을 배경으로, 미팅에서 만났다는 새 남자친구 이야기가 질금질금 이어졌다.

사야는 고향 친구다. 고등학교 때 사귄 친구로, 내가 전문대 진학을 계기로 도쿄로 나와 취직을 하고 나서도 이렇게 종종 연락을 준다.

"도모카는 요즘 어때?"

사야의 메시지에 아주 잠깐 손가락이 멈추었다. 딱히 이렇지도 저렇지도 않은걸.

무, 라고 입력하니 맨 첫 번째 자동 완성 문구로 '무지 재밌어'가 뜨기에 그걸 그대로 보내버렸다. 실은 '무료해'라고 보낼 생각이었지만.

내 직장은 에덴.

낙원이라는 이름이 붙은 대형마트에서, 나는 매일 검은 조끼와 타이트스커트를 몸에 걸치고 계산대 업무와 손님 응대를 하고 있다. 봄에도 여름에도 가을에도, 곧 다

가을 겨울에도 말이다. 전문대를 졸업하고 입사한 지 반 년이 지났다. 눈 깜짝할 새였다.

난방을 한 11월의 매장 안. 갑갑한 펌프스 속, 스타킹을 신은 발끝에 열기가 찼다. 꽈악 한 덩이가 된 발가락이 땀을 흘리며 오그라져 있는 게 느껴졌다.

유니폼이 있는 직장에서 일하는 여성은 대개가 비슷한 느낌일 테지만, 에텐만의 특징은 블라우스가 코럴 핑크란 점이다. 오렌지색이 살짝 섞인 분홍색. 연수 때, 유명 컬러 코디네이터에게 의뢰해 결정한 색이라고 배웠다. 밝다거나 부드럽다거나 하는 이미지 외에도 '모든 연령대의 여성에게 어울린다'는 것이 하나의 이유라는데, 실제로 일을 시작해보고 더없이 납득한 바 있다.

"후지키 씨, 나 휴식 시간 끝났어요. 식사하러 가봐요."

파트타임 직원 누마우치 씨가 카운터 안으로 돌아와 말했다. 고쳐 바른 립스틱이 반지르르하게 번들거린다.

내가 배치된 부서는 의류품 부문인 여성복 매장이다. 누마우치 씨는 근속 12년의 엄청난 베테랑으로, 지난달 "생일이 지나서 나이 앞뒤 숫자가 같아졌어"라는 말을 했었다. 마흔네 살도, 예순여섯 살도 아닌 쉰다섯 살일 것이다. 우리 엄마와 비슷한 정도다.

코럴 핑크 블라우스는 과연 누마우치 씨에게도 잘 어울린다. 주로 파트타임의 중년 여성 직원이 많다는 전제로 이 블라우스가 고안된 것이다.

"후지키 씨, 요즘 아슬아슬하게 돌아오던데. 주의해요."

"……죄송합니다."

누마우치 씨는 파트타임 직원 중에서도 리더와 같은 존재로, 군기반장과 비슷하다. 하나하나 예민하다 싶지만 틀린 말을 하지는 않으므로 별수 없다.

"그럼 다녀오겠습니다."

나는 누마우치 씨에게 가볍게 인사하고 카운터를 나왔다. 나가는 길에 흐트러진 매장 상품이 신경 쓰여 손을 뻗은 찰나, 손님이 날 불러 세웠다.

"저기 잠깐."

뒤를 돌아보니 여자 손님이 있었다. 나이는 누마우치 씨와 비슷한 정도일까. 화장기 없는 얼굴에, 몹시 낡은 다운재킷을 걸치고 닳아 해진 배낭을 메고 있었다.

"어느 쪽이 좋으려나."

손님은 니트 두 장을 한 손에 하나씩 치켜들고 있었다. 자홍색 브이넥과 갈색 터틀넥.

전문점과 달리 여기는 점원이 먼저 적극적으로 말을 걸진 않는다. 그 점은 나로선 다행인 일이었지만, 손님이 말을 걸어오면 당연히 대응해야 한다.

상품이 흐트러져 있든 말든 무시하고 쉬러 가면 좋았을걸. 내심 그렇게 생각하며 나는 "글쎄요……" 하고 견주어보곤 자홍색 쪽을 가리켰다.

"이쪽이 좋지 않을까요? 화사하게요."

"그런가. 나한텐 너무 화려하지 않을까?"

"아뇨, 그렇진 않은데요. 그래도 차분한 느낌이 좋으시다면, 이 갈색 터틀넥도 목 부분이 따뜻해서 괜찮아요."

"근데 이쪽은 좀 밋밋한 것 같아서."

무의미한 문답이 이어졌다. "한번 입어보시겠어요?"라고 물어도 성가셔서 됐다는 대답만 돌아왔다. 한숨이 나오려는 걸 꾹 참고 나는 자홍색 니트에 손을 댔다.

"저는 이 예쁜 색상이, 손님께 더 잘 어울리는 것 같아요."

그렇게 말하자 마침내 분위기가 바뀌었다.

"그래?"

손님은 물끄러미 자홍색 스웨터를 바라보더니 얼굴을 들었다.

"그럼 이걸로 할까나."

손님은 계산대에 줄을 섰다. 나는 갈색 터틀넥을 개어 선반에 돌려놓았다. 딱 45분뿐인 휴식 시간이 15분이나 줄고 말았다.

직원 전용 출입문을 통해 뒤편으로 나오니 젊은 브랜드 매장의 직원이 스쳐 지나갔다. 모스 그린과 흰색을 배합한 질 좋은 체크 플레어스커트가 흔들렸다.

나와 똑같은 의류품 층인데도 전문점 여자애는 예쁜 차림을 하고 있다. 매장에서 판매하는 상품일 것이다. 컨트리풍 블라우스를 입고, 머리는 컬을 넣어 묶었다. 이런 애가 일하고 있는 걸 보면 에덴도 조금은 세련되게 느껴진다.

나는 우선 로커룸에 들러 휴식용 비닐 토트백을 들고 구내식당으로 향했다.

구내식당의 메뉴는 소바와 우동, 카레에, 주마다 바뀌는 튀김 정식 정도다. 몇 번인가 먹은 적이 있는데, 주문을 착각한 식당 아주머니에게 "이거 아닌데요"라고 했다가 쌀쌀맞은 대우를 받은 다음부터 이용하기가 껄끄러워졌다. 그 후로 나는 보통 출근길 편의점에서 산 빵을 여기서 먹곤 한다.

식당에는 코럴 핑크가 여기저기 피어 있었다. 그 틈에 흰 셔츠를 입은 남자 직원과 전문점 옷차림을 한 사람이 드문드문 보였다.

바로 근처 자리에서 요란한 웃음소리가 들려왔다. 파트타임 직원 4인방이다. 유니폼 차림을 한 그녀들은 남편과 아이들 이야기로 들떠 있었다. 즐거워 보였다. 손님이 보기엔 나 또한 그녀들과 같은 '코럴 핑크 팀' 중 한 명일 테지만, 솔직히 말해서 나는 저 사람들이 두렵다. 절대로 당해내지 못할 것 같은 느낌이 든다. 그러니 부딪칠 일이 없도록 하는 수밖에 없다.

……아무래도 나, 잘못 선택한 걸까.

내가 에덴에 들어온 이유는 오직 하나. 합격한 곳이 에덴뿐이었기 때문이다.

별생각 없이 지원한 회사였다. 에덴만이 아니라 다른 회사들도 그랬다. 어차피 내가 대단한 일을 하지는 못할 테니 결정되기만 하면 어디든 상관없다는 정도로만 생각했었다.

서른 군데쯤 줄기차게 떨어지고 진이 다 빠질 무렵 에덴으로부터 합격 통지를 받았다. 그래서, 그냥 여기로 하자, 라며 취업 준비를 관둬버렸다. 일단 나에게 있어 중요한 건 도쿄에 살 수 있느냐 없느냐였으니까.

그렇다고 도쿄에서 뭔가 대단한 일을 이루고 싶은 것인가 하면 또 그렇지도 않다. 굳이 말하자면 도쿄에 있고 싶다기보다 시골로 돌아가고 싶지 않다는 생각 쪽이 크다.

도쿄에서 멀리멀리 떨어진 내 고향은 눈에 들어오는 것이라곤 논과 논, 그리고 논뿐이다. 큰길에 홀로 오도카니 서 있는 편의점까지는 집에서 차로 15분이 걸린다. 잡지는 며칠이 지나서 뒤늦게 판매되고, 영화관도 패션 빌딩도 없다. 레스토랑이라 부를 만한 것도 없어 음식점이라 하면 백반집이 괜찮은 축에 낀다. 그런 점들이 중학생 때부터 따분하게 느껴져 한시라도 빨리 시골을 벗어나고 싶었다.

네 개뿐인 텔레비전 채널에서 하는 드라마의 영향이 컸다. 도쿄로 나가기만 하면 모든 게 갖추어진 곳에서 여배우들처럼 멋지고 드라마틱하게 살 수 있으리라 생각했다. 그래서 죽기 살기로 공부해 도쿄에 있는 전문대 입학 시험을 본 것이다.

상경하자마자 그것이 거창한 환상이었음을 깨달았지만, 어디에 있든 도보 5분 거리에 편의점이 몇 군데나 있다든지, 전철이 3분마다 온다든지 하는 점에서 도쿄는 역시나 꿈만 같은 곳이었다. 일단은 온갖 생활용품도, 다 조리된 음식도 여기저기서 금방 손에 넣을 수 있다. 이 편리한 생활에 나는 완전히 적응하고 말았다. 간토 지방에 있는 몇몇 에덴 중, 집에서 전철로 한 정거장인 지점으로 배치를 받아 출퇴근 또한 어렵지 않다.

하지만 가끔씩 문득 드는 생각이 있다. 나, 앞으론 어떻게 해야 하지.

도쿄에 가기로 마음먹었을 때의 뜨거운 충동도, 그것이 실현되었을 때의 끓어오르는 마음도 이제는 거품처럼 사라져버렸다.

고향에서 도쿄로 진학하는 애는 거의 없었다. 모두에게 "대단해"라는 말을 들으며 흐뭇하게 뛰쳐나왔건만, 결국 나는 요만큼도 대단한 사람이 되지 못했다.

무척 하고 싶은 일이나 재밌는 일이 있는 것도, 그렇다고 애인이 있는 것도 아니다. 그저 더 이상 불편한 생활을 하고 싶지 않을 뿐, 고향으로 돌아가 봐야 할 수 있는 일이 아무것도 없어서 그럴 뿐이다.

이대로 별생각 없이 에덴에서 일하며, 별생각 없이 나이를 먹어가는 걸까. 목표도 꿈도 없이 코럴 핑크 속 몸만이 늙어가는 걸까. 주말 휴무가 아니다 보니 친구와의 교류도 줄었고, 꼭 그 이유 때문만은 아니겠지만 남자친구도 생기질 않는다.

이직.

언뜻 이 단어가 머리를 스치는 일이 몇 번인가 있었다. 하지만 그러기에는 터무니없이 많은 노력이 필요하다는 생각에 행동할 힘이 나지 않는다. 그렇다. 내게는 기본적인 힘이 없는 것이다. 이력서를 쓰는 일마저 귀찮을 정도로.

무엇보다 신규 졸업자로 에덴밖에 붙지 못한 내가 중도채용될 만한 일이 있기나 할까.

"어, 도모카짱."

쟁반을 든 기리야마 군이 말을 걸어왔다. ZAZ라는 메이커의 안경원에서 일하는 남자다. 네 살 연상인 스물다섯 살로, 내가 이 직장에서 툭 터놓고 이야기할 수 있는 유일한 사람이다.

기리야마 군은 4개월 전부터 이곳 지점에 와 있다. 에덴이 아닌 ZAZ 쪽 사원이라 종종 다른 지점으로도 불려가곤 해서 대화를 나누기는 오랜만이었다.

쟁반에는 전갱이 튀김 정식과 고기 우동이 놓여 있었다. 기리야마 군은 마른 체구인데도 먹성이 좋다.

"여기 앉아도 돼?"

"응."

기리야마 군은 내 맞은편에 앉았다. 얇은 테의 둥그스름한 안경이 잘 어울리며 안경 너머의 눈빛이 따뜻하다. 그에게 꼭 맞는 일을 하고 있다는 생각이 든다. 그러고 보니 기리야마 군은 ZAZ로 이직을 해 온 것이라고 얼핏 들은 적이 있었다.

"기리야마 군, 전에는 무슨 일을 했었어?"

"나? 잡지 같은 거 만들었어. 편집도 하고, 기사도 쓰고."

"진짜?"

놀라웠다. 출판사 직원이었구나. 사근사근한 말씨에 붙임성 좋은 그가 갑자기 지적이고 정보에 빠삭한 사람처럼 느껴졌다. 과거의 경력만으로도 이러는 걸 보면, 직업은 역시나 그 사람의 이미지를 만들어내기에 충분한 것 같다.

"뭘 놀라고 그래."

"그야, 대단한 일이잖아."

기리야마 군은 살짝 웃고는 우동을 후루룩 빨아들였다.

"안경원 직원도 대단한 일이거든요."

"그렇죠, 참."

나도 웃으며 소시지빵을 베어 물었다.

"도모카짱은 대단하다는 말이 입버릇이네."

"어, 그런가?"

그럴지도 모르겠다.

사야가 남자친구 얘기를 할 때도 몇 번인가 "대단하네"라고 답장했던 것 같다. 나는 무얼 두고 '대단하다'고 느끼는 걸까. 특별한 재능이라든가 풍부한 지식? 아무나 쉽게 할 수는 없을 법한 일?

딸기우유를 마시며 "나는 에덴으로 끝나려나" 하고 중얼거리자 기리야마 군은 한쪽 눈썹을 치켜올렸다.

"왜 그래. 이직이라도 하고 싶은 거야?"

나는 살짝 주저하다 작은 목소리로 대답했다.

"음…… 그냥 요즘 그런 생각도 하고 있어서."

"또 서비스업으로?"

"아니. 다음엔 사무실에서 일하고 싶어. 자율 복장에, 주말 휴무에, 내 자리가 있는. 회사 근처 카페에서 동료랑 점심도 먹고, 탕비실에서 상사 욕도 하고."

"……일하는 장면은 온데간데없네."

기리야마 군이 쓴웃음을 지었다. 그도 그럴 것이 나 역시 무슨 일을 하는지는 모르므로 하는 수 없다.

"도모카쨩은 정규직이니까, 몇 년만 더 하면 본사로 갈수 있지 않아?"

"그렇긴 한데."

에덴은 입사 후 최소 3년 동안은 매장에서 일하게 되어 있다. 현장을 경험한 뒤, 신청해서 본사로 이동하는 커리어 과정이 분명히 존재한다. 총무팀이라든지 인사팀이라든지, 상품개발팀이라면 바이어나 이벤트 기획 등등. 내가 말하는 바로 그 사무실 근무다.

그런데 실제로는 신청을 해도 받아들여지는 경우가 드물다는 얘기도 들었다. 매장 근무 경력이 어느 정도 차면 '부문 주임'으로 승진하는 것이 가장 현실적이다. 언제나 의욕 없어 보이는 내 상사 우에시마 씨가 그렇다. 5년 전부터 부문 주임을 맡고 있는 서른다섯 살의 그를 보고 있으면, 잘되어봐야 이런 느낌이겠거니 싶다. 승진이라고는 하나 업무 내용은 크게 다를 바 없이 책임질 일만 늘어날 뿐이고, 무엇보다도 파트타임 직원들을 통솔해야 한다. 생각만 해도 몸서리가 쳐진다. 급여가 약간 오른다 한들 그럴 자신이 없다.

나는 기리야마 군에게 물었다.

"ZAZ 일은 어떻게 찾았어?"

"이직 사이트에 등록해놨었어. 연락이 꽤 많이 오더라고. 그중에서 골랐지."

기리야마 군은 스마트폰을 열어 보여주었다.

희망 직종 등의 조건과 본인의 경험이나 기술을 등록해두면 그에 맞는 채용 정보를 메일로 알려주는 것이었다. 기입 예를 보니 무척이나 세세했다. 각종 자격증, 토익 점수, 운전면허……. 네모 박스에 체크하게끔 되어 있었다.

"기술이라고 해봐야 나는 영어검정시험 3급밖에 없는데."

운전면허 정도는 따놓을 걸 그랬다. 차가 없으면 생활이 어려운 고향 사람들은, 고등학교를 졸업하면 봄 방학에 너 나 할 것 없이 자동차 학원을 간다. 상경하기로 정해져 있던 나는 필요 없다고 생각해 놓고만 있었다. 영어검정시험은 중학생 때 학교에서 반강제로 보게 한 것인데, 3급 정도로는 아무런 효력도 없다.

등록 양식을 훑어보니 컴퓨터 기술의 체크 항목은 더욱더 세분화되어 있었다. 워드, 엑셀, 파워포인트. 그밖에는 들어본 적도 없는 것들이 나열돼 있었다.

일단 노트북은 가지고 있다. 전문대를 다닐 때 리포트

나 졸업 논문을 쓰는 데 사용했었다. 그러나 취직하고부터는 그런 서류를 작성할 기회도 없거니와 난데없이 인터넷 공유기도 고장 나버렸다. 새로운 걸 사 와서 와이파이를 연결하기는 귀찮기도, 복잡하기도 해서 그 후로 그냥 덮어놓기만 했다. 컴퓨터를 쓰지 않아도 어지간한 일은 스마트폰으로 할 수 있었다.

"나, 워드는 문장 입력하는 정도라면 그럭저럭 할 수 있겠는데, 엑셀은 할 줄 몰라."

"사무실에서 일하고 싶으면 엑셀 정도는 할 줄 알아야지."

"그치만, 학원은 비쌀 것 같은데."

그러자 기리야마 군이 뜻밖의 말을 했다.

"학원 같은 데 안 가도 시민 회관이나 구민 센터에서 자주 하잖아. 지역 주민을 대상으로 하는 저렴한 컴퓨터 교실."

"아, 그래?"

다 먹은 빵 봉지를 구기며 손목시계를 보니 휴식 시간이 벌써 10분도 채 남지 않았다. 화장실도 가고 싶고, 3분 전에 계산대에 가 있지 않으면 누마우치 씨에게 혼이 날 것이다.

나는 딸기우유를 단숨에 들이켜고 자리에서 일어났다.

그날 밤, 내가 살고 있는 '하토리 구區'와 '구민', '컴퓨터 교실'을 스마트폰으로 검색했더니 예상외로 여러 사이트가 뜨기에 깜짝 놀랐다. 이렇게나 많구나.

'하토리 커뮤니티 센터'라는 것이 눈에 띄었다. 주소를 확인해보니 바로 근처였다. 집에서 10분도 안 걸리는 초등학교에 병설되어 있는 듯했다.

홈페이지로 들어가 자세히 살펴보니 다양한 강좌와 행사가 열리고 있었다. 장기, 하이쿠*, 리트미크**, 훌라 댄스, 건강 체조. 꽃꽂이나 강습회 등의 이벤트도 비교적 자주 기획되고 있었다. 구민이라면 누구나 참가할 수 있는 것 같았다.

초등학교에 이런 곳이 있었다니. 이 아파트에 산 지 3년 정도 됐는데 전혀 모르고 있었다.

컴퓨터 교실은 집회실에서 진행되는 모양이었다. 노트북 지참, 대여 가능. 수강료 1회 2000엔. 매주 수요일, 두

---

* 5·7·5의 3구 17자로 된 일본 정형시의 일종.
** 리듬을 기초로 심신의 조화와 발전을 꾀하는 교육법.

시부터 네 시. 개인 레슨이며, 원하는 때에만 참가해도 괜찮다고 한다. 주말이 아닌 평일인 점도 내게는 다행스러운 일이었다. 이번 주 근무 스케줄을 곧장 수요일 휴무로 정했다.

초보이신 분 대환영. 자신만의 페이스로 배워나가고 싶으신 분께 추천. 강사가 개별 맞춤 지도합니다. 컴퓨터 조작법, 워드, 엑셀 사용법부터 홈페이지 개설, 프로그래밍 등도 배울 수 있습니다.

강사·곤노

……이 수업이라면 가능할지도 모르겠다.

나는 신청 양식을 열어 참가 신청을 했다. 아직 아무것도 한 게 없는데, 벌써부터 엑셀을 자유자재로 다루는 내 모습이 떠올라 나는 오랜만에 기대감에 부풀었다.

이틀 뒤인 수요일, 나는 노트북을 들고 초등학교를 찾았다.

홈페이지 안내도에 따르면, 초등학교 담장을 따라 빙돌면 좁은 통로가 나오는데 그 길로 들어가면 되는 듯했다. 2층짜리 하얀 건물이었다. 유리문에 차양 같은 작은 지붕이 달려 있고, '하토리 커뮤니티 센터'라는 간판이 못 박혀 있었다.

나는 문을 열었다. 들어가자마자 접수처가 있었고, 카운터에 풍성한 백발의 아저씨가 앉아 있었다. 그 안쪽은 사무실로 되어 있어 머리에 반다나를 두른 아주머니가 책상에서 무언갈 적고 있었다. 나는 아저씨에게 말을 걸었다.

"저, 컴퓨터 교실 수업 들으러 왔는데요."

"아아, 이거 적고 집회실A로 가봐요."

아저씨는 카운터 위의 바인더를 가리켰다. 방문자의 이름과 목적, 입·퇴관 시간을 적는 표가 꽂혀 있었다.

집회실A는 1층이었다. 접수대 앞을 지나면 로비 같은 공간이 나오는데, 거기서 오른쪽으로 꺾으면 바로였다. 미닫이문이 열려 있어 안이 내다보였다. 마주 보게끔 설치된 긴 테이블에는 이미, 나보다 조금 연상으로 보이는 웨이브 진 머리의 여자와 각진 얼굴의 할아버지가 마주 앉아 노트북을 펼쳐놓고 있었다.

남자겠거니 싶었던 곤노 선생님은 50대 중반의 여성이었다. 내가 "후지키입니다" 하고 이름을 말하자 곤노 선생님은 시원스럽게 미소 지었다.

"편하신 자리에 앉으세요."

나는 여자가 앉은 쪽에서 제일 끝에 있는 자리에 앉았다. 할아버지도 여자도 내게 무신경한 채 각자의 작업에 푹 빠져 있었다.

가지고 온 노트북을 펼쳤다. 혹시 몰라 집에서도 한번 오랜만에 켜보았다. 충전하는 것조차 오랜만이라 켜지기까지 꽤 시간이 걸렸지만 별다른 문제 없이 작동될 듯싶었다.

그런데 스마트폰만 사용하는 탓에 키보드 타이핑이 마음처럼 되지 않았다. 워드도 같이 연습해두는 편이 좋을지도 모르겠다.

"후지키 씨는 엑셀을 익히고 싶으신 거였죠?"

신청할 때 엑셀을 배우고 싶다고 썼기 때문일 것이다. 곤노 선생님이 내 노트북을 들여다보았다.

"네. 근데 이 노트북, 엑셀이 없어요."

곤노 선생님은 화면을 딱 보더니 마우스를 휙휙 움직였다.

"있네요. 단축 아이콘을 만들어둘게요."

화면 가장자리에 네모난 녹색 아이콘이 나타났다. 엑

셀을 나타내는 'X' 자가 그려져 있다.

입이 벌어졌다. 이 노트북, 엑셀을 숨겨두고 있었다니.

"워드를 쓴다고 하셔서, 오피스가 깔려 있지 않을까 싶었거든요."

오피스가 깔려 있다고? 무슨 말인지는 모르겠지만 어쨌거나 다행이었다. 그러고 보면 워드도 설정법을 몰라 대학생 때 반 친구에게 부탁했었다. 남에게 떠맡기기만 하면 이렇게 되는 것이다.

그리고 나는 두 시간 동안 선생님에게 아주 기초적인 것부터 엑셀을 배워나갔다. 선생님은 다른 두 학생 곁을 오가며 뉴페이스인 나를 특히 더 신경 써주었다.

가장 놀라웠던 건 숫자가 몇 열이고 입력된 셀을 주욱 에워싸 키를 누르기만 하면 단번에 합계가 나온다는 점이었다. 이렇게나 편리한 기능이 있다는 데 감동해 "우와!" 하고 소리를 내는 바람에 선생님을 헛웃음 짓게 했다.

시키는 대로 연습을 하는 동안 다른 학생들과 선생님이 나누는 대화가 귀에 들어왔다. 두 사람 다 여기서 여러 차례 수업을 들은 모양이었다. 아저씨는 들꽃과 관련된 홈페이지를 만들고 있고, 여자는 인터넷 쇼핑몰을 오픈하려는 것 같았다.

……내가 구시렁대며 낙심하고 있는 사이에도 이토록 가까이에, 이토록 작은 방에서 적극적으로 공부하는 사람들이 있었구나. 그런 생각이 들자 왠지 모르게 스스로가 더욱더 한심하게 느껴졌다.

마칠 시간이 다가오자 선생님이 내게 말했다.

"교재는 따로 준비된 게 없지만, 책을 좀 추천해드릴게요. 꼭 이 책이 아니더라도, 서점이나 도서관에서 직접 살펴보고 본인한테 더 맞는 게 있다면 그걸 보서도 돼요."

선생님은 컴퓨터 가이드북을 내 쪽으로 들어 보이곤 생긋 웃으며 말을 이었다.

"그리고, 이 커뮤니티 센터 안에도 도서실이 있고요."

도서실.

학창 시절로 돌아간 듯한 부드러운 울림이었다. 도서실.

"거기서 책을 빌릴 수 있나요?"

"네, 구민이라면 누구나요. 여섯 권까지 빌릴 수 있고, 기간은 2주였던가."

할아버지가 선생님을 불렀다. 선생님은 그쪽으로 가버렸다.

나는 선생님이 가르쳐준 책 제목을 메모해 노트북을 덮고 집회실을 나왔다.

도서실은 1층 제일 안쪽에 있었다.

집회실 둘, 다다미방 하나를 지나 준비실 옆에 있는 방이 도서실인 모양이었다.

입구 위쪽 벽에 '도서실'이라고 적힌 간판이 걸려 있고, 미닫이문은 활짝 열려 있었다.

안을 슬쩍 들여다보니 교실 하나 크기만 한 공간에 책장이 늘어서 있었다. 입구 바로 왼편이 카운터였고, 귀퉁이에 '대출·반납'이라는 간판이 놓여 있었다.

감색 앞치마를 두른 작은 몸집의 여자가 카운터 앞 책장에 문고본을 정리하고 있었다. 나는 큰맘 먹고 말을 걸었다.

"실례지만, 컴퓨터 관련 책은 어디에 있나요?"

여자가 홱 하고 고개를 들었다. 놀라우리만치 커다란 눈을 가진, 고등학생으로 보일 만큼 어린 여자애였다. 포니테일로 묶은 머리카락 끝이 흔들렸다. 가슴께의 이름표에는 '모리나가 노조미'라는 이름이 쓰여 있었다.

"컴퓨터 관련 말씀이시죠. 이쪽이에요."

모리나가 노조미짱은 문고본 몇 권을 손에 든 채 열람 테이블 옆을 지나 벽에 붙은 커다란 책장으로 안내해주었다.

컴퓨터, 어학, 자격증. 보기 편하게 플레이트로 구분되어 있었다.

"감사합니다."

내가 책장 쪽을 바라보자 노조미짱은 웃는 얼굴로 말했다.

"레퍼런스가 필요하시면, 사서분이 계시니 안쪽으로 가보세요."

"레퍼런스요?"

"네. 어떤 책을 원하시는지 말씀해주시면, 사서분께서 찾아드린답니다."

"감사합니다."

나는 노조미짱에게 꾸벅 인사를 했다. 그녀도 가볍게 머리를 숙이곤 문고본 책장으로 돌아갔다.

컴퓨터 관련 책장을 둘러보았다. 곤노 선생님이 가르쳐준 책은 없었다. 어떤 게 좋을지 나로서는 감이 잡히지 않아 사서에게 물어보기로 했다.

안쪽이라고 했던가. 일단 카운터 앞까지 돌아와 도서

실 안쪽을 보니 가리개가 있었다. 그 너머의 천장에 '레퍼런스'라는 간판이 매달려 있다.

그곳까지 걸어가 가리개를 지나친 나는 눈을 휘둥그레 떴다.

가리개와 L자형 카운터 사이에 파묻히다시피 앉은 사서가 있었다.

몹시도…… 몹시도 커다란 여자였다. 뚱뚱하다기보다 커다랬다. 턱과 목의 경계가 없는 흰 살갗에, 베이지색 앞치마 위에 투박한 오프 화이트 카디건을 입고 있었다. 그 모습은 굴속에서 겨울잠 자는 백곰을 떠올리게 했다. 바짝 묶은 머리 위에는 자그마한 경단 하나가 오도카니 올라가 있었다. 거기엔 비녀 한 가닥이 꽂혀 있고, 비녀 끝자락엔 고급스러운 흰 꽃 장식 술이 늘어져 있었다. 머리를 숙이고 무언가 작업을 하고 있는 듯한데 이쪽에서는 잘 보이지 않았다.

목에 걸린 이름표에는 '고마치 사유리'라고 쓰여 있었다. 정말이지 귀여운 이름이다.

"……저기."

가까이 다가가 말을 걸자 고마치 씨는 눈동자만 굴려 흘끗 내 쪽을 쳐다보았다. 날카로운 삼백안에 몸이 움츠러들었다. 카운터 너머로 손을 들여다보니, 엽서 크기의 매트 위에서 탁구공 같은 동그란 물체에 서걱서걱 바늘을 찌르고 있었다.

나도 모르게 헉 소리를 낼 뻔했다. 뭘 하는 거지. 누군갈 저주하고 있는 건가?

"아, 아뇨, 괜찮습니다."

황급히 달아나려는데 고마치 씨가 말했다.

"뭘 찾고 있지?"

그 목소리에 발길이 붙잡혔다.

높낮이가 없는 말투인데도 마음을 감싸는 듯한 따스함이 느껴져 나는 떠나려던 발걸음을 멈추었다. 무뚝뚝한 표정으로 고마치 씨가 내뱉은 그 말엔, 흔들림 없는 묘한 안도감이 묻어났다.

……뭘 찾고 있냐고?

내가 찾고 있는 건.

일을 하는 목적이라든지, 내가 할 수 있는 일이라든지 하는 것들.

하지만 그런 걸 사서인 고마치 씨에게 말해봤자 해답

을 얻을 수 있을 리가 없다. 그녀가 그런 뜻으로 한 질문
이 아니라는 것쯤은 알고 있다.

"……저…… 컴퓨터 사용법이 실린 책을……."

고마치 씨는 근처에 있던 짙은 오렌지색의 작은 상자
를 끌어당겼다. 육각형의 모서리 장식과 하얀 꽃이 그려
진 패키지는 허니돔이라는 과자의 상자다. 양과자 메이
커 구레미야도吳宮堂의 스테디셀러로, 나 역시 무척 좋아
하는 돔형 소프트 쿠키다. 그리 고급품은 아니지만 그렇
다고 편의점에서 쉽게 구할 수 있는 것도 아니라서, 소소
한 사치를 부린다는 느낌이 제법 좋다.

상자 뚜껑이 열리자 조그마한 가위와 바늘이 보였다.
빈 상자를 반짇고리로 쓰는 모양이었다. 들고 있던 바늘
과 털 뭉치를 집어넣고 고마치 씨는 나를 지그시 바라보
았다.

"컴퓨터로 뭘 하는데?"

"일단은 엑셀 같은 거요. 기술 항목에 체크할 수 있는
정도만이라도."

고마치 씨는 "기술 항목" 하고 따라 말했다.

"이직 사이트에 등록하려고요. 지금 하는 일에선 보람
이나 목적을 못 찾겠거든요."

"지금은 어떤 일을 하는데?"

"대단할 것 없는 일이에요. 그냥 대형마트에서 여성복 팔아요."

고마치 씨는 우둑 소리를 내며 고개를 갸웃했다. 머리 경단에 꽂힌 비녀의 꽃이 반짝 빛났다.

"자기 일이…… 마트 판매원이 대단할 것 없는 일이라니, 정말 그렇게 생각해?"

나는 말문이 턱 막혔다. 고마치 씨는 입을 다물고 있었다. 내 대답을 잠자코 기다리고 있는 듯했다.

"그야…… 누구나 할 수 있는 일이잖아요. 엄청나게 하고 싶었다거나 꿈이 있다거나 한 게 아니고 어쩌다 보니 입사하게 된 느낌이라서요. 그렇다고 또 일을 안 하기에는, 혼자 사는 중이라 먹여 살려줄 사람도 없고요."

"그래도 당신은 착실히 취업 준비를 한 끝에 채용이 됐고, 하루하루 일하며 자기 자신을 먹여 살리고 있잖아. 그것만으로도 훌륭한걸."

살짝 눈물이 날 뻔했다. 있는 그대로의 내 모습이 긍정적으로 비추어졌다는 사실에.

"먹여 살린대도…… 편의점에서 빵 사 먹는 정도예요."

마음의 동요를 숨기려다 어째 좀 엉뚱한 말을 하고 말

았다. 먹여 살린다는 게 그런 뜻이 아님을 알면서도. 고마치 씨는 아까와는 반대 방향으로 고개를 갸웃했다.

"뭐, 동기야 어떻든 새로운 걸 배우려는 자세는 좋다고 봐."

고마치 씨는 컴퓨터 쪽으로 몸을 돌리더니 두 손을 키보드 위에 척 얹었다.

그러고는 타다다다닥, 하고 엄청난 속도로 타자를 쳤다. 손이 보이지 않을 정도로 빠른 속도에 나는 눈알이 튀어나올 지경이었다.

마지막으로 키보드를 타앙 때리곤 그 손을 가볍게 들어 올렸다. 곧바로 옆에 있던 프린터가 작동하기 시작했다.

"엑셀을 처음 배우는 거면 이 정도려나."

고마치 씨가 프린트된 종이 한 장을 건네주었다. 책 제목과 저자명이 표로 정리돼 있었다. 옆에 적힌 숫자는 분류 번호와 책장 번호인 듯했다. 『0부터 시작하는 워드&엑셀 입문』, 『EXCEL 첫 교과서』, 『EXCEL 단시간에 끝내는 쾌속 가이드북』, 『간단 Office 입문』. 그리고 제일 아래에 이질적인 글자가 나열돼 있었다.

『구리와 구라』.

나는 그 다섯 글자를 멀뚱히 쳐다보았다.

이거, 내가 아는 그『구리와 구라』맞나? 들쥐 두 마리
가 등장하는 그림책?

"아아, 그거랑."

고마치 씨는 회전의자를 살짝 돌려 카운터 아래로 팔
을 뻗었다.

몸을 살짝 내밀어 들여다보니 그곳엔 다섯 개의 서랍
이 달린 목제 캐비닛이 있었다. 고마치 씨는 제일 위쪽 서
랍을 열었다. 여기서는 잘 보이지 않지만, 형형색색의 복
슬복슬한 물체가 빼곡히 들어차 있었다. 고마치 씨는 그
중에서 하나를 집어 내 쪽으로 손을 내밀었다.

"자, 여기. 당신한테는 이거."

조건반사로 펼친 내 손바닥 위에 고마치 씨는 가벼운
물체를 톡 올려놓았다. 500엔짜리 동전만 한 검은색 원
에, 손잡이 같은 것이 달려 있다.

……프라이팬?

프라이팬 모양을 한 양모 펠트였다. 손잡이 부분에 작
은 쇠붙이가 원형으로 붙어 있었다.

"저, 이건 뭔가요?"

"부록."

"부록이요?"

"책에 부록이 딸려 오면 재밌잖아."

나는 그 프라이팬을 물끄러미 바라보았다. 책의 부록. 뭐, 귀엽기는 한데.

고마치 씨는 허니돔 상자에서 다시금 바늘과 털 뭉치를 꺼냈다.

"해본 적 있어? 양모 펠트."

"아뇨. 트위터 같은 데서 본 적은 있어요."

고마치 씨는 내 앞에 바늘을 치켜들었다. 손잡이의 머리 쪽은 직각으로 구부러져 있고, 얇은 바늘 끝에는 쪼그마한 돌기가 여러 개 나 있다.

"양모 펠트는 참 신기해. 바늘로 끊임없이, 끊임없이 계속 찌르다 보면 입체가 만들어지잖아. 단순히 찌르기만 하는 것 같아도, 바늘 끝에 남모르게 장치가 돼 있어서 가느다란 실을 뭉치며 모양을 만들어가는 거지."

고마치 씨는 그렇게 말하곤 또다시 서걱서걱 털 뭉치에 바늘을 찌르기 시작했다. 이 프라이팬도 고마치 씨가 만든 거겠지. 서랍 안에는 분명 무수히 많은 양모 펠트 작품이 들어 있을 것이다. 부록으로 나누어주려고 만드는 건가?

사서로서 할 일은 끝났다는 양 고마치 씨는 집중해서

손을 움직이고 있었다. 여러 가지로 물어보고 싶은 점이 많았지만 방해하면 안 될 것 같아 "감사합니다"라는 한마디를 남기고 자리를 떴다.

표에 적힌 컴퓨터 책의 책장 번호는 아까 노조미짱이 가르쳐준 곳이었고, 나는 제목을 대조하며 펼쳐보곤 이해하기 쉬워 보이는 책을 두 권 골랐다.

그리고 혼자만 번호가 다른 『구리와 구라』.

유치원 때 몇 번이고 읽곤 했다. 엄마가 읽어주기도 했던 것 같다. 그런데 왜 이 그림책을? 고마치 씨가 실수로 잘못 입력한 건가.

그림책과 아동서 코너는 낮은 책장으로 둘러쳐진 창가에 자리하고 있었다. 바닥에는 우레탄 소재의 퍼즐 매트가 깔려 있고, 신발을 벗고 들어가게끔 되어 있었다.

귀여운 그림책에 둘러싸이니 마음이 사르르 누그러졌다. 『구리와 구라』는 세 권이 있었다. 스테디셀러고 인기가 좋아서 여러 권 놓아둔 것이리라. 뭐, 공짠데 한번 빌려나 볼까.

나는 컴퓨터 가이드북 두 권과 『구리와 구라』를 노조미짱이 있는 카운터로 가지고 가서, 보험증으로 대출 카드를 만들어 책을 빌렸다.

돌아오는 길 편의점에 들러 시나몬 롤빵과 아이스 카페오레를 샀다.

텔레비전을 보면서 다 먹고 나자 이번에는 짠 음식이 먹고 싶어져 찬장에 쌓아둔 컵라면을 하나 꺼냈다. 시계를 보니 벌써 여섯 시였다. 오늘 저녁은 이걸로 때워야겠다.

물이 담긴 주전자를 불에 올려놓고, 가방에서 빌려 온 책을 꺼냈다. 컴퓨터 가이드북. 이걸 마스터해서 사무실에 앉아 컴퓨터를 다루는 내 모습을 상상해보았다.

그리고 또 한 권, 『구리와 구라』.

딱딱하고 빳빳한 흰색 표지. 어릴 때는 더 크게 느껴졌었는데, 새삼 다시 보니 보통의 노트 크기와 별반 다르지 않았다. 가로로 펼치는 책이라 크게 느껴졌는지도 모르겠다.

손으로 쓴 제목 아래, 들쥐 두 마리가 큰 바구니를 사이좋게 나눠 들고 얼굴을 마주 보며 걷고 있다. 똑같은 모자와 옷인데 왼쪽 애는 파란색, 오른쪽 애는 빨간색으로 색깔만 달랐다.

어느 쪽이 구리고 어느 쪽이 구라였더라. 분명 쌍둥이겠지.

유심히 보니 제목의 '구리'가 파란색, '구라'가 빨간색 글씨였다.

앗, 이게 그런 의미였구나.

그 사실을 알아차리고 나니 왠지 모르게 신이 났다. 그걸 알면 이야기에 몰입하기가 더 쉬울 듯했다.

팔락팔락 책장을 넘기며 그림의 흐름을 따라가 보았다. 숲으로 간 구리와 구라. 맞아, 맞아, 커다란 알을 발견하고는…… . 후반부, 양쪽 페이지에 걸쳐 커다란 프라이팬이 한가운데 그려져 있고, 그 안에 잘 구워진 핫케이크가 부풀어 올라 있다.

그러고 보니 사서 고마치 씨에게서 프라이팬을 받았었지. 그런 생각을 하며 나는 그 페이지의 글자를 읽었다.

커다랗게 부풀어 오른 카스텔라가 노릇노릇한 얼굴을 내밀었어요.

그 한 문장에 살짝 흠칫했다.

어라, 카스텔라였어? 줄곧 핫케이크인 줄로만 알고 있었다.

페이지를 앞으로 넘기자 구리와 구라가 '요리 만들기'

를 하고 있다. 달걀과 설탕, 우유와 밀가루. 젓고, 프라이팬에 굽고. 카스텔라, 의외로 만들기 쉽네.

주전자가 삐익 호루라기를 불었다.

나는 일어서서 가스 불을 끄고 컵라면 포장을 벗겼다.

몇 번이나 읽은 것 같은데 잊어버리고 있었구나. 대충 기억하고 있었다고 해야 할지.

그래도 성인이 돼서 어릴 적 읽은 그림책을 다시 보니 재미있었다. 새로 알게 된 점도 있고.

컵라면에 뜨거운 물을 붓고 뚜껑을 덮은 순간 전화벨이 울렸다.

스마트폰을 보니 사야였다. 사야가 전화를 거는 일은 드물다. 몹시 우울한 상태거나 몹시 신이 난 상태 둘 중 하나다.

나는 뜨거운 물을 부어버린 컵라면을 흘겨보며 3초간 망설이다 전화를 받았다.

"아, 도모카, 갑자기 미안. 오늘 쉬는 날 맞지?"

"응."

사야는 미안쩍은 듯 말했다.

"미안, 도모카한테 좀 상의하고 싶은 게 있어서. 지금 괜찮아?"

"괜찮아. 무슨 일인데?"

내가 들을 자세를 취하자, 있잖아, 하고 목소리가 급변했다.

"다음 달, 크리스마스잖아? 남자친구랑 서로 갖고 싶은 걸 말하기로 했는데, 어떤 걸 부탁하면 좋을까? 너무 비싸면 속물 같을 거고, 너무 싸면 반대로 실망할 수도 있고. 센스있는 도모카라면 뭔가 좋은 아이디어가 있지 않을까 해서."

……신이 난 쪽이었다.

나는 갈 곳 잃은 컵라면을 생각하며 약간의 후회를 했다. 그런 전화였으면 다 먹고 나서 할 걸 그랬다. 이제 와서 나중에 하자고 할 순 없으니 작게 "아아"라고만 대답한 다음 스피커폰으로 돌려 스마트폰을 탁자 위에 올려놓았다. 사야의 말에 맞장구를 치며 나무젓가락을 쪼갠 뒤 소리 나지 않게 컵라면을 먹었다. 내키지 않아 하는 내 목소리를 눈치챈 것인지 사야가 말했다.

"어, 바빴어? 뭐 하고 있었어?"

컵라면 먹으려고 했었어. 아니, 이미 먹고 있어. 그 사실을 알아채지 못하도록 나는 대답했다.

"아냐, 괜찮아. 그림책 보고 있었어. 구리와 구라."

"구리와 구라? 그 달걀말이 만드는 이야기?"

나보다 더한 사람이 있었다. 핫케이크로 알고 있던 내쪽이 훨씬 가깝다.

"달걀말이가 아니고 카스텔라야."

"앗, 그랬나? 그 왜, 숲속을 걷다가 커다란 알과 마주친다는 그거잖아."

"그렇긴 한데, 둘이서 뭘 할지 의논하다 결국엔 카스텔라를 만들더라고."

"헉, 카스텔라였구나. 그거, 평소에도 요리 자주 하는 사람이 한 발상이겠지? 달걀로 뭘 만들 수 있는질 모르면 생각해내기 어려운 음식이잖아."

그렇게 생각할 수도 있구나.

나는 꿀꺽 컵라면 국물을 마셨다. 사야가 말을 이었다.

"역시 도모카는 달라. 휴일에 그림책을 읽다니, 뭔가 되게 멋있고 지적으로 보여. 도쿄 사람들은 다 그래?"

"글쎄, 그림책 카페 같은 게 있긴 한데."

나는 말끝을 흐렸다. 사야는 고등학교를 졸업하고 부모님이 하시는 철물점 일을 거들고 있다. 그녀는 나를, 도쿄라는 미지의 세계를 알려주는 도시 사람이라고 철석같이 믿고 있다.

"대단해, 도모카. 우리의 기대주야. 도쿄로 나가서 씩씩하게 일하는 커리어 우먼이니 말야."

"그렇지도 않다니까."

나는 부인하면서 죄책감에 사로잡혔다. 사야의 티 없이 맑은 솔직함에 내 못난 마음이 거울처럼 비추어지는 기분이었다.

나는 사야에게 '의류업계'라고 말해놓았다. 옷을 다루는 일이니 거짓말은 아닌, 아슬아슬한 선에서 생각해낸 게 그 단어였다. 에덴이라는 이름도 말하지 않았다. 검색하면 들통나버릴 테니까.

내가 사야를 함부로 대하지 못하는 이유는 우정 때문이라기보다도 나를 "대단해"라며 치켜세워주기 때문인지도 모른다. 허세 부릴 상대가 필요해서, 내가 원했던 내모습을 사야가 만들어내 줘서 그런지도 모른다.

대학생 때는 그녀의 칭찬이 그저 기분 좋기만 했다. 내게 용기를 북돋아 주었다. 그런데 요즘은 "대단해"라는 말을 받아들이기가 벅차기 시작했다.

나는 속죄하는 기분으로 젓가락을 내려놓고 넉넉히 두 시간 동안 사야의 연애담을 들었다.

다음 날 아침, 늦잠을 잔 나는 머리도 제대로 빗지 않은 채 민낯으로 전철에 올라탔다.

이불 속에서 스마트폰을 만지작대다 보니 잠이 오질 않았다. 좋아하는 아이돌 영상을 보기 시작한 게 잘못이었다. 정신을 차리고 보니 동이 트고 있었고, 수면 부족 상태로 집을 나왔다. 오늘 오픈 담당이었는데.

오픈 후, 하품을 참으며 아랫단 상품을 정리하고 있는데 머리 위로 호통이 쏟아졌다.

"여기 있었네! 이봐, 당신!"

꽝꽝 귀청을 때리는 높은 목소리였다. 쭈그리고 앉은 채 고개를 들자 머리를 풀어헤친 여자가 우뚝 서서 나를 내려다보고 있었다.

며칠 전 자홍색과 갈색 중 어느 쪽이 나은지 물어 왔던 손님이다.

나는 황급히 일어섰다. 손님은 자홍색 니트를 내게 들이밀었다.

"어쩜 이런 불량품을 팔아넘길 수가 있어."

온몸의 피가 식었다. 불량품? 무슨 문제라도 있었던 걸까.

"세탁기에 돌렸더니 줄어들었잖아! 반품할 테니까 환

불해줘."

한차례 식었던 피가 도로 끓어오르는 기분이었다. 나도 모르게 대답하는 목소리가 드세졌다.

"세탁하신 상품은 반품이 어렵습니다."

"당신이 이게 좋다고 해서 산 거잖아! 책임을 지든가."

말도 안 되는 트집이다. 지금껏 컴플레인을 몇 번인가 받아봤지만 이렇게 막무가내인 사람은 처음이었다.

어떻게든 평정을 되찾고자 애쓰며 나는 머리를 굴려보았다. 연수 때도 배웠을 터다. 이럴 땐 어떻게 하면 되는지. 그러나 당혹감을 넘어선 분노로 인해 머릿속이 새하얗고, 아무런 대응책도 떠오르지 않았다.

"그런 식으로 조악한 물건을 팔아넘기다니, 날 무시하는 거지?"

"그럴 리가요!"

"당신이랑은 대화가 안 통해. 윗사람 불러와."

머릿속에서 꽝 소리가 났다. 무시하고 있는 건 그쪽이 아닌가.

나야말로 '윗사람'이 해결해줄 수만 있다면 그러고 싶다. 하지만 운 없게도 오늘은 부문 주임인 우에시마 씨가 늦게 출근하는 날이었다.

"오늘은 오후에 출근하십니다."

"아, 그러셔? 그럼 오후에 다시 오지."

손님은 내 명찰을 흘끗 쳐다보더니 "후지키 씨 맞지?" 하고 내뱉고는 가버렸다.

고향 친구들의 기대주, 씩씩한 커리어 우먼인 나는, 부조리한 컴플레인 손님에게 무능한 취급과 매도를 당하곤 분노에 떨며 울고 있다.

이런 모습을 사야에게는 절대로 보이고 싶지 않다.

열심히 공부해서 시골을 벗어나 도쿄로 나왔다 한들, 이 모양 이 꼴이다.

열두 시에 출근한 우에시마 씨에게 보고했더니 그는 미간을 찌푸리며 말했다.

"그런 건 좀 알아서 잘 처리해."

기대는 안 했지만, 하는 말이 조금 지나쳤다. 손님을 향한 것과는 다른 분노가 치밀어 올랐다.

곁을 지나가던 누마우치 씨가 우리를 힐끔 쳐다보았다. 안 돼. 이런 일을 누마우치 씨는 몰랐으면 했다. 무능력한 사원으로 생각되는 건 참을 수 없다.

기분이 풀리지 않은 채 휴식 시간이 되었다.

오늘 아침은 지각을 할까 봐 편의점에 들르지 못했다. 가방 안에 든 봉지 과자로 때우자 싶었는데, 생각해보니 그저께 집에서 먹어버리고 말았다. 점심밥, 어쩌지. 유니폼을 입고 식품매장에 가는 건 금지돼 있고, 밖을 돌아다닐 수도 없다. 갑갑하다. 펌프스 속 발가락처럼.

그래도 마음이 무거운 탓인지 배가 하나도 고프지 않았고, 굳이 옷을 갈아입는 것도 구내식당에 가는 것도 내키지 않았다. 불현듯 비상계단으로 통하는 문이 눈에 띄었다. 그러고 보니 이거, 열리는 문인가.

문에 손을 대자 삐걱 소리를 내며 열렸다. 비상계단이니 당연하다면 당연했다.

바람이 새어 들어왔다. 나는 도망치듯 문밖으로 나갔다.

"아."

"아."

동시에 소리를 냈다. 그곳에 기리야마 군이 있었던 것이다. 계단참에 앉아 계단에 발을 내린 채.

"들켰다."

기리야마 군은 그렇게 말하며 웃고는 귀에서 무선 이어폰을 뺐다. 스마트폰으로 음악을 듣고 있었나 보다. 한 손엔 문고본, 앉은 허리 근처엔 페트병 차와 동그란 알루미늄 포일 두 덩이가 있었다. 기리야마 군은 나를 올려다 보며 말했다.

"어쩐 일이야. 이런 델 다 뛰어 들어오고."

"……기리야마 군이야말로."

"난 제법 여기 단골이야. 혼자 있고 싶고 뭐 그럴 때. 오늘은 날씨가 봄 같길래."

그렇게 말하며 기리야마 군은 알루미늄 포일 뭉치를 가리켰다.

"주먹밥, 먹을래? 내가 만든 걸로도 괜찮다면."

"기리야마 군이 만들었어?"

"응. 아까 하나 먹어서 제일 추천하는 연어는 없지만. 구운 명란이랑 다시마, 어느 게 좋아?"

갑자기 배가 고팠다. 방금까지만 해도 식욕이 전혀 없었는데.

"……구운 명란."

앉지 그래, 하는 기리야마 군의 말에 나는 옆자리에 엉덩이를 붙였다.

주먹밥을 받아 들고 알루미늄 포일을 벗겼다. 랩에 싸인 주먹밥이 얼굴을 내밀었고, 나는 그 투명한 포장을 또 한 번 벗겼다.

"요리, 하는구나."

내가 말하자 기리야마 군은 "하게 됐어" 하고 짧게 대답했다.

주먹밥을 한 입 베어 물었다. 밥의 소금 간이 딱 좋았다. 맛있다. 탱글탱글한 구운 명란과 잘 뭉쳐진 밥의 궁합이 절묘했다. 하얀 품에 안겨 있는 듯한 코럴 핑크. 나는 아무 말도 하지 않고 덥석덥석 정신없이 먹었다.

"그렇게 맛있게 먹어주니까 흐뭇하네."

기리야마 군이 웃었다. 왠지 모르게 갑자기 기운이 나기 시작했다. 이렇게 금세 효과가 나타나다니.

"······주먹밥, 대단하다."

"그치? 대단하지!"

생각했던 것 이상으로 리액션이 좋기에 살짝 놀라 기리야마 군을 쳐다보자 그가 말했다.

"밥은 되게 중요해. 열심히 일하고, 열심히 먹어야지."

어쩐지 굉장히 정감 어린 목소리였다. 나는 물었다.

"기리야마 군, 출판사는 왜 관둔 거야?"

기리야마 군은 주먹밥의 알루미늄 포일을 벗기기 시작했다.

"출판사가 아니고 편집 프로덕션에 있었어. 직원 열 명

정도 되는."

그렇구나. 출판사에서만 잡지를 만드는 게 아니구나.

수많은 회사가 있고, 수많은 일이 있다. 내가 모르는 것투성이다. 기리야마 군은 말을 이었다.

"잡지뿐만 아니라, 손 안 대는 게 없었다고나 할까. 광고지나 팸플릿 같은 것도 만들었어. 하다못해 영상에까지 손을 대려고 하더라니까. 사장이 의논도 없이 일을 턱턱 받아 오는 통에, 실제로 작업하는 우리는 그야말로 녹초가 됐지. 밤샘 근무는 당연하고, 회사 바닥에 겉옷을 깔고 자거나 사흘 내내 못 씻고 그랬어."

기리야마 군은 웃으면서 잠시 먼 곳을 바라보았다.

"근데 이 업계는 다 그렇다고 생각했었어. 게다가 잡지를 만드는 나 자신이 대단하다는 착각을 하고 있었고."

그러더니 기리야마 군은 말없이 주먹밥을 세 입 베어 물었다. 나도 입을 다물었다.

"……밥 먹을 시간도 아예 없어서 몸은 후들거리지, 빈 드링크제 병만 여기저기 나뒹굴지. 어느 날 그걸 쳐다보다가 문득, 내가 일을 왜 하는 거였더라, 하는 의문이 솟구치더라고."

기리야마 군은 마지막 한 덩어리를 입에 던져 넣었다.

"먹으려고 일하는 건데 일하느라 먹질 못한다니, 좀 이상하다는 생각이 들었어."

기리야마 군은 알루미늄 포일을 꾸깃꾸깃 뭉치곤 "맛있었다" 하고 중얼거렸다. 그리고 내 쪽으로 얼굴을 돌리더니 밝은 목소리로 말했다.

"지금은 사람답게 살고 있어. 제대로 챙겨 먹고, 잘 자고, 전략적으로만 봐야 했던 잡지나 책 읽기도 진심으로 즐기고 있거든. 하루하루를 재정비하고 몸 상태를 가다듬는 중이지."

"……잡지 만드는 일이 그렇게 힘들구나."

"아니, 꼭 그런 회사만 있는 건 아니야! 공교롭게도 내가 있던 데는 그랬었다는 것뿐."

기리야마 군은 무언갈 감싸려는 듯 손을 휙휙 가로저었다. 내가 편견을 가지지 않도록 하려는 것 같았다. 기리야마 군은 역시 잡지 일을 좋아했던 거겠지. 가혹한 상황이 그 마음을 움츠러들게 했을 뿐.

"그리고 그 회사나 거기서 열심히 일하는 사람을 부정할 생각은 없어. 스스로를 잘 컨트롤할 수 있다면 그런 방식이 맞는 사람도 있을 테고, 일에 파묻히는 데 만족을 얻는 사람도 있다고 봐. 단지 나는 그렇지 않았다는 거고."

기리야마 군은 천천히 차를 마셨다.

나는 조심스레 물었다.

"안경원은 아예 다른 직종이잖아. 거기에 대한 불안은 없었어?"

"전에 잡지에서 안경 특집 기사를 쓴 적이 있었는데, 그때 했던 취재가 꽤 면밀했거든. 그러면서 안경에 흥미를 느꼈던 게 입사 계기가 됐지. 채용 시험 때, 면접관이 마침 그 잡지를 읽었는지 분위기가 엄청 좋았어. 인터뷰했던 안경 디자이너랑 아는 사이였던 모양이야."

기리야마 군은 즐거운 듯 말을 이었다.

"그런 건, 이렇게 저렇게 의도해서 되는 일이 아니잖아? 그래서 일단 나한테 필요한 건, 눈앞에 놓인 일에 한결같이 몰두하는 거구나 싶었어. 그러다 보면 과거에 한 노력이 생각지도 못한 도움을 주거나, 좋은 인연이 생기거나 하더라고. 사실 ZAZ로 이직한 지금, 앞으로의 계획을 확실하게 세워둔 건 아니야. 세운다 한들 그대로 되리란 보장도 없고. 다만."

거기서 한 번 끊더니, 기리야마 군은 목소리를 낮춰 말했다.

"무슨 일이 일어날지 모르는 세상에서, 지금의 내가 할 수 있는 일을 지금 해나갈 뿐이지."

내가 아닌, 자기 자신에게 이야기하듯.

휴식을 끝내고 돌아오니 우에시마 씨의 모습이 보이지 않았다.

몇몇 직원에게 물어보자 급히 상품 확인을 하고 오겠다고 말하곤 어디론가 가버렸다고 한다. 도망쳤군, 하는 생각이 들었지만 별도리가 없었다.

오후 두 시를 지날 즈음 아까 그 손님이 찾아왔다.

"윗사람, 오셨지?"

나는 몸에 힘을 주었다. 반품을 해줄 수는 없고, 어떻게 설득하면 좋을까. 하지만 대응하는 수밖에 없다. 내가 몰두해야 할 '눈앞에 놓인 일'은 바로 이 일인 것이다.

그 순간 계산대에 있던 누마우치 씨가 옆으로 쓱 다가왔다.

"손님, 무슨 일이시죠?"

손님은 누마우치 씨를 '윗사람'으로 인식했는지 연거푸 불평을 늘어놓았다. 단정적으로, 일방적으로 내가 나쁜 사람이었다. 누마우치 씨는 손님의 직성이 풀릴 때까지 진지한 표정으로 "아아", "네", "그러셨군요" 하며 맞장구를 치고 있었다. 손님이 떠들고 싶은 만큼 다 떠들고 나자 누마우치 씨는 침착하게 말했다.

"그래서, 세탁기로 세탁을 하셨다고요. 그러셨으면 아무렴 줄어들었겠네요. 많이 놀라셨겠어요."

손님의 얼굴빛이 바뀌었다. 누마우치 씨가 니트 안쪽을 뒤집어 태그의 세탁 기호를 보여준 것이다. 통에 손을 넣고 있는 그림은 손빨래를 뜻하는 표시였다.

"저도 자주 그래요. 기호를 유심히 안 보고 세탁기에 넣어서 털털 돌려버리거든요."

"아…… 그게."

손님이 우물거렸다. 누마우치 씨는 쾌활한 어조로 말을 이었다.

"그런데, 원 상태로 되돌리는 방법이 있어요. 세면대에 린스를 살짝 넣으시고요, 뜨거운 물로 풀어서 스웨터를 담그세요. 그리고 곧바로 꺼내서 물기를 짠 다음, 털어서 평평한 곳에 눕혀 말리시면 끝이에요."

리드미컬한 설명이었다.

"이 니트는 아주 인기가 좋아서, 마지막 남은 한 장이었답니다. 조금 독특한 마젠타에다 이런 감촉은, 웬만해선 잘 없잖아요?"

"마젠타?"

손님의 얼굴이 갑자기 누그러졌다.

"네, 이 색상 말이에요."

자홍색 니트가 돌연 패셔너블하게 느껴졌다. 마젠타 컬러. 듣고 보니 그렇게도 표현할 수 있겠다.

"디자인도 심플해서 여러모로 코디하기 편하고요. 하나쯤 가지고 계시면 절대로 손해는 안 보실 거예요. 목 부분도 시원하고, 이 색상이라면 초봄까지도 예쁘게 입으실 수 있어요."

"……린스로, 된다는 거죠?"

"네. 그거면 원상 복구될 거예요. 오래오래 예쁘게 입어주세요."

누마우치 씨가 흐름을 완전히 리드하고 있었다.

컴플레인 손님을 순식간에 설득해 반품당하지 않는 방향으로 끌고 가고 있었다.

그리고 누마우치 씨는 살짝 목소리 톤을 낮춰, 미소를 유지하면서도 날카롭게 말했다.

"뭔가 더 필요하신 게 있으시면 책임자 쪽에서 연락을 드릴 테니, 손님 연락처를 가르쳐주시겠어요?"

약간의 압박을 가하는 걸 빼놓지 않았다. 손님은 살짝

기가 죽은 모습으로 "아뇨, 됐어요" 하고 말했다.

훌륭했다.

역시 절대로 못 당해낸다. 어림도 없다.

그 후 누마우치 씨는 스스럼없이 대화를 이어갔고, 손님은 누마우치 씨에게 마음을 모조리 내준 듯한 태도로 화기애애하게 본인 이야기를 시작했다.

10년 만에 만나는 친구와의 식사 자리에 입고 가려고 샀다는 둥, 백화점은 주눅이 드는 데다 전철을 타고 멀리까지 가야 해서 싫다는 둥, 옷 고르는 데 자신이 없어 뭔가 대책이 필요하다는 둥.

누마우치 씨는 내게 계산대를 봐달라고 부탁한 다음, 손님에게 스카프를 추천하고 매는 법까지 강의하며 판매에 성공했다. 먼발치에서 보아도 손님에게는 자홍색 스웨터가 무척 잘 어울렸다.

분명 저 손님은 약속 당일, 저 스카프를 매며 거울 속 자신의 모습에 미소를 머금을 것이다. 오랜만에 만난 친구와 환한 기분으로 식사를 함께할 것이다.

누마우치 씨는 굉장한 일을 했다. 진심으로 그런 생각이 들었다.

에덴의 여성복 판매원이 '대단할 것 없는 일'이라니 얼토당토않은 착각이었다. 그저 내가 '대단한 일을 하고 있지 않을 뿐'인 것이다.

나는 그때 서둘러 쉬고 싶은 마음에 진심이 담기지 않은 응대를 했었다. 그건 손님에게도 전해졌음이 틀림없다.

손님은 계산대에서 스카프가 담긴 쇼핑백을 건네받은 뒤 "고마워요" 하고 웃으며 돌아갔다. 만족스러운 쇼핑을 했을 때의 기쁨에 찬 미소였다.

누마우치 씨가 인사하는 옆에서 나도 머리를 숙였다.

손님의 모습이 사라진 걸 확인한 나는, 이번엔 누마우치 씨에게 깊이 머리를 숙였다. 더없이 큰 도움을 받았다.

"······감사합니다!"

누마우치 씨는 내게 미소를 지어 보였다.

"저런 손님들은 있잖아, 자기 얘기를 안 들어줘서, 마음을 몰라줘서 속상한 거야."

나는 이제껏 누마우치 씨의 어떤 점을 봐왔던 걸까. 젠체하는 파트타임 대장이라고만 생각해왔는지도 모르겠다.

나는 언제부턴가······ 언제부턴가 누마우치 씨를 깔보고 있었던 게 아닐까. 내가 정규직 사원이라는 것, 젊다는 것에 대해 이상한 우월감을 가지고 있었던 게 아닐까. 그 손님과 식당 아주머니에게도 하찮은 자존심을 세웠던 게 아닐까.

부끄럽다. 정말이지 얼굴을 숨기고 싶을 정도로 부끄러웠다.

나는 고개를 떨군 채로 말했다.

"여러모로 공부가 부족했어요."

아냐, 하고 누마우치 씨는 고개를 저었다.

"나도 처음엔 아무것도 몰랐어. 계속하다 보면 알게 되는 게 있는 것 같아. 그뿐이야."

근속 12년, 몸에 익은 코럴 핑크. 나는 누마우치 씨를 마음 깊은 곳에서 '대단하다'고 생각했다.

오늘은 오픈 담당이었기에 네 시에 퇴근했다.

옷을 갈아입고 나니 식품매장에 가볼까 하는 생각이 들었다. 기리야마 군에게 자극을 받아 무언가 만들어보자는 결심이 선 것이다.

하지만 뭘 만들면 좋을지 생각이 나지 않았다. 일단은 파스타 같은 거? 그런데 맛을 어떻게 내야 할지 생각하면 역시나 막막한 탓에 데우기만 하면 끝인 소스를 사서 돌아갈 듯싶었다.

겉옷 주머니에 손을 넣으니 폭신한 물체가 닿았다. 프라이팬 양모 펠트. 고마치 씨에게서 받고 그대로 넣어놓고 있었다.

참, 그거 만들 수 있으려나.

구리와 구라의 노릇노릇한 카스텔라.

나는 식품매장 바로 앞에 있는 맥도날드로 들어가 100엔짜리 커피를 마시며 스마트폰으로 카스텔라 만드는 법을 검색해보았다.

'구리와 구라 카스텔라'라고 치니 놀라우리만치 많은 레시피와 블로그가 나왔다. 이렇게나 많은 사람들이 그 그림책에 매료되어 그 카스텔라를 만들어보고 싶어 하는구나.

밀가루를 체에 친다든지, 달걀노른자와 흰자를 분리한다든지, 흰자로 뿔이 생길 정도의 머랭을 만든다든지 하는 부분에서 일찍이 좌절할 뻔했지만, 여러 사이트를 보다 보니 꼭 그래야만 하는 것도 아님을 깨달았다. 레시피를 고안한 사람에 따라 재료의 양도 방법도 조금씩 달랐다. 그중 단 몇 줄만 쓰여 있는 심플한 것이 눈에 들어왔다. 밀가루를 체로 치지도 않고, 달걀을 분리하지도 않는다. 설명에 "되도록 그림책에 충실하게 만들었습니다"라고 쓰여 있다. 이거라면 나라도 할 수 있을 것 같았다.

그래, 지금의 내가 할 수 있는 일을 지금 해보자. 그거면 충분하다.

준비물은 프라이팬, 볼, 거품기.
달걀 3개, 밀가루 60g, 설탕 60g, 버터 20g, 우유 30cc.

프라이팬은 직경 18센티미터 정도가 좋다고 하며 뚜껑도 필요했다. 그리고 레시피에는 쓰여 있지 않지만 저울과 계량컵도 있으면 좋겠다.

참 부끄럽게도 지금 우리 집에는 이런 준비물들이 거의 없었다.

그리고…….

참 굉장하게도 에덴에는 이 모든 것들이 갖추어져 있었다.

오랜만에 제대로 부엌에 섰다.

볼에 깨뜨린 달걀과 설탕을 넣고 거품기로 젓는다. 거기에 녹인 버터와 우유를 첨가한다. 이 시점에서 벌써 달콤하고 좋은 냄새가 났다. 디저트를 만들고 있는 나 자신이 믿기지 않았다.

그다음 밀가루를 넣고 섞는다. 볼 안에서 거품기를 휘휘 돌리는 그 작업은 무척이나 생산적인 일을 하고 있다는 느낌을 주었다.

프라이팬을 불에 얹어 버터를 바르고 반죽을 붓는다. 뚜껑을 닫고 제일 약한 불로 찬찬히 쪄낸다. 이제 상태를 살피며 30분 정도 기다리면 된다고 한다. 하나뿐인 레인지가 그나마 가스 불이라 다행이었다. 잘될 것만 같다.

이 좁은 부엌에서, 이렇게나 간단히 카스텔라를 만들 수 있다니!

나 진짜 대단하잖아? 주저 없이 그런 생각이 들었다.

나는 들뜬 마음으로 두 손을 마주 잡았다. 손에 밀가루가 묻어 있었다. 그걸 씻어내러 세면대로 갔다.

수도꼭지를 비틀고 문득 거울을 들여다보았다. 그곳에 있는 내 얼굴을 말끄러미 바라보았다.

컵라면이나 편의점 빵만 먹어서 그런지 피부가 푸석푸석했다. 냉장고는 텅텅 비었고, 유통 기한이 옛날 옛적에 지난 조미료가 어찌할 바를 모르고 있었다. 수면 부족으로 얼굴빛도 좋지 않고, 기운이 나지 않는 것도 당연했다.

식사뿐만이 아니었다. 바닥에는 먼지가 쌓여 있고, 창문은 때가 껴서 뿌옜다. 빨래는 방 안에 널어둔 채로, 매달려 있는 옷을 걸어 곧장 몸에 걸치는 게 습관이 됐다. 선반 위에는 잡다한 물건들이 흩어져 있었다. 꾸덕꾸덕하게 굳은 매니큐어 병, 석 달이 지난 텔레비전 잡지, 반년 전 즉흥적으로 사놓고 뜯어보지도 않은 요가 DVD.

나는 지금껏 나 자신을 얼마나 소홀히 다뤄온 걸까. 입으로 들어가는 음식이나 자기 주변 것들에 정성을 들이지 않는다는 건 스스로를 홀대한다는 뜻이다. 기리야마 군과는 조금 다른 의미로, 나 역시 '사람답게' 살고 있지 않았던 게 아닐까.

나는 손을 꼼꼼히 씻은 다음, 카스텔라가 구워지길 기다리는 동안 대충 방 청소를 했다. 빨래를 개고 바닥에 청소기를 돌렸다. 한번 하기 시작하니 몸이 알아서 움직였다. 대공사인 줄로만 알았는데, 좁은 방은 김이 샐 만큼 순식간에 정리되었다.

훤해진 원룸에 달콤한 냄새가 솔솔 풍겨 왔다. 부엌으로 돌아가 카스텔라의 상태를 보니 노란 반죽이 유리 뚜껑에 들러붙을 기세로 부풀어 오르는 중이었다.

"……대단해!"

엉겁결에 환호성을 질렀다. 정말 그 그림처럼 잘 부푸는구나.

기쁜 마음에 뚜껑을 열어보았다. 가장자리는 이미 그럴싸하게 굳어 있었다. 뽀글뽀글 기포가 생긴 중앙은 아직 반쯤 액체 상태기에 나는 다시 한번 뚜껑을 덮었다.

나도 조금은 사람답게 사는 모습에 가까워지고 있는지도 모른다. 그렇게 생각하니 어쩐지 마음이 놓였다.

벽에 기대앉아 나는 『구리와 구라』를 펼쳤다.

깊은 숲속으로 간 들쥐 구리와 구라.

도토리를 바구니에 가득 주우면 설탕을 담뿍 넣어 삶자.
밤을 바구니에 가득 주우면 말랑하게 삶아서 크림을 만들자.

아아, 하고 숨소리가 새어 나왔다.

구리와 구라는 알을 찾기 위해 숲으로 간 것이 아니었다. 하물며 카스텔라를 만들기 위함도 아니었다.

아마도 둘이 평소에 먹고 있었을 도토리와 밤을 주우러 갔을 뿐이다. 여느 때와 다름없이.

그곳에서 뜻하지 않게 맞닥뜨린 커다랗고 커다란 알.

"달걀로 뭘 만들 수 있는질 모르면 생각해내기 어려운 음식이잖아"라고 사야가 했던 말이 떠올랐다.

그렇구나. 그런 뜻이구나.

커다란 알을 맞닥뜨린 그때, 둘은 이미 알고 있었던 것이다.

카스텔라 만드는 법을.

무언가 갈피를 잡은 듯한 기분이 들며 마음속에서 평 소리가 울렸다.

부푼 마음을 끌어안고 부엌으로 되돌아갔다. 풍겨 오는 냄새가 살짝 고소해졌다.

뚜껑을 열고 나는 헉, 하고 숨을 멈추었다.

부풀어 있던 중앙이 움푹 파여 있고, 프라이팬에서 넘쳐흐를 것 같은 반죽 끝이 새까매져 있었다.

화들짝 놀라 뒤집개로 접시에 담았다. 세로로 부풀지 않고 가로로 흐늘흐늘하게 퍼진 그 물체는 밑바닥이 바싹 타 있었다. 프라이팬에서 꺼내자마자 더욱 납작하게 쪼그라들고 말았다.

"……뭐야 이게."

가장자리를 떼어내 맛을 보았다. 영 카스텔라가 아니었다. 찐득찐득하고 고무처럼 질겼다.

뭐가 문제였을까? 레시피대로 했을 텐데.

쓸데없이 달기만 한 기분 나쁜 덩어리를 오물오물 씹고 있었더니, 별안간 우스워져서 웃음이 터졌다.

속상한 마음은 들지 않았다. 재밌다는 생각마저 들었다. 정리된 방과 싱크대 안 조리 도구가 나를 비참하지 않게 해주었기 때문이다.

좋아, 재도전.

이제부터 익혀나가면 된다.

그로부터 일주일 동안 나는 일을 마치고 집으로 돌아오면 카스텔라 만들기에 열중했다. 그 일이 마치 하루 일과처럼 짜여 있었다.

인터넷에서 모은 정보로 몇 가지 개선책을 찾았다.

달걀은 미리 상온에 빼놓을 것. 구우면서 프라이팬을 이따금 젖은 행주 위에 얹어 열을 식힐 것.

그렇게 하는 것만으로도 제법 나아졌다. 그러나 아직 생각처럼 폭신하게는 완성되지 않았다. 이쯤 되자 처음에는 보기만 해도 귀찮게 느껴지던 '밀가루를 체에 친다',

'흰자와 노른자를 분리해 머랭을 만든다' 같은 작업이 그리 어렵지 않은 듯했다.

나는 새 아이템으로 체도 구입했다. 머랭을 만드는 데는 상당히 고전했지만, 반죽의 결이 고와져 느낌이 좋았다. 하지만 여전히 부족했다. 조금 더 높은 완성도를 목표로 하겠다는 욕심이 싹텄다.

마침내 큰맘 먹고 핸드 믹서를 샀다. 완벽한 머랭을 만들고 싶었기 때문이다.

몇 번이고 시도하는 사이 불 조절이나 열을 식히는 타이밍을 그럭저럭 익히게 되었다. 처음에 내가 '약불'이라고 생각했던 건 사실상 조금 세지 않았나 싶다. 그런 '적당함'이란 직접 경험해보지 않으면 모르는 것이었다.

───계속하다 보면 알게 되는 게 있는 것 같아.

누마우치 씨가 한 말이 이런 의미구나.

그리고 또 한 가지 달라진 점이 있었다. 카스텔라를 만들기 위해 부엌에 서고부터 간단하게나마 저녁 요리에도 손을 대기 시작한 것이다. 카스텔라를 나무랄 데 없이 구워내는 일에 비하면 채소와 고기를 썰어 볶거나 졸이는 일은 쉽고 간단했다. 밥도 밥솥이 맛있게 지어주었다. 남은 반찬을 작은 밀폐 용기에 담아두었다가 주먹밥을 만들어 휴식 시간에 먹고 있었더니, 기리야마 군이 무척 놀라워했다. 나 역시 놀랍다. 고작 며칠의 마음가짐으로 몸도 마음도 눈에 띄게 건강해졌으니까.

그리고 이레째인 오늘은, 부엌에 선 순간 '잘될 것 같다'는 느낌이 들었다.

지금까지의 실패도 성공도, 모두 한데 그러모은 혼신의 작품.

뚜껑을 열고, 나는 비로소 만족하며 고개를 끄덕였다. 그리고 소리 내어 말했다.

"커다랗게 부풀어 오른 카스텔라가 노릇노릇한 얼굴을 내밀었어요."

나는 그림책에서 그랬던 것처럼 프라이팬째로 카스텔라를 떼어내 입에 넣었다.

폭신폭신하고 맛있었다.

나도 완성했다. 숲속 모두가 눈을 동그랗게 뜨며 감탄하는 카스텔라를.

촉촉이 눈물이 맺혔다. 그리고 마음속으로 굳게 다짐

했다.

이제부터는 정말로……

나 스스로를 제대로 먹여 살릴 것이다.

잘라 나눈 카스텔라를 기리야마 군에게도 나누어주니 진심으로 감탄한 듯 "대단한데!"라고 말해주었다. 나는 그 말을 있는 그대로 받아들였다.

기리야마 군의 웃는 얼굴이 보고 싶었다. 주먹밥에 대한 답례를 하고 싶었다. 그래서 그토록 열심이었는지도 모른다는 사실을 깨닫자 가슴이 꾸욱 달콤하게 아파 왔다.

그리고 또 한 사람.

퇴근 때 로커룸에서 누마우치 씨에게도 카스텔라를 건넸다. 그때의 감사한 마음을 전하면서.

"구리와 구라에 나오는 카스텔라를 따라 만들어봤어요."

내가 말하자 누마우치 씨는 활짝 웃었다.

"구리와 구라! 나도 어렸을 때 엄청 좋아해서 여러 번 읽었는데."

"어, 누마우치 씨 어렸을 때요?"

내가 깜짝 놀라 눈을 휘둥그레 뜨자 누마우치 씨는 입

을 삐죽거렸다.

"뭐야, 나한테도 어린 시절이 있었다고."

그건 그렇다. 상상은 잘 되지 않지만.

스테디셀러 그림책은 얼마나 위대한 힘을 지닌 걸까. 구리와 구라는 변함없는 모습으로, 몇 세대에 걸쳐 그림책을 읽는 아이들을 길러내는 것이다.

누마우치 씨는 생각에 잠긴 듯 허공을 보았다.

"나는 그 그림책, 좀체 호락호락하지 않은 점이 좋더라."

"그런 이야기였나요?"

내가 고개를 갸웃하자 누마우치 씨는 크게 끄덕였다.

"응. 알이 너무 크고 미끌미끌거려서 옮기질 못한다든가, 단단해서 깨질 못한다든가. 또 냄비가 배낭에 안 들어간다든가 하면서 연달아 난관에 부딪히잖아."

기리야마 군에게 『구리와 구라』 이야기를 했을 때 그는 "숲속 동물들이 모여서 케이크 먹는 그림책이잖아"라고 했었다. 그렇게나 짧은 이야기인데도 책에서 받는 느낌이 사람마다 각기 다른 것이다. 흥미로웠다.

누마우치 씨는 신이 나서 말을 이었다.

"그래서, 둘이 이렇게 하자 저렇게 하자 상의하면서 같이 힘을 합쳐나가지. 그 부분이 진짜 좋아."

그러고는 나를 보며 배시시 웃었다.

"일은 있잖아, 같이 힘을 모아 해나가면 되는 거야."

수요일, 휴무가 겹친 나는 커뮤니티 센터의 도서실을 찾았다. 빌린 책을 반납하기 위해서였다. 그날로부터 딱 2주가 지났다.

부록으로 받은 프라이팬은 원형 쇠붙이에 스트랩을 달아 가방에 걸어두었다. 내게는 이제 부적과도 같은 존재다.

도서실 입구에서 노조미짱에게 책을 반납하고, 나는 고마치 씨가 있는 곳으로 갔다.

고마치 씨는 그때와 마찬가지로 L자형 카운터와 가리개 사이에 푹 파묻혀 바늘을 움직이고 있었다.

끊임없이, 끊임없이. 계속 되풀이하며 찌르는 사이에 형태를 갖추어가는 양모 펠트.

내가 코앞에 서자 고마치 씨는 손을 멈추고 이쪽을 쳐다보았다. 나는 머리를 숙였다.

"감사했습니다. 『구리와 구라』도, 프라이팬도요. ……소중한 걸 배웠어요."

"응?"

고마치 씨는 새치름한 얼굴로 고개를 갸우뚱했다.

"나는 아무것도 한 게 없어. 당신 스스로 필요한 걸 얻어냈을 뿐."

고마치 씨는 여전히 높낮이가 없는 말투로 이야기했다.

나는 오렌지색 상자를 가리켰다.

"맛있죠, 허니돔."

그러자 고마치 씨는 돌연 볼을 빨갛게 물들이며 기쁨에 찬 표정을 지어 보였다.

"이거, 되게 좋아하거든. 참 근사하지? 모두가 행복해지는 디저트란."

나는 크게, 크게 고개를 끄덕였다.

시간이 됐다.

도서실을 나온 나는 컴퓨터 교실 수업을 들으러 집회실로 향했다.

나는 틀림없이 숲속에 막 들어선 참일 것이다.

뭘 할 수 있는지, 뭘 하고 싶은지 나로서는 아직 잘 모르겠다. 하지만 조급해하지 않아도, 무리하지 않아도 된다.

지금은 하루하루를 가다듬으면서, 할 수 있는 일을 하

면서 손에 닿는 것부터 익혀나갈 것이다. 준비해나갈 것이다. 깊은 숲속에서 밤을 줍는 구리와 구라처럼.

어마어마하게 커다란 알과 언제 어디서 마주칠지 모르는 법이니까.

2장

료
(35세, 가구 제조업체 경리)

시작은 스푼 하나였다.

은으로 된 그 자그마한 스푼은, 납작한 손잡이 끝이 튤립처럼 봉긋 솟아 있었다.

진열장에 놓인 그것에 왠지 모르게 마음이 가 손에 들어보았다. 자세히 보니 손잡이에 양 그림이 새겨져 있었다. 크기로 보아 티스푼인 듯했다. 나는 한동안 그것을 멀거니 바라보다 손에 든 채 어둑어둑한 가게 안을 물색했다.

좁은 가게 안은 여하튼 오래돼 보이는 물건들로 북적이고 있었다. 회중시계, 촛대, 유리병, 곤충 표본, 무언가의 뼈. 나사며 못이며 열쇠. 빛바랜 물건들이 기나긴 세월을 중후하게 껴안은 채 알전구에 비쳐 숨을 죽이고 있었다.

당시 고등학생이던 나는, 그날 아침 엄마와 조금 다투고 집을 나왔다. 그 탓에 수업이 끝난 후에도 집으로 곧장 가고 싶지 않은 기분이었다. 그래서 한 정거장 전 역에 내려 어슬렁어슬렁 딴 길로 샜다.

가나가와 변두리, 번화가에서 떨어진 곳에 가정집과 뒤섞여 그 가게가 있었다. 입구엔 '엔모쿠야煙木屋'라는 입간판이 서 있고, 끄트머리에 ENMOKUYA라는 알파벳이 나열돼 있었다. 엔모쿠야. 유리문 너머로 보이는 상품들로 미루어 골동품 가게임을 알아차렸다.

계산대 안쪽에 주인으로 보이는, 니트 모자를 쓴 갸름한 얼굴의 아저씨가 있었다. 오래된 가게가 대개 그렇듯 그 역시 앤티크한 분위기를 풍겼다. 그는 내게 아무런 관심도 없는 듯했고, 내가 그 가게에 있는 내내 분해된 시계를 다시 조립하거나 오르골을 고치거나 하고 있었다.

가게 안을 둘러보는 동안 줄곧 들고 있던 스푼에는 내 체온이 옮겨 갔고, 손에 착 감겨 정이 붙고 말았다. 망설임 끝에 나는 그 스푼을 샀다. 1500엔. 고등학생이 스푼

한 개에 내는 돈치고는 비싼 값이었다. 그럼에도 진열장에 도로 가져다 놓기엔 가슴이 쓰렸다. 떨어지고 싶지 않은 마음에 손에서 놓을 수가 없었던 것이다.

계산할 때 니트 모자를 쓴 주인이 말했다.

"순은이란다. 영국제 티스푼이지."

"언제 만들어진 거예요?"

내가 묻자 그는 돋보기안경을 끼더니 스푼을 뒤집어 뚫어지게 바라보았다.

"1905년."

뒷면에 그렇게 적혀 있었구나, 생각했다. 그런데 내가 확인해보니 글자와 그림 각인만 넷 있을 뿐 숫자는 어디에도 없었다.

"어떻게 아는 건가요?"

"후후후."

주인은 처음으로 웃었다. 그 질문에는 대답해주지 않았지만 나는 왜인지 그 표정에 마음이 끌렸다. 참으로 근사한 미소였다.

그 얼굴에 분명히 드러나 있었다. 그가 골동품을 얼마나 사랑하는지. 자신의 감식안에 얼마나 큰 자부심을 가졌는지. 나는 그 가게와 아저씨가 멋있다는 생각을 했다.

무척이나.

집으로 돌아와 양 스푼을 바라보며 나는 온갖 것들을 상상했다. 1900년대 영국에서 누가 어떻게 쓰던 걸까, 뭘 먹었을까.

귀부인이 애프터눈 티를 즐길 때 컵에 딸려 있었을지도 모른다. 다정한 어머니가 어린 아들의 입에 수프를 떠 넣어주었을지도 모른다. 그 남자애가 다 자라 뚱보 아저씨가 되어서도 소중히 간직했을지도 모른다. 아니면 세 자매가 서로 갖겠다고 싸울 만큼 인기 있는 스푼이었을지도 모르고, 아니면……

상상은 끝없이 이어졌다. 매일 보고 있어도 질리지 않았다.

그 뒤로 나는 하굣길에 몇 번이고 엔모쿠야로 발걸음을 옮기게 되었다.

주인아저씨의 이름은 에비가와 씨였다. 가을과 겨울에는 털모자, 여름과 봄에는 면이나 삼베로 된 모자를 쓰고 있었다. 니트 모자를 좋아하는 사람이었다.

나는 용돈으로 충당할 수 있는 범위 내에서 몇몇 소품들을 샀다. 에비가와 씨에겐 미안하지만, 구경만 하는 날도 있었다. 그 공간에 몸을 두고 있으면 일상의 번잡한 일들을 잠시 동안 잊을 수 있었다. 성가신 학교 일이나 엄마의 잔소리, 미래에 대한 불안. 현실이 아무리 괴롭더라도 문을 열면 그곳엔 나를 품어주는 환상의 세계가 있었던 것이다.

시간이 지나면서 나는 조금씩 에비가와 씨나 단골손님들과 얼굴을 맞대고 말을 주고받게 되었고, 골동품의 역사와 용어를 익혔다.

스푼 뒷면의 각인을 '홀 마크'라고 한다는 사실을 가르쳐준 것도 에비가와 씨였다. 자주 드나든 지 1년쯤 되었을 무렵 드디어 의문이 풀렸다. 네 개의 각인은 메이커와 순도, 제대로 된 검사를 받았다는 증명, 그리고 제조 연호였다.

"여기, 네모로 에워싼 n이라는 알파벳 보이지. 이게 1905년이라는 뜻이란다."

숫자가 아닌 알파벳 서체와 테두리의 조합으로 식별하게끔 되어 있는 것이다. 멋없이 숫자로 표기해놓지 않는 점이 영국인다운 센스일지도 모른다.

"양 그림은 아마도 문장紋章일 거야. 문장 전체가 아닌 일부일 수도 있지만."

그 말을 들으니 나는 더욱더 그 스푼이 소중하게 느껴

졌다. 예쁜 일러스트 같은 게 아니었던 것이다. 티스푼 하나에 그 집안이 지녀온 존엄성마저 느껴졌다.

이토록 웅장한 낭만이 담겨있을 수가. 나는 앤티크의 세계로 빠져들었고, 에비가와 씨에 대한 존경심을 품었다.

그러나 지금, 그 가게는 존재하지 않는다.

고등학교 졸업을 코앞에 둔 어느 날, 여느 때처럼 가게를 찾아가 보니 돌연 '폐점했습니다'라고 손으로 쓴 종이한 장이 문에 붙어 있었고, 그렇게 나와 에비가와 씨의 관계는 뚝 끊어지고 말았다.

18년이 지날 동안 그곳은 미용실이었다가, 빵집이었다가, 지금은 기껏해야 다섯 대밖에 대지 못하는 무인 주차장이 되었다.

더 이상 그 문 너머로는 갈 수 없게 돼버렸다.

그래서 나는 생각한 것이다. 언젠가, 그런 가게를 차리고 싶다고.

서른다섯 살이 된 지금도 그 소망은 마음 어딘가에 계속 자리하고 있다.

돈을 모아 회사를 관두고, 괜찮은 자리를 찾아 상품을 진열하고, 언젠가, 언젠가는.

───그 언젠가는 도대체 언제를 말하는 걸까?

나는 대학 졸업을 계기로 집을 나와 도내 아파트를 빌렸고, 가구 제조업체의 경리팀에서 일하고 있다. 대기업도 아니고 고급 제품을 다루는 것도 아니지만, 접하기 쉬운 캐주얼한 가구는 되레 꾸준한 수요가 있어 회사 경영은 그럭저럭 안정적이다.

"이거, 어떻게 하는 거더라?"

부장인 다부치 씨가 대각선 뒷자리에서 몸을 비틀어 내 쪽으로 얼굴을 돌리고 물었다.

최근 사내 전체에 일괄적으로 새로운 소프트웨어를 깔았는데 사용법을 잘 모르는 모양이었다. 다부치 씨는 막힐 때마다 몇 번이고 질문해 온다. 경비정산서를 확인하고 있던 나는 손을 멈추고 일어섰다.

이 조작법, 어제도 똑같이 물어봤는데, 하고 생각하며 의자에 앉아 있는 다부치 씨 뒤에서 순서를 알려주자, 다부치 씨는 "아아, 아아, 그렇게 하는 거로군!" 하며 큰 목소리로 반응했다.

"참 도움이 많이 돼. 우라세 군, 일 잘하니까 말이야."

두툼한 입술이 씰룩씰룩 움직였다. 나는 자리로 돌아와 하던 일을 이어갔다.

숫자를 다루는 일은 싫지 않다. 경리팀은 사업의 경제

를 움직인다기보다 조정하는 일을 한다. 도박도, 도전도 없다. 담담하고 무미건조하므로, 타오르는 열정 따윈 필요 없는 일이라 받아들이면 편할지도 모른다.

"우라세 군, 내일 한잔하러 안 갈래? 그 왜, 지난달에 갔던 오후나테이大船亭. 오픈 3주년 기념으로 맥주 할인한다던데."

다부치 씨가 말했다. 나는 책상 위의 영수증 다발을 내려다보며 대답했다.

"죄송합니다. 내일은 제가 연차라서."

"아, 그렇군, 그렇군."

거절할 구실이 있어 진심으로 다행이었다. 말이 긴 다부치 씨와 술을 마시는 건 상당히 곤욕스러운 일이기 때문이다. 그렇다고 해서 매일 얼굴을 보는 상사의 권유를 전부 고사할 배짱은 없다. 12월에 접어들면 슬슬 송년회 시즌이 다가온다. 그때는 참석하지 않을 수 없을 것이다. 지금은 되도록이면 피하고 싶었다.

다부치 씨는 회전의자를 빙그르 돌려 내 쪽으로 몸을 돌렸다.

"여자친구랑 데이트?"

"네, 뭐."

"우와, 정답이네. 이거 야단났군."

다부치 씨는 이마를 탁 때렸다. 과장된 그 몸짓에, 재 밌어서 웃는 것과는 다른 웃음이 새어 나왔다. 이런, 괜한 소릴 했다. 다부치 씨는 턱을 이쪽으로 홱 돌리곤 히죽히 죽 웃었다.

"사귄 지 좀 오래되지 않았나? 결혼할 거야?"

"어라? 이거 계산이 잘못됐네. 판매팀에 있는 콘노 씨, 매번 실수한다니까. 다시 해달라고 해야겠네."

나는 혼잣말하듯 대화 주제를 바꾸고 다부치 씨에게 억지웃음을 지어 보였다.

"경비정산서, 어려워하는 사람 많지."

다부치 씨도 웃으면서 컴퓨터 쪽으로 다시 자세를 잡 았다.

내선 전화벨이 울렸다. 맞은편 자리에 있는 요시타카 씨가 귀찮은 듯 전화를 받았다. 최근 들어온 20대 여자 직 원이다. 무뚝뚝하게 응대한 다음 "우라세 씨, 전화요" 하 며 보류 버튼을 눌렀다.

"어, 누군데?"

"잘 못 들었어요. 남자요."

"……고마워."

나는 전화를 받았다. 해외사업팀에서 건 전화였다. 영국으로부터 새 실내 장식을 수입하게 되면서 예산안을 부탁받았었다. 담당은 다부치 씨일 텐데, 타 부서 사람들은 어째선지 뭐든 나에게 문의하는 일이 잦다. 마음 약한 내게는 어려운 이야기도 툭툭 하기 편해서 그런 것 같다.

나는 일단 보류로 돌린 뒤 다부치 씨에게 물었다.

"영국 브랜드 예산안, 거의 되셨나요? 내일 회의 때 필요하다고 합니다."

"아, 그거, 너무 어려워서 말이지. 달러가 아니고 파운드라 그런지 뭔가 적응이 안 되더라고. 우라세 군처럼 영어를 잘하는 것도 아니니까 말이야."

조르는 듯 치켜뜬 눈에 나는 속으로 깊은 한숨을 내쉬었다.

"……알겠습니다. 제가 해놓을게요."

"미안하게 됐어. 다음에 한턱낼게."

다부치 씨는 가볍게 한쪽 손을 들었다. 요시타카 씨는 갈라진 머리카락을 잘라내고 있었다.

상사가 무능하다든가, 부하 직원이 의욕이 없다든가 하는 건 그다지 괴로울 만한 일도 아니다. 그런데 내가 회사를 그만두고 싶어지는 건 이럴 때다.

붙임성이 없어서, 희망한 대로 영업팀이 아닌 경리팀으로 배치를 받은 건 행운이었다. 하지만 어디에 있든 조직에 속해 있는 한 성가신 인간관계가 반드시 존재한다는 사실을 이제는 잘 알고 있다.

회사를 관두고, 좋아하는 것들로만 가득 채운 가게를 차리면 얼마나 행복할까. 나와 마찬가지로 골동품을 좋아하는 손님들만 상대하면서.

그러나 지금은 그만둘 수 없다. 저금한 돈은 100만 엔도 채 안 되고, 무엇보다 이렇게 매일 회사에서 일만 하다 보면 눈 깜짝할 새에 하루하루가 흘러간다. 눈앞에 놓인 잡다한 일에 쫓겨 사업 공부나 준비 따윈 요만큼도 할 수가 없다.

나의 앤티크 잡화점 문은 언제쯤 열릴 수 있을까. 딱 하나 분명한 것은, 나는 오늘 밤 불필요한 야근을 해야 한다는 사실뿐이었다.

수요일인 이튿날, 나는 여자친구 히나를 데리러 집으로 갔다. 한적한 주택가에 자리한 단독 주택이다.

자기 방에서 밖을 내다보고 있었는지 2층 창문으로 히나가 "료짱" 하며 얼굴을 내밀었다.

금방 도로 들어가기에 밖으로 나오려나 싶어 초인종을 누르지 않고 마당에 서 있는데, 현관에서 나타난 건 히나가 아닌 히나의 어머니였다.

"료, 오랜만이네. 잘 지냈어?"

"안녕하세요."

"오늘 저녁, 집에서 먹고 갈 거지?"

"아, 네……. 매번 죄송해요. 감사히 먹겠습니다."

"죄송은 무슨. 료가 오면 아빠도 좋아하는걸. 생선이랑 고기, 어느 게 좋아? 히나는 고기밖에 안 먹으니까, 이럴 때 솜씨 좀 발휘해서 생선 요릴……."

히나가 후다닥 뛰어왔다.

"정말, 엄마는 료쨩한테 말이 너무 많다니까!"

히나가 내 팔에 손을 휘감았다. 바닐라 같은 냄새가 났다. 히나의 향수 냄새다.

"다녀오겠습니다."

히나는 남는 손으로 어머니에게 손을 흔들곤 나를 끌어당기듯 앞장섰다.

나보다 열 살이나 어린 히나는 아직 스물다섯 살이다.

처음 만난 건 3년 전, 가마쿠라 해안에서였다. 혼자 절에서 열린 벼룩시장에 갔다가 그길로 유이가하마를 산책

하고 있었는데, 해변에 쭈그려 앉아 뭔가를 찾고 있는 여자애가 눈에 들어왔다.

대단히 심각한 표정이었기에 중요한 물건이라도 잃어버렸나 싶어 말을 걸었더니 "바다 유리를 줍고 있어요"라고 했다. 해변에 떠밀려 온 유리 파편을 말하는 것이었다. 까마득한 옛날, 아득히 먼 곳에서 떠밀려 오는 그것들은 오랜 세월 파도에 휩쓸리며 모서리가 닳아, 자연이 만들어내는 공예품이 되어 먼 나라의 바닷가에 다다른다.

그녀는 그걸 모아 액세서리를 만드는 모양이었다. 플라스틱 용기 안에 초록색, 파란색의 유리, 조개껍데기와 메마른 불가사리 같은 것도 들어 있었다.

"바다 유리는, 어느 시대의 누군가가 쓰던 유리 제품의 일부라고 생각하면 낭만이 느껴지거든요. 어떤 사람이 어떻게 지니고 있었을까…… 하고 생각하기 시작하면 상상의 나래가 한없이 펼쳐져요."

똑같다는 생각을 했다.

나와 똑같다. 이 눈동자, 이 감수성, 이 세계관.

나도 몸을 앞으로 숙여 모래밭을 내려다보니 수많은 것들이 떨어져 있었다. 바싹 마른 바닷말, 나뭇조각, 돌멩이. 비치 샌들 한 짝, 비닐봉지, 무언가의 뚜껑…… 쓰레기라 불리는 인공적인 분실물들. 생각해보면 바닷가는 거대한 골동품 광장이나 다름없다.

그중에서 나는 조그마한 유리 파편을 찾아냈다. 누에 콩 같은 모양의 빨간 바다 유리.

"이거, 괜찮으시면."

내가 그렇게 말하며 건네주자 히나는 "흐악!" 하고 이상한 소리를 내며 눈을 번쩍 떴다.

"예쁘다! 빨간색은 진짜 드문데, 기뻐라. 고마워요."

별말씀을요, 하고 나는 고개를 숙이곤 허둥지둥 자리를 떴다. 들뜬 그 모습이 귀여워 쑥스러웠기 때문이다. 뭐, 가끔은 이런 사소한 행운도 찾아오곤 하는 법이지. 그때는 그 정도로만 생각했었다.

그런데 거기서 끝이 아니었다.

그다음 주 주말, 도쿄 빅사이트에서 열린 앤티크 마켓에서 우리는 우연히 재회한 것이다. 무수히 많은 점포와 손님들로 복작거리는 가운데 나는 기적적으로 그녀를 발견했다. 이런 말 하긴 뭐하지만, 그녀 주위만 환하게 빛이 나 보였다.

나는 물건을 사고 있던 히나에게 말을 걸었다. 생각할 겨를도 없이 순간적으로 한 행동이었다. 히나 역시 놀라워했는데, 잠시 이야기를 나누다 차라도 한잔하면 어떻겠냐는 흐름이 되었다. 맹세컨대 태어나 처음 걸어본 작업이었다. 내가 그런 짓을 하다니, 몇 번을 다시 생각해봐도 놀랍다.

우리는 오래된 물건에 끌린다는 점에서 죽이 잘 맞았다. 그런 유의 가게나 이벤트를 발견하면 둘이 같이 찾아가 보곤 했다.

언젠가, 함께 가게를 하고 싶어.

아주 가끔 그런 이야기를 하기도 한다. 하지만 그 '언젠가'는 정년퇴직하고 나서, 1억 엔의 복권이 당첨된다면, 하는 꿈같은 이야기다. 지금 내가 그 꿈을 제법 진지하게 바라고 있다는 사실은 하나도 잘 모를 것이다.

정년퇴직까지 앞으로 몇 년 남았더라. 그때가 돼도 가게를 차릴 자금이나 열정, 체력이 남아 있을까.

오늘은 하나의 권유로 '광물과 놀다'라는 소규모 강습회에 참가하게 되었다. 하나의 집 근처 초등학교에 커뮤니티 센터라는 시설이 있는데 그곳에서 이벤트나 강습이 열린다고 한다. 하나가 다녔던 초등학교는 아니라기에, 용케 찾아냈네, 했더니 그녀가 말했다.

"인터넷 쇼핑몰을 직접 만들어보려고 컴퓨터 교실을

찾아봤더니, 여기서 하고 있더라고. 지금 다니고 있어. 거의 일대일로 두 시간 동안 꼼꼼히 가르쳐주는데 2000엔이다? 장난 아냐, 커뮤니티 센터. 여러 행사라든지 동호회 같은 것도 있고."

바다 유리 액세서리를 만드는 것만으로는 성에 안 차 판매할 생각을 하게 된 것이다. 히나는 일주일에 세 번 사무직 아르바이트를 하고 있다. 부모님과 함께 사니 생활비 걱정도 없고, 액세서리 제작과 인터넷 쇼핑몰에 쓸 수 있는 시간은 충분하다. 나와는 다르게.

……큰일이다, 옹졸해지고 있어. 나는 절레절레 머리를 흔들었다.

나는 히나를 따라 하얀 커뮤니티 센터 건물로 들어가, 접수대에 놓인 입관표에 이름과 목적, 입관 시간을 적었다. 방문자는 오전 중 열 명쯤 되었던 모양이고, 이용 장소에는 집회실과 다다미방 외에 도서실도 적혀 있었다. 그런 것도 있구나.

강습회 장소는 집회실B였고, 모인 사람은 겨우 네 명이었다. 우리 외에는 나이 지긋한 남자가 둘 있었다. 이 정도로 콤팩트한 편이 이런 강습에는 적합할지 모른다.

강사는 모테기라는 이름의 50대 남성이었다. 맨 처음

간단히 자기소개를 했다. 평소엔 주물 공장에서 일하는 모테기 선생님은 취미가 깊어져 광물 감정사 자격증을 땄고, 시간이 나면 대개 봉사 활동으로 강습회나 채석 체험 행사를 열고 있다고 한다.

취미가 깊어져 봉사 활동으로라. 누구에게도 폐 끼치는 일 없이 환영받으며, 편안한 마음으로 즐길 수 있겠지.

그런 잡념이 드는 와중에도 강습회는 재미있었다. 어떤 종류의 광물이 있는지, 광물이 어떤 과정으로 만들어지는지. 올바른 확대경 사용법을 알려주고, 희귀한 광물 표본도 보여주었다.

한 사람당 하나씩 5센티미터 정도 되는 돌멩이가 주어졌다. 보라색과 노란색 그러데이션에 줄무늬가 쳐진 그것은 아르헨티나산 형석螢石이라고 선생님이 말했다.

"그럼, 다 같이 다듬어봅시다."

스포이트로 물을 떨어뜨리고 사포로 다듬었다. 조금 평평해졌을 때쯤 물로 헹궈낸 다음 모래 알갱이가 촘촘한 사포로 바꾸어나갔다.

돌멩이의 요철이 매끈해진 형석은, 줄무늬가 또렷이 선명하게 나타나기 시작했다. 재밌다.

스멀스멀, 잡화점을 차리는 꿈이 고개를 들었다. 그래,

이런 광물 코너도 만들고, 전문가 선생님을 불러 조촐한 이벤트를 열어도 좋겠다.

90분의 강습이 끝나자 히나가 말했다.

"료쨩, 나 선생님이랑 얘기 좀 하고 올 테니까 잠깐 기다려줄래? 이런 광물로 액세서리를 만들어보고 싶거든. 경도라든가 적합한 돌 같은 게 궁금해서."

의욕이 넘친다. 인터넷 쇼핑몰로 머릿속이 꽉 찬 히나를 방해할 이유는 없었다.

"응. 도서실이 있나 본데, 책이라도 보고 있을게. 천천히 물어보고 와."

나는 그렇게 말하고 집회실을 나왔다.

도서실은 복도 끝 막다른 곳에 있었다.

입구에서 안쪽을 들여다보니 생각했던 것보다 넓었다. 벽에도 중앙에도 책장이 빼곡히 늘어서 있었다.

이용객의 모습은 보이지 않았고, 카운터에서 감색 앞치마를 두른 여자애가 책 바코드를 찍고 있었다.

나는 맨 먼저 입구에서 제일 가까운 벽의 책장을 살펴보았다. 초등학교에 딸린 시설이라 애들용 책이 많을 줄 알았는데, 보통의 도서관 못지않게 잘 갖춰져 있어 놀랐다.

앤티크 관련 책을 찾아보았다. 공예·미술 책장을 금세 찾아냈다. 몇 권을 훌훌 넘겨본 다음 나는 사업에 관한 책은 없는지 둘러보았다.

그때 감색 앞치마를 한 여자애가 지나갔다. 책을 세 권 들고 있었다. 반납된 책을 정리하고 있는 것이리라.

"사업이나 경영 관련 책은 어떤 게 있나요?"

내가 묻자 여자애는 커다란 눈을 뒤룩뒤룩 굴렸다. 아직 10대인 듯했다.

"으음, 으음……. 비즈니스 책이 좋으려나. 경영자가 쓴 자서전 같은 것도 도움이 될 테고."

이름표에 '모리나가 노조미'라고 쓰여 있었다. 열심히 고민해주는 그녀에게 미안한 마음이 들어, 나는 "아, 괜찮습니다" 하고 한쪽 손을 저었다. 노조미짱은 새빨간 얼굴로 말했다.

"죄송해요. 제가 아직 사서 공부 중이라서요. 안쪽 레퍼런스 코너에 베테랑 사서분이 계시니, 그쪽에 문의해보시겠어요?"

노조미짱이 손짓한 쪽 천장에 '레퍼런스'라고 적힌 간판이 매달려 있었다.

일부러 사서까지 두다니, 작지만 제대로 된 도서실이

다. 나는 안쪽으로 가 가리개 너머의 레퍼런스 코너를 보 곤 흠칫했다.

그곳엔 어마어마하게 커다란 여자가 앉아 있었다.

터질 것 같은 몸 위에 턱과 목의 경계가 없는 머리가 얹혀 있었다. 베이지색 앞치마에, 널찍한 짜임새의 아이 보리색 카디건. 피부도 하얗고 옷도 하얘서 「고스트버스 터즈」에 나오는 마시멜로 맨 같았다.

나는 머뭇머뭇하며 가까이 다가갔다. 뚱한 표정의 마시 멜로 맨은 어찌 된 영문인지 가늘게 떨고 있었다. 어디 아 프기라도 한가 싶어 그녀 주변을 들여다보니, 카운터 안쪽 에서 무언가 둥근 물체에 푹푹 바늘을 찌르고 있었다.

······스트레스가 심한가.

나는 말을 걸어도 될지 망설이다 되돌아가려고 했다. 그러자 마시멜로 맨이 확 하고 얼굴을 들었다. 의도치 않 게 눈이 마주쳐 나는 그 자리에서 굳어버렸다.

"뭘 찾고 있지?"

뜻밖의 부드러운 목소리였다. 놀라웠다. 웃음기가 전 혀 없는데도 인자함으로 가득했다. 나는 빨려 들어가듯

비슬비슬 몸을 돌렸다.

내가 찾고 있는 건…… 주체할 수 없는 꿈을 간직해둘 곳인지도 모르겠다.

마시멜로 맨의 가슴께에 이름표가 매달려 있었다. 고마치 사유리. 고마치 씨라고 하는구나. 당고 머리에는 하얀 꽃 비녀가 꽂혀 있었다.

"그…… 사업 관련 책 같은 게 있을까요?"

사업, 하고 고마치 씨는 내 말을 되풀이했다.

"새로 시작하는 사업 관련이요."

그렇게 말하니 엄청나게 대단한 일을 꾸미고 있는 것 같아 조금 멋쩍어졌다. 나는 추가로 요청했다.

"그리고 퇴사를 잘하는 방법이라든지……."

어느 쪽도 못 하는 주제에. 사업을 시작하는 일도, 지금 있는 곳을 떠나는 일도.

고마치 씨는 가까이 있던 오렌지색 종이 상자 안에 바늘과 털 뭉치를 넣었다. 구레미야도의 허니돔이라는 쿠키 상자다. 어렸을 때 심부름을 하고 용돈 대신 받았던 기억이 있다.

고마치 씨는 뚜껑을 닫고 나를 쳐다보았다.

"사업에도 여러 종류가 있잖아. 뭘 하고 싶은데?"

"언젠가 잡화점을 하고 싶어요. 앤티크 잡화점이요."

"언젠가."

고마치 씨는 또다시 그 부분만 따라 말했다. 단조로운 어조였지만 나는 왠지 모르게 서둘러 변명을 해야 할 것 같은 기분이 들었다.

"아니 그러니까, 당장은 회사를 관두기가 어렵고요, 가게를 차릴 만한 큰돈을 뚝딱 마련하기도 쉽지 않아서요. 물론 언젠가, 언젠가 하다 꿈으로만 끝나버릴지도 모르지만요."

"……꿈으로만 끝나버린다라."

고마치 씨는 갸우뚱 고개를 기울였다.

"언젠가, 언젠가 하는 동안은 꿈이 끝나지 않아. 아름다운 꿈인 채로 끝없이 이어지지. 이루어지지 않는대도, 그 또한 삶의 방식 중 하나라고 생각해. 계획 없이 꿈을 안고 살아간다 한들 나쁠 거 없어. 하루하루를 즐겁게 만들어주니까 말이야."

나는 말문이 막혔다.

'언젠가'가 계속해서 꿈을 꾸기 위한 주문이라면, 그 꿈을 실현하기 위해서는 어떤 말을 해야 좋을까.

"하지만 꿈 저편이 어떤 모습인지 궁금하다면, 당연히

알아봐야지."

고마치 씨는 자세를 쓱 고치곤 컴퓨터 쪽을 보았다. 키보드 위에서 1초간 손을 멈추더니, 곧이어 손가락이 보이지 않을 정도의 빠른 속도로 타자를 쳤다. 생각지도 못한 광경에 나는 입이 떡 벌어졌다.

마지막 순간 화려한 몸짓으로 엔터 키를 누르자 프린터에서 종이가 나왔다. 넘겨받은 그 종이에는 책 제목과 저자명, 책장 번호 등이 표로 정리돼 인쇄되어 있었다.

『당신도 가게를 열 수 있다』, 『내 가게』, 『퇴사를 생각한다면 꼭 해야 할 일곱 가지』.

리스트 맨 마지막에 위화감을 주는 제목이 있어 나는 확인을 거듭했다.

『영국왕립원예협회와 함께 즐기는 식물의 신비』.

뭔가 잘못된 것 같아 나는 그 긴 제목을 소리 내 읽었다. 목소리는 작았지만 고마치 씨에게도 들렸을 터다. 그러나 고마치 씨는 나를 묵묵히 바라보고 있었다.

"식물의 신비?"

나는 또 한 번 그 부분만을 되풀이했다. 고마치 씨는 "응" 하고는 비녀에 손을 가져다 댔다.

"참고로 이건 아카시아 꽃이야."

무표정으로 한 말에 나는 뭐라고 대답해야 할지 몰라 망설였다. 무난하게 "예쁘네요" 하고 칭찬하자 고마치 씨는 허니돔 상자에 집게손가락을 댔다.

상자 뚜껑에는 하얀 꽃이 그려져 있었다. 그렇구나, 그게 아카시아였구나. 예전부터 자주 봐온 패키지였지만 꽃의 이름까지는 딱히 염두에 둔 적이 없었다.

"허니돔에 든 꿀이 아카시아 꿀이지."

그렇게 나지막이 말하곤, 고마치 씨는 커다란 몸을 약간 숙여 카운터 아래 둘째 서랍을 열었다.

"받아. 당신한테는 이거."

"네?"

가볍게 쥔, 크림빵 같은 고마치 씨의 손이 뻗쳐 왔다. 나도 엉겁결에 손을 내밀자 폭신한 무언가가 손바닥 위에 놓였다.

털 뭉치 같은…… 고양이였다. 갈색 몸에 까만 줄무늬. 가로누워 잠을 자는 기지토라* 고양이.

"어, 이게 뭔가요?"

---

* 일본의 고양이 품종. 털색이 암꿩(일본어로 '기지')의 깃털 색과 닮아 붙여진 명칭으로, 우리나라의 고등어 태비와 비슷하다.

"부록."

"네?"

"책 부록이야."

부록…… '당신한테는'이라는 건 무슨 의미일까. 고양이를 좋아할 것처럼 보였나. 왜지?

"이건, 만들 때 도안이 필요 없다는 점이 참 좋아. 꼭 그래야만 한다고 정해져 있지가 않지."

고마치 씨는 허니돔 상자의 뚜껑을 열었다. 그러고는 또다시 털 뭉치와 바늘을 손에 들고 푹푹 찌르기 시작했다. 더 이상 질문을 해선 안 될 것 같은 분위기라 나는 종이와 고양이를 들고 자리를 뜨려 했다.

"아아, 맞다."

고마치 씨가 내 쪽을 보지 않고 말했다.

"나갈 때, 접수대에서 퇴관 시간 꼭 적고 가. 깜빡하고 그냥 가는 사람이 많아서."

"아, 네."

푹푹, 푹푹. 마시멜로 맨이 미세하게 흔들렸다.

나는 표와 책장 번호를 대조해가며 적혀 있는 책을 전부 찾아냈다. 네 번째 책도 포함해서. 제목은 긴데, '식물의 신비'만 큼지막한 글씨로 쓰여 있었다.

그때 하나가 다가왔다. 생각보다 빨리 온 느낌이었다. 아니, 내가 예정과 달리 고마치 씨와 이야길 나눠서 그런가.

히나는 고양이 마스코트를 잽싸게 발견하곤, "그게 뭐야?" 하고 소리를 높이며 가져갔다.

"어쩌다 사서분한테 받았어."

"귀엽다. 양모 펠트네."

양모 펠트라고 하는구나. 히나에게 줄까 했는데 그녀는 고양이를 내게 돌려주며 "책 빌리게?" 하고 말했다. 움찔하며 고양이를 받아 들었다.

"아니, 그냥 좀 볼까 싶어서……."

나는 순간적으로 식물 책을 제일 위에 얹어 다른 책의 제목이 보이지 않도록 감추었다.

"대출 카드, 만드시겠어요?"

노조미짱이 말을 걸어왔다. 사서가 되려고 공부 중이라는 말답게, 그녀는 일에 열심이었다.

괜찮아요, 라고 말하려는데 히나가 대답했다.

"아무나 빌릴 수 있나요?"

"구민이시라면요."

"아, 그럼 제가 만들게요. 이 사람은 이 동네 사람이 아니라서."

의욕이 넘치는 노조미짱을 따라 히나는 카운터로 갔다. 그 틈에 나는 사업 관련 책을 부랴부랴 책장에 돌려놓았다. 시치미 뗀 얼굴로 네 번째 책만을 빌린 나는 식물을 좋아하는 사람이 된 채 도서실을 뒤로했다.

밖으로 나가려는데 고마치 씨의 말이 떠올랐다. 퇴관 시간을 적고 가라고 당부했었지. 왔을 때 봤던 표에 시간을 적고 볼펜을 내려놓는데, 옆에 쌓여 있는 종이 다발이 눈에 들어왔다.

'하토리 커센 통신'이라는 제목이 붙어 있다. 커뮤니티 센터를 줄여 커센이라고 부르는 건가. 직접 만든 느낌 가득한 A4 사이즈의 컬러 인쇄물로, 센터 이용객을 대상으로 무료로 가져가게끔 마련해놓은 듯했다.

종이 아랫부분이 눈길을 확 잡아끌었다. 고마치 씨가 준 것과 똑같은 고양이의 사진이 실려 있었기 때문이다. 안경을 쓰고 줄무늬 티셔츠를 입은 남자에게 안긴 기지토라 고양이. 배경에는 책장이 늘어서 있다.

나는 무심결에 그것을 손에 들었다.

커센 통신 VOL.31에는, '직원이 추천하는 가게 특집'으로 도내에 위치한 가게들의 정보가 여섯 분할로 소개되어 있었다. 케이크 가게, 꽃집, 카페, 돈가스집, 노래방.

제일 아래의 고양이 사진에는 '도서실, 고마치 사유리 사서의 강력 추천!'이라는 소제목이 붙어 있었다.

가게의 이름은 '캣츠 나우 북스'. 고양이 책들을 모아놓은 고양이가 있는 책방.

문을 연 히나가 밖을 보며 말했다.

"비 올 것 같아. 료짱, 빨리 가자."

나는 커센 통신을 반으로 접어 책에 끼운 다음, 가방에 넣고 센터를 나왔다.

히나에게는 두 명의 언니가 있다. 첫째 기미코 씨가 나와 동갑인 서른다섯 살, 둘째 에리카 씨가 서른두 살. 히나는 뜻밖에 늦둥이로 태어난 아이라고 한다.

기미코 씨는 독신으로 오사카 방송국에서 음향 일을 하고 있고, 에리카 씨는 체코 사람과 결혼해 프라하에 살고 있다. 곁에 있는 히나를 부모님이 특별히 아끼는 것도 이해가 간다.

그런데도 그들은 히나가 주말마다 내 아파트에 묵는 것도, 단거리 여행을 가는 것도 흔쾌히 허락해준다. 이제 성인이기도 하고, 몰래몰래 거짓말하는 것보다야 훨씬 낫다면서 말이다. 셋째쯤 되면 그러려니 하게 되는 건지도 모르겠다.

작년 여름 렌터카를 빌려 드라이브를 하고 돌아오는 길, 히나를 집에 데려다주다 반강제로 들어가게 된 후로 나는 이 집에 서서히 물들어갔다. 히나에게 구체적으로 결혼 이야기를 한 적은 없지만, 부모님은 이미 결혼하겠거니 생각하고 있을 것이다.

"료 군, 요즘 일은 바쁜가?"

히나의 아버지가 그렇게 말하며 내 쪽으로 맥주병을 들이밀었다. 나는 당황해서 컵에 반 정도 든 맥주를 전부 들이켰다.

"네, 뭐. 지금 연말 정산 시즌이라……. 근데, 그냥 제가 요령이 없어서 그렇습니다."

"남의 일까지 떠맡고 있지는 않은가? 료 군은 사람이 좋고 성실하니 말이야."

아버지가 빈 컵에 맥주를 따랐다. 나는 고개를 숙이며 술을 받았다.

"아빠, 료짱은 술 잘 못 마시니까 많이 주지 마."

히나가 아버지를 말렸다. 자고 가면 되잖냐, 아버지는 웃으며 말했다.

"히나, 좀 도와줘."

부엌에서 어머니의 목소리가 날아왔다. 히나는 자리에서 일어섰다.

아버지는 가자미 조림에 젓가락을 댄 채 눈을 내리뜨고 말했다.

"……위의 두 애는 어릴 때부터 기가 세서, 구태여 사서 고생하는 양 하고 싶은 거 다 하고 제멋대로였는데."

목소리의 톤이 낮았다. 부엌에는 들리지 않도록 하려는 거겠지. 아버지는 말을 이었다.

"히나는 히나대로 현실과 동떨어져 있달지, 뜬구름 잡는 얘기만 잔뜩 해대는 애거든. 너무 오냐오냐하기만 했지. 료 군처럼 견실한 청년이 옆에 있어주니 안심이네."

아버지는 아주 잠깐의 침묵 후, 부드러운 미소를 지으며 나를 똑바로 쳐다보았다.

"히나를 잘 부탁하네."

이 순간 힘차게 "네"라고 대답하지 못하는 나는 조금도 견실한 인간이 아니었다. 수줍은 척을 하며 애매한 웃음을 띨 뿐이었다.

감사하게도 나를 마음에 들어 하고 계신다. 예쁜 딸을 평생토록 지켜줄 반려자 후보로서.

하지만 그 점이 부담스럽기도 했다. 큰 회사는 아니지

만 안정된 회사를 관두고 잡화점을 차리고 싶다는 말 따 윈 죽었다 깨어나도 할 수가 없다.

왜냐하면 그들의 안심은, 나라는 사람이 아닌 내가 다 니는 회사에서 비롯한 것이기 때문이다.

아파트로 돌아와 샤워를 한 뒤, 나는 빌려 온 책과 스 마트폰을 들고 침대에 드러누웠다.

『영국왕립원예협회와 함께 즐기는 식물의 신비』.

다시 한번 제대로 손에 들어보니 표지의 느낌이 고급 스러웠다. 하얀 바탕에 섬세한 식물 연필화가 그려져 있 고, 중앙에는 번쩍번쩍 빛나는 초록색 글씨의 제목이 움 푹 파이도록 가공돼 있었다. 상당히 정교하게 만든 책이 었다.

사서가 왜 이 책을 내게 추천했는지는 알 수 없지만, 확실히 내 취향의 책이긴 했다. 팔락팔락 넘겨보니 잘 읽 히게끔 짜인 가로쓰기 편집에, 치밀한 터치의 일러스트가 풍부하게 삽입돼 있었다. 양쪽 페이지마다 질문 형식으 로 구성되어 있어 초등학교 고학년이 읽어도 괜찮을 법 하나, 그렇다고 해서 유치한 느낌이 드는 것도 아니었다.

천장을 보고 누워 책을 펼쳤더니 커센 통신이 팔랑 떨

어졌다. 나는 책을 베개 옆에 두고 그것을 집어 들었다.

고양이 책방……

기사에는 책방 주인 야스하라 씨가, 보호 중인 고양이를 점원으로 삼아 가게를 시작했다고 쓰여 있었다. 고양이 책으로만 가득한 그 서점은 산겐자야에 있으며, 매출의 일부가 유기묘 단체에 기부된다고 한다.

그러고 보면 튤립 같다고 생각한 양 스푼의 손잡이는 고양이 발처럼 보이기도 한다. 트라이피드 패턴이라 불리는, 납작하게 퍼진 손잡이 끝이 세 갈래로 갈라진 형태다.

나는 스마트폰으로 '캣츠 나우 북스'를 검색해보았다.

트위터 계정 아래로 인터뷰 기사가 몇 건이나 떠서 놀랐다.

제일 위의 기사를 열자 고양이 일러스트 티셔츠를 입은 야스하라 씨가 등장했다. 책장 앞에서 고양이를 끌어안고 있는데, 이번에는 기지토라가 아닌 검은 고양이였다. 한 마리가 아니구나. 가게 안에선 음료도 주문할 수 있다며 '수요일의 고양이'라는 맥주 사진이 실려 있었다.

─────고양이와 책과 맥주. 좋아하는 것들에 둘러싸여.

사진 아래에 그런 캡션이 달려 있었다. 나는 카메라를 향해 미소 짓는 야스하라 씨를 바라보았다.

좋겠다. 내 꿈인데, 이런 거…….

눈꺼풀이 무거워지기 시작했다. 머리가 멍한 상태로 인터넷 기사를 읽었다. 야스하라 씨는 IT 기업에서 회사원으로 있으며 가게를 운영하는 모양이었다.

그게 가능한가……. 소셜 비즈니스. 크라우드 펀딩. 나열돼 있는 낯선 외국어들을 띄엄띄엄 읽어나갔다.

패럴렐 커리어는, 두 가지 일이 서로를 보완해주므로 주종 관계가 없답니다.

야스하라 씨의 코멘트 중 이 한 문장이 적혀 있었다.

주종 관계가 없다고? 무슨 말이지.

'패럴렐 커리어'라는 말을 검색해보니, 경영학자 피터 드러커가 제창한 '또 하나의 활동을 병행하는 일'이라고 설명되어 있었다. 부업을 말하는 건가?

하품이 나왔다.

나는 스마트폰을 내려놓았다. 피곤한 데다 술까지 마셨다. 스르르 잠이 쏟아져 그대로 눈을 감았다.

다음 날, 오후 다섯 시 정각에 퇴근하려던 요시타카 씨를 불러 세웠다.

"영업팀 경비정산서, 확인 끝났어? 제출 기다리는 중인데."

"아아, 그거⋯⋯. 아직인데요. 지금 매니큐어를 발라서 그런데, 내일 해도 될까요?"

요시타카 씨는 그렇게 말하며 한쪽 손을 파닥거렸다. 매니큐어를 발라서 못 한다는 핑계가 통하리라고 생각하는 그 사상 자체가 이해되지 않았다.

"기한, 오늘까지잖아."

나는 가능한 한 부드럽게 이야기했다. 그러나 요시타카 씨는 흡사 심한 말을 듣기라도 한 양 얼굴을 찌푸렸다.

요시타카 씨는 대답도 하지 않고 난폭하게 자리로 돌아가더니 손가락 끝을 조심하며 가방에서 스마트폰을 꺼냈다. 그리고 어디론가 전화를 걸기 시작했다.

"아, 여보세요? 미안, 좀 늦어. 급한 일이 생겨서."

메신저나 문자가 아닌 전화로 하는 걸 보면 나 들으라는 거겠지. 왠지 모르게 미안한 마음이 들었다.

아니, 왜 내가 나쁜 사람이 되는 거야.

나는 급하지도 않은 내 일을 처리하며 요시타카 씨를

기다렸다. 나야말로 오늘은 갈 데가 있단 말이다. 하지만 정산서를 받지 못하면 퇴근할 수 없다. 그녀가 확인한 걸 내가 한 번 더 체크한 다음, 내일 아침 일찍 처리해야만 하기 때문이다.

요시타카 씨는 대략 40분에 걸친 작업을 끝내고, 내 책상 위에 서류를 탁 내려놓고는 나가버렸다.

손목시계를 들여다봤다. 나는 그 서류를 가방에 넣고 퇴근할 준비를 했다. 이건 집에서 체크해야겠다. 집에서 하는 일은 당연히 야근 수당이 붙지 않지만 달리 방법이 없었다.

신주쿠로 나가 백화점으로 갔다. 골동품 벼룩시장 행사가 오늘까지였다.

다행히 폐점 시간 한 시간 전에 도착했다. 행사장에 도자기와 두루마리 그림, 잡화들이 진열돼 있었다. 아이러니하게도 이 물건들이 몽땅 팔려나가는 일은 없으며, 대체로 전시회 같은 느낌이 되기 일쑤다.

다시 말해 웬만해서는 팔리지 않는다는 뜻이다. 나 역시 구경만 해도 좋다는 생각으로 온 것임은 부인할 수 없다. 오래된 이마리야키* 항아리를 애틋하게 바라보며 나는 생각했다.

가게를 차리면, 가게 물건을 하루에 얼마나 팔아야 수익이 나는 걸까.

물론 건물 임대료, 전기세, 집기 비용을 제외하고. 참, 세금도 내야 하지.

멍하니 그런 것들을 헤아리고 있자니 아무래도 현실적으로는 무리라는 생각밖에 들지 않았다.

"어라, 료 군? 료 군 아니야?"

목소리에 뒤를 돌아보니 곱슬곱슬한 파마머리의 아저씨가 서 있었다. 쨍한 핑크에 황록색 꽃무늬가 그려진 점퍼가 눈에 띄었다. 나는 2초 만에 그 얼굴을 알아보았다.

"어, 나스다 씨?"

"그래그래! 우와, 나 기억하는구나!"

엔모쿠야의 단골이었던 사람이다. 가게와 줄지어 늘어선 커다란 3층짜리 단독 주택에 살고 있었다. 복덕방의 외동아들로, 아버지 일을 거들며 이것저것 좋아하는 일들을 하는 사람이었다. '난봉꾼'이라는 말이 마음에 든다며 스스로를 그렇게 부르길 좋아했다. 당시 20대였던 그도

---

* 일본 사가 현県 아리타 시市에서 생산되는 도자기의 총칭.

안 본 지 20년 가까이 지났으니 과연 나이를 먹긴 했지만, 변함없이 사이키델릭한 패션은 그를 기억에서 끄집어내는 데 큰 공헌을 했다.

"나스다 씨야말로 용케 절 알아보셨네요."

"료 군, 하나도 안 변했는걸! 여전히 쭈뼛쭈뼛하는 느낌이고."

그 말이 가슴에 콕 박혔지만, 반가운 마음이 더 컸다. 그래, 그는 항상 이런 느낌이었다.

"료 군, 지금 무슨 일 해?"

"평범한 회사원이에요. 나스다 씨는요?"

"나도 평범한 난봉꾼이야."

나스다 씨는 숄더백에서 카드지갑을 꺼내 명함 한 장을 주었다. 이름 왼쪽 위에 외국어로 된 직함이 세 개 붙어 있었다. 리노베이션 디자이너. 리얼 에스테이트 플래너. 스페이스 컨설턴트. 잘은 몰라도 부동산과 관련된 다양한 일을 하고 있다는 것만은 알 수 있었다.

"진짜 오랜만이네. 엔모쿠야, 갑자기 문 닫아서 깜짝 놀랐겠다."

"……아, 네."

"그때, 우리 집에도 경찰이 찾아오는 바람에 난리도 아니었어."

"경찰이요?"

심장이 쿵 소리를 냈다. 나는 줄곧 걱정했었다. 에비가
와 씨가 병이 난 건 아닌지, 무슨 사건에 휘말린 건 아닌
지, 하고.

"에비가와 씨, 매출 부진으로 거액의 빚을 떠안고 튀어
버린 모양이야."

그 말을 들으니 맥이 탁 풀렸다. 병이나 사건 이상으로
생각하고 싶지 않은 일이었다.

그 환상의 세계가 순식간에 생생히 되살아났다. 나스
다 씨는 악담을 퍼부었다.

"뭐, 당연히 돈벌이가 될 것 같지는 않았지만 말이야.
꽤나 힘들었겠지. 가게 이름대로 연기처럼 사라져버렸
네."

역시 가게를 한다는 건 어려운 일이구나. 하물며 내가
꿈꾸는 골동품 가게야.

"료 군은 명함 없어?"

나스다 씨의 말에 나는 명함을 건넸다.

"오오, 가구 제조업체구나. 아, 기시모토 알지, 알지.
필요한 일 있음 연락해, 이것저것 하는 게 많아서 말이야.

그 왜 리베라의 쇼룸 행사, 그거 내가 기획한 거야.”

나스다 씨는 대기업 인테리어 브랜드의 이름을 입에 올렸다.

오호, 의외로…… 라고 하면 실례겠지만, 번듯이 큰일을 해내고 있구나.

그렇다고 경리팀에 있는 내가 나스다 씨와 같이 일할 일은 없을 테지만.

전화벨이 울렸다. 나스다 씨의 스마트폰이었다. 나스다 씨는 “어이쿠” 하며 스마트폰 화면을 보더니 조만간 술 한잔하자는 말을 남기곤 전화를 받으며 행사장을 나갔다.

다음 날 아침, 나는 아무도 없는 타이밍을 엿봐 요시타카 씨에게 말을 걸었다.

집에서 서류를 확인해보니 영수증과 정산서의 계산은 일치했다. 그런데 영업팀의 호사카 씨가 첨부한 영수증을 보고 ‘어라’ 싶었던 것이다. 영수증에 수정액이 발려 끝자리 숫자가 부자연스럽게 바뀌어 있었다. 카페에서의 미팅 비용이었다. 뒤에 비치는 금액이 맞다면 정산서를 잘못 기입한 것으로, 12엔 많게 청구한 셈이 된다.

원래의 금액은 볼펜으로 적혀 있었다. 그런데 수정액 위의 숫자는 수성펜으로 적혀 있으며 글씨 모양도 달랐다. 가게 점원이 고친 것으로 보기는 어려웠다. 호사카 씨가 그랬는지, 아니면…….

"요시타카 씨, 이거……."

내가 영수증을 가리키자 요시타카 씨는 잠깐 표정이 굳어지더니 입을 시옷 자 모양으로 하곤 화를 내듯 말했다.

"아니, 계산이 살짝 안 맞아서 그랬어요. 그거 하나 때문에 구태여 호사카 씨한테 가서 고쳐달라 하기도 귀찮았고요. 별문제 없잖아요, 고작 10엔 정도인데. 그걸로 회사가 망하는 것도 아니고."

"별문제 없지 않아."

"그냥 제가 낼게요. 그럼 됐죠?"

"안 돼, 그렇게 해서 될 일이 아니라고."

"진짜 까다롭네. 그깟 10엔 가지고 그렇게 잔소리하면 여자들이 싫어해요."

"금액이 문제가 아니잖아!"

스스로도 깜짝 놀랄 정도로 큰 목소리가 나왔다.

요시타카 씨는 얼굴이 확 벌게지더니 내게서 고개를 돌렸다. 내가 호통을 치리라고는 생각지 못했을 것이다.

"······남자가 쪼잔해가지곤."

증오에 찬 목소리로 그렇게 내뱉곤 요시타카 씨는 가방과 코트를 챙겨 나가버렸다.

마음이 찜찜한 채로, 요시타카 씨가 어디로 갔는지 걱정인 채로 나는 안절부절못하며 하루를 보냈다. 휴일에 출근했던 다부치 씨는 대체 휴가로 자리에 없었다. 인사팀에 말해둬야 하나 생각하기 무섭게 그쪽에서 먼저 나를 불렀다.

인사부장은 나를 앞에 두고 난처한 표정으로 말했다.

"요시타카 씨가, 우라세 군한테 직장 내 괴롭힘을 당했다면서 그만두겠다더라고."

"뭐라고요?"

"요시타카 씨가 모르고 수정액을 흘렸다가 숫자를 잘못 적은 걸 가지고 심하게 혼냈다며? 맞을 뻔했다면서 무서웠다고 울더라니까. 우라세 씨는 평소엔 점잖은데 단둘이 있으면 달라진다고."

울고 싶은 건 바로 나였다. 분노와 슬픔과 억울한 마음으로 가득 찼다. 모르고 수정액을 흘렸다고? 잘도 그런 거짓말을. 확실히 조금 큰 소리를 내긴 했지만 때리려고

했다니, 이 무슨 얼토당토않은 누명인가.

하지만 증거가 하나도 없었다. 내 결백을 증명할 수 있는 것이 하나도.

"일단 이 일은, 맡아서 상부에 보고해둘게."

인사부장은 그렇게 말한 다음 미간을 찌푸리며 팔짱을 꼈다.

"사실 걔, 사장님 조카딸이야. 다부치 군은 알고 있는데, 우라세 군한테도 미리 말해둘 걸 그랬나."

아파트로 돌아오니 히나가 저녁밥을 해놓고 기다리고 있었다. 금요일 밤부터 주말까지는 항상 둘이 함께 보낸다.

비프스튜를 앞에 두고도 나는 회사 일이 머리에서 떠나질 않았다.

나는.

나는 얼마나 형편없는 직장을 다니고 있는 걸까. 대체 뭘 하고 있는 걸까.

이 짓을 정년퇴직할 때까지 계속해야 하는 건가. 납득이 안 가는 환경에서, 설레는 마음도 없이.

이렇게 집에 와서도 회사 일을 생각하고 있다. 이런 경우가 많든 적든 간에 이러기 시작한 지도 꽤 오래됐다. 인간관계에서 생기는 자잘한 트러블이나 '그 결산, 어떻게 됐었더라' 하는 생각들. 이건 마치 집에서도 일을 하는 것이나 다름없다. 일에 지배당하고 있는 것이다. 그것도 하고 싶지도 않은 일에.

그런데도 회사에서의 입지가 위태로워질지도 모른다는 생각을 하면 괴로웠다. 나는 이다지도 싫어하는 일을 붙들고 안간힘을 다해 지켜내려 하고 있다. 여태까지도 그래왔고, 아마 앞으로도 계속 그럴 것이다.

"료짱, 왠지 기운 없어 보이네."

히나가 고개를 갸웃했다. 나는 얼버무렸다.

"아냐, 괜찮아. 조금 바빴거든. 보너스 계산하느라."

"그랬구나. 고생했어."

히나는 와인잔 두 개를 테이블 위에 올려놓았다. 조그마한 와인병도 가지고 왔다.

"있잖아, 오늘 인터넷 쇼핑몰로 한 달 매출 목표 달성했다? 리뷰도 엄청 좋게 달렸고. 그래서 말인데……."

히나가 신이 나서 이야기를 시작했다.

이렇게 좋아하는 일만 하고, 짜증 나는 사람도 만날 필요 없고, 경제적인 불안도 없고, 얼마 안 되는 돈을 벌어도 더없이 기뻐하며 와인을 마시고……. 나도 그럴 수 있다면 얼마나 좋을까.

"인터넷상이긴 해도, 뭔가 내 가게를 한다는 느낌이 들어서 행복한 거 있지. 료짱도 잡화점 할 때……."

"그렇게 쉽게 말하지 마."

나는 히나의 말을 가로막았다. 히나가 몸을 움찔했다. 괜한 화풀이인 줄 알면서도 자제가 되지 않았다.

"나는 히나랑은 달라. 태평하게 취미를 즐기고 있을 수만은 없다고. 히나의 인터넷 쇼핑몰은 실패하든 매출이 제로든 고민할 필요 없잖아!"

"……취미 아니야."

히나가 불쑥 말했다. 나는 뜨끔해서 얼굴을 들었다.

"나는 태평하게 취미로 하고 있는 거 아냐. 료짱이 보기엔 그래 보일지도 모르겠지만."

머릿속이 차게 식었다. 사과해야겠다고 생각하는 찰나 히나가 확 일어섰다.

"오늘은 집에 갈게. 료짱, 피곤한 것 같으니까."

나는 주먹을 꼭 쥔 채 움직일 수 없었다. 히나를 뒤따라가지도 못하고, 등 뒤로 문이 쾅 닫히는 소리를 가만히 듣고만 있었다.

최악이다…….

히나와 보냈어야 할 주말이 통째로 비게 되었다. 우리는 좀처럼 싸우질 않아서, 이렇게 오롯이 혼자 있는 주말은 오랜만이었다.

깜빡깜빡 채널을 돌리다 예능 프로의 시끄러운 웃음소리가 귀에 거슬려 텔레비전을 껐다. 나는 침대 곁에 쌓여 있는 책에 손을 뻗었다.

식물의 신비.

나는 잠시 그 책 속에 몸을 맡겼다. 읽으면 읽을수록 정말이지 신비한 것투성이였다. 인간관계와는 무관한 식물의 세계를 접하고 있으니 마음이 조금씩 평온해져 갔다. 엔모쿠야에 발을 들였을 때의 그 감각과 살짝 닮아 있었다.

책장을 넘길수록 과연 빠져드는 책이었다. 수많은 질문과 해답이 이어졌다. 나무는 왜 그렇게 크게 자라날까? 풀은 왜 베여도 죽지 않을까? 식물에게 말을 걸면 정말로 잘 자랄까? 해바라기는 정말로 태양을 쫓을까?

책에 사용된 종이는 표백한 셔츠처럼 새하얗고 부드러우며, 딱딱한 하드 커버의 보호를 받듯 빼곡히 들어차 있었다. 책장의 펼침도 매끄러워 펼친 상태로 책상 위에 놓아도 될 정도였다. 도감과도 조금 다른, 질감과 내용 모두

나긋나긋하고 섬세한 책이었다.

3장엔 「기묘한 땅속 세계」라는 제목이 붙어 있었다. 지렁이의 역할이 무엇인지, 뿌리는 어디를 향하는지, 뿌리가 식물의 몸 전체에서 차지하는 비율은 어느 정도인지.

땅속 세상은 매우 흥미로웠다. 지면을 나타내는 선 하나를 경계로 위아래에 나무와 뿌리가 그려진 일러스트를 보고 문득 생각했다.

그러고 보면.

사람은 땅 위에서 살아가므로 대개 식물의 꽃이나 열매에만 눈길이 간다.

하지만 고구마나 당근을 생각하면 땅 아래에 있는 '뿌리'가 주역이 된다. 식물 입장에서는 양쪽이 서로를 똑같이 필요로 하며 균형을 이루고 있는데.

사람은 자신들이 편리한 쪽의 세상을 메인으로 생각하기 일쑤지만, 식물에게 있어서는…….

───두 쪽 다 메인이지 않은가?

그 사실을 깨닫자 패럴렐 커리어 기사가 떠올랐다.

패럴렐 커리어는, 두 가지 일이 서로를 보완해주므로 주종 관계가 없답니다. 야스하라 씨는 그렇게 말했었지.

식물이 땅 위와 땅 아래 세상 각각의 위치에서 제 역할을 다하며 서로를 보완해주듯이.

회사원과 가게 주인. 그런 의미일 수도 있겠다. 야스하라 씨는 그걸 실천하고 있는 건지도 모른다.

어쩌면, 나도 할 수 있을까. 양립시키는 방법만 제대로 익힌다면.

다음 날 오후, 나는 시부야에서 산겐자야로 가 도큐 세타가야 선으로 갈아타고 니시타이시도 역에 내렸다. 캣츠 나우 북스를 방문하기 위해서였다.

12월도 중순에 접어들어 눈이 흩날리고 있었다.

무인역에서 길가로 나왔다. 머릿속에 입력한 길을 더듬으며 주택가를 걸었다. 죄다 가정집뿐이었다. 여기가 맞나 지도 앱을 열어 확인하고 좁은 골목길을 걷다 보니 하얀 단독 주택이 보였다. 처마 밑 파란 간판에 노란 고양이 로고. 저거다.

출창에 갖가지 그림책이 진열되어 있었다. 온통 고양이 표지였다.

문을 열자 따뜻한 공기가 감돌아 나는 후, 하고 숨을 돌렸다. 계산대에는 단발머리의 청초한 여성이 서 있었다. 가게 안을 둘러보니 안쪽에 격자 문이 있었고, 그 틈

새로 파란 체크무늬 셔츠를 입은 남성의 모습이 보였다.

바로 그 야스하라 씨였다.

입구 바로 앞 공간은 신간, 격자 문 너머에는 구간이 놓여 있는 모양이었다. 나는 두근대는 가슴으로 책장에 꽂힌 책을 훑어보다, 마음을 가라앉힌 뒤 계산대의 여성에게 "여기, 들어가도 되나요?" 하고 물었다.

일러주는 대로 신발을 벗고, 알코올로 손을 소독한 다음 격자 문을 열었다.

……고양이가 있었다.

쿠션 위에서 기지토라 고양이가 잠을 자고 있었다. 마치 고마치 씨가 준 양모 펠트 같았다. 또 한 마리의 기지토라 고양이와 검은 고양이가 책장 사이를 유유히 걸어다니고 있었다.

"어서 오세요."

안에 있던 여성 한 명을 응대 중이던 야스하라 씨가 나를 보고 말했다. 낮고 부드러운, 근사한 목소리였다. 온화한 표정이지만 사진으로 보는 것보다 지적인 인상이 풍겼다.

구간 에리어는 중앙에 테이블이 있었고, 작은 음료 메뉴가 놓여 있었다.

조금이라도 더 오래 이곳에 머물고자 나는 메뉴의 글자를 세 번쯤 반복해 읽은 뒤 야스하라 씨에게 말을 건넸다.

"실례지만, 커피 주문되나요?"

"네, 따뜻한 걸로 드릴까요?"

내가 대답하자 야스하라 씨는 격자 문 너머 계산대에 있던 여성과 가볍게 눈을 맞추었다. 여성이 들어와 부엌으로 향했다.

고양이가 내 발치를 지나쳐 갔다. 기지토라 고양이 두 마리 중 하나겠거니 싶었는데 배와 다리 부분이 하앴다. 기지시로* 고양이였다. 한 마리가 더 있는 줄은 몰랐네. 그들은 무척 편안해 보였고, 무척 자연스러웠다.

건네받은 커피를 마시며 나는 그곳에 진열되어 있던 책을 손에 들었다. 여성 직원은 계산대로 돌아가 있었다. 책에 둘러싸인 채 커피를 마시며 고양이의 모습을 바라보고 있으니, 그냥 여기서 푹 쉬다 가기만 해도 괜찮겠다는 느낌이 들었다.

오렌지색 목걸이를 한 기지토라 고양이가 소리도 내지 않고 높은 곳으로 뛰어 올라갔다. 방금 전 쿠션에서 자고

---

* 일본의 고양이 품종으로, 기지토라 무늬에 흰무늬가 섞여 있다.

있던 고양이다. 고양이는 슬그머니 앉더니 꼬리를 흔들었다. 나와 눈이 딱 마주쳤다.

일부러 여기까지 찾아온 거지? 꿈 저편이 어떤 모습인지 궁금해서.

고양이가 그렇게 말하는 듯한 기분이 들어, 나는 마음을 다잡았다.

여자 손님이 책을 들고 계산대 쪽으로 나가자 나는 커피 컵을 놓고 일어서서 야스하라 씨에게 말을 붙였다.

"저……."

야스하라 씨가 돌아보았다.

"하토리 커뮤니티 센터의 사서분이 추천한 기사를 보고 왔어요."

아아, 하고 야스하라 씨는 웃었다.

"고마치 씨가 소개해주셨었죠. 와주셔서 감사합니다."

"그게, 실은 저도 가게를 차리고 싶어서요."

차근차근 이야기할 생각이었는데 내친김에 곧장 그 말을 뱉어버렸다.

웬 애송이가 안일한 생각을 한다며 기분 나빠하지 않을까 싶었다. 그런데 야스하라 씨의 표정이 밝아졌다.

"서점이요?"

"아뇨, 잡화점이요. 골동품 파는."

오오, 하고 야스하라 씨는 흥미로운 듯 고개를 끄덕였다. 나는 긴장한 채로 말했다.

"인터넷으로 야스하라 씨의 인터뷰 기사도 몇 개 읽어봤거든요. 패럴렐 커리어라는 거, 처음 알았어요. 야스하라 씨는 평일엔 회사원으로 일하시는 거죠?"

"맞아요."

"말씀 좀 여쭤볼 수 있을까요? 저는 우라세 료라고 합니다. 가구 제조업체에서 경리로 일하고 있어요."

"물론이죠. 날씨가 이런 날은 손님도 얼마 없으니까요."

야스하라 씨는 두 개가 나란히 놓인 둥근 의자에 앉았다. 그러더니 내게도 앉으라고 손짓했다.

나는 야스하라 씨의 옆에 몸을 반쯤 기울이듯 앉았다.

뭐부터 이야기하면 좋을지 정리가 되지 않은 채 말이 앞섰다.

"회사 다니면서 가게를 한다는 게 쉽지 않은 일이잖아요. 양쪽 다 힘들어지지는 않으시던가요?"

야스하라 씨는 살짝 웃었다.

"음, 글쎄요. 오히려 두 가지 일을 함으로써 양쪽 다 힘들지 않은 느낌인 것 같네요."

아까 그 기지토라 고양이가 다가와 야스하라 씨의 무
릎 위에 올라탔다.

"예전에는 회사를 그만두고 싶어서 애가 탔는데, 지금
은 회사 생활을 계속할 수 있어서 책방 일이 즐거운 것 같
기도 해요. 반대로 책방 일만 했다면, 원치 않는 판매 방
식도 고려해야 하니 힘들지 않았을까요?"

고양이를 쓰다듬으며 야스하라 씨는 말을 이었다.

"저는 일이란, 회사에서의 포지션을 확보하는 것이라
고 생각해요. 패럴렐 커리어는 두 가지의 포지션을 지닐
수 있죠. 어느 한쪽이 부업인 게 아니라요."

포지션. 땅 위와 땅 아래라는 두 세계에서의 얼굴, 역
할. 식물의 모습을 떠올리며 나는 물었다.

"주종 관계가 없다고, 인터뷰에서 말씀하셨죠?"

"맞아요."

"책방 주인 쪽도, 회사원과 비슷한 정도로 수입이 있나
요?"

말한 순간, 돈 얘기를 물어보는 스스로가 부끄러웠다.
돌직구네요, 하고 야스하라 씨는 웃음을 터뜨렸다.

"그런 뜻의 주종이 아니랍니다. 극단적으로 말하면, 저

는 책방에 관해서는 돈보다도 정신적인 만족을 얻고 있는 것 같아요. 물론 가게를 계속해나가기 위해서 매출을 늘리고 싶긴 하지만요."

좋아하는 일로 정신적인 만족을 얻는다는 게 어떤 의미인지 알 것 같았다. 하지만 양쪽 일 모두가 메인이 되면, 낮에도 밤에도 주말에도 내내 일만 하는 셈이 된다.

야스하라 씨는 게으름 피우고 싶다든지, 쉬고 싶다든지, 놀고 싶다는 생각은 들지 않는 걸까. 나는 적당한 단어를 골라 말했다.

"그치만, 회사 일과 가게 일을 둘 다 하시다 보면 여행도 잘 못 가시지 않아요?"

자주 받는 질문인지, 그렇긴 하죠, 하고 야스하라 씨가 고개를 끄덕였다.

"그래도 좀처럼 마주칠 기회가 없을 법한 분들이 가게에 와주시거나, 즐거운 만남이 있거나 해서 매일 다양한 곳을 여행하는 듯한 기분이에요. 밖으로 나가지 않고 계속 여기 있으면서도, 차고 넘칠 정도로 즐거운 경험을 하고 있죠."

정신이 번쩍 드는 대답이었다. 그렇게 주저 없이 딱 잘라 말할 수 있게 되기까지 야스하라 씨는 무엇을 봐오고,

누구를 만나온 것일까. 내 가게를 하면 그렇게 멋진 일들을 경험할 수 있구나.

……하지만 그건 야스하라 씨라서 가능한 일이 아닐까. 머리가 좋고, 지식, 센스, 인맥도 있고, 인품이 좋으니까. 나는 도저히 야스하라 씨처럼은 될 수 없을 것 같았다.

"뭐랄까, 저한테는 없는 것들뿐이잖아요. 돈도 없고, 시간도 없고. ……용기도 없고요. 언젠간 하고 싶다고 생각하면서, 행동으로 옮기는 데 필요한 것들을 하나도 가지고 있지 않아요."

야스하라 씨는 잠시 입을 다문 채 기지토라 고양이를 바라보았다. 너무 부정적이기만 한 탓에 내게 질려버린 걸지도 모르겠다.

입가에 부드러운 미소를 띠며 야스하라 씨는 내 쪽으로 휙 얼굴을 돌렸다.

"가진 게 없다고 생각하면, 거기서 끝이에요."

"엇……."

"가지고 있지 않은 것들을 '목표'로 삼아야 하죠."

목표로 삼는다고?

돈을 마련하는 것과 시간을 내는 것, 그리고…… 용기를 가지는 것을?

아무 말도 하지 못하는 내게 야스하라 씨는 쓴웃음을 지으며 말했다.

"저는 사람이 싫었거든요."

그를 오늘 처음 본 나로서는 의외의 말이었다. 이토록 친절하게 말을 섞어주는 데다 손님 상대하는 일을 하면서.

"그런데 어느 순간, 사람들의 얘길 들어보자는 마음이 든 거예요. 신기하게도 여기저기 얼굴을 내밀다 보니, 다양한 계기가 만들어지면서 차례차례로 인연이 생겼죠."

기지토라 고양이가 야스하라 씨의 무릎에서 내려왔다. 천천히 검은 고양이 쪽으로 걸어가 무슨 말을 전달하는 듯 얼굴을 가까이 댔다.

"이어져 있어요, 모두가. 하나의 매듭에서 시작해 서서히 퍼져나가죠. 언젠간 해야지, 하고 때를 기다리고만 있으면 그런 인연은 찾아오지 않을지도 몰라요. 다양한 장소에 얼굴을 내밀고 다양한 사람들과 이야기하면서, 이렇게나 많은 경험을 해왔으니 괜찮겠지 싶을 때까지 해봄으로써, '언젠가'가 '내일'이 될 수도 있는 거죠."

야스하라 씨는 고양이들을 바라보며 툭 내뱉었다.

"중요한 건, 운명의 순간을 놓치지 않는 게 아닐까요?"

운명.

현실적인 사람이라고 생각했던 야스하라 씨의 그 말에는 압도적인 무게가 있었다. 선망의 눈빛을 보내며 나는 말했다.

"……야스하라 씨는 지금, 하고 싶었던 일을 실현하고 꿈을 이루셨잖아요?"

부러운 마음으로 가득했다. 그러나 야스하라 씨는 아주 살짝 고개를 갸웃했다.

"저는 이게 꿈이라고는 생각 안 해요."

"어, 그치만……."

"고양이와 책과 맥주에 둘러싸이고 싶을 뿐이라면 굳이 가게를 안 해도 되잖아요? 가게를 차리는 일이 실현되기만 하면 끝인 게 아니라, 지금에서야 비로소 할 수 있는 일이 있는 거죠. 돈과는 관련 없는 무언가요."

깜짝 놀랐다. 누구나가 부러워하는 환경에서 지금에서야 할 수 있는 일을 찾고 있다니.

그런데 야스하라 씨의 빛나는 눈을 보고 있자니 도무지 납득하지 않을 수 없었다. 이것이 진정한 '꿈의 저편'인지도 모르겠다.

야스하라 씨는 테이블 위로 손을 마주 잡았다.

"료 군은 왜 가게를 하고 싶어요? 골동품에 둘러싸이고 싶다는 이유뿐만 아니라, 왜 꼭 가게인 거죠?"

중요한 주제의 질문을 받고 나는 고개를 떨구었다.

그것은 내가 가야 할 길을 이끌어내 주는 질문이었다. 그리고 사실 나는 그 대답을 이미 알고 있었다.

"……곰곰이 생각해보겠습니다."

어느새 발치에 와 있던 기지시로 고양이가 내 정강이에 바싹 다가왔다. 의자에서 내려와 이마를 쓰다듬고 있는데 야스하라 씨가 말했다.

"료 군은, 가게를 혼자서 할 계획인가요?"

가슴이 뜨끔했다.

히나의 얼굴이 떠올랐다. 그녀가 함께 있어준다면 행복할 것이다. 하지만 그러기에는…….

"혼자서 하기는 힘들어요. 가족이든 친구든, 상의하거나 푸념할 수 있는 동료가 있는 편이 좋죠. 지치거든요, 정신적 스트레스를 나눌 수 있을 만한 상대가 없으면."

그렇게 말하고 야스하라 씨는 격자 문 너머로 시선을 옮겼다. 계산대에 있는 여성 쪽으로.

바로 이해가 됐다.

"그 동료분이신 거죠."

"제 아내 미스미예요."

야스하라 씨는 선뜻 이야기했다. 나는 물었다.

"미스미 씨는, 가게를 차리실 때 뭐라고 말씀하셨나요?"

야스하라 씨는 불쑥 고개를 숙였다.

"……아무 말도 안 했어요."

그러고는 지금까지와는 전혀 다른 잔잔한 미소를 띠었다.

"아무 말 없이, 따라와 주더라고요. 참 고맙죠."

일요일인 다음 날, 나는 혼자 하토리 커뮤니티 센터를 찾았다. 빌린 책을 도서실에 반납하기 위함…… 은 구실이고, 만나고 싶은 사람이 있었기 때문이다.

입구 카운터에서 책을 반납했다. 노조미짱이 맡아서 처리해주었다.

안쪽으로 가니 레퍼런스 코너에 고마치 씨가 있었다.

"고마치 씨. 저 어제 캣츠 나우 북스에 다녀왔어요."

내 말에 고마치 씨는 눈이 살짝 커지더니 만족스러운 듯 씩 웃었다.

"야스하라 씨네 부부께서 고마치 씨께 안부 전해달라

고 하셨어요."

"아아, 아내분이랑 오랜 지인이라서. 도서관에서 일했을 때 동료였거든. 미스미 씨, 잘 지내?"

"네. 근사한 부부셨어요."

그렇게 대답하고 나는 가방에서 고양이 양모 펠트를 꺼냈다.

"제가 그 가게에 갈 수 있도록 해주신 거죠? 감사합니다. 언젠가를 기다리지 말고…… 이제부터는 행동으로 옮겨보자는 마음이 생겼어요."

고마치 씨는 살며시 고개를 가로저었다.

"이미 행동하고 있잖아?"

나는 잠시 숨을 멈추었다. 고마치 씨는 온화한 어조로 말을 이었다.

"내가 가라고 한 게 아니야. 당신이 그 가게를 찾아낸 거지. 스스로 결정해서, 스스로 야스하라 씨를 만나러 간 거잖아. 이미 시작된 거야."

고마치 씨는 우둑, 하고 목을 꺾었다. 손 위에 있는 고양이가 금방이라도 깨어날 것만 같았다.

또 한 명, 만나고 싶은 사람이 있었다.

나는 커뮤니티 센터를 나와 히나의 집으로 향했다. 바지 주머니에 손을 넣어 부적 대신 가지고 온 양 스푼을 손가락으로 슬쩍 매만졌다.

오늘 아침 아파트를 나오기 전 히나에게 전화를 걸었다.

그저께 있었던 일을 사과하며 만나서 이야기하고 싶다고 하자 히나는 "우리 집으로 와"라고 말했다. 아버지와 어머니는 둘이서 외출을 했다고 한다.

히나의 집에 도착해 초인종을 눌렀다. 그녀는 곧바로 현관으로 나왔다.

"들어와."

내가 집으로 들어가자 히나는 계단을 올라갔다. 나도 뒤를 따라 2층으로 갔다.

히나는 자기 방에서 액세서리를 만들고 있었던 모양이다. 책상 위에 공구와 바다 유리가 놓여 있었다.

"그저께는 미안했어."

아침에 한 것과 똑같은 말을 했다. 부족한 어휘력에 침울해졌다. 히나는 풋, 하고 웃음을 터뜨렸다.

"그 말은 이미 들었어."

나는 히나의 웃는 얼굴에 구원을 받은 듯한 심정으로 가방에서 와인병과 유리잔을 꺼냈다. 그때 히나가 따려고 했던 와인이다.

깜짝 놀라는 히나 앞에서 나는 와인을 따 두 유리잔에 따랐다.

"목표 달성, 축하해."

히나는 목을 움츠리고는 쑥스러워하며 "고마워" 하고 말했다.

건배. 쨍그랑하고 부딪친 유리잔 안에서 와인이 파도처럼 흔들렸다.

"……히나는 대단해. 목표 달성도 그렇지만, 그보다 자신의 길을 스스로 개척해간다는 게 정말로 대단해."

히나는 살짝 웃으며 책상 위에 흩어져 있던 바다 유리 하나를 집었다.

"손으로 직접 만드는 제품은, 만들 때부터 이미 누구에게 가닿을지가 정해져 있대. 좀 영적인 얘기긴 한데, 무슨 말인지 이해가 가더라고."

"……응."

"그래서 이걸 사용해줄 사람을 생각하면서 만들고 있어. 구체적으로 얼굴 같은 건 잘 모르지만, 전해져라, 전해져라, 하는 마음으로 주인이 될 사람의 미래를 만나고 있는 듯한 느낌이야. 바다 유리는 길고 긴 시간을 여행하

다, 나를 거쳐서 가야 할 곳으로 가는구나, 하는 생각을
하면 너무너무 행복해."

히나의 말이 내게도 잘 이해되었다.

바지 주머니 속에 든 보물. 엔모쿠야는 더 이상 없지
만, 내게는 이 스푼이 있다.

나는 이 스푼과 처음 마주했을 때 생각한 것이다.

귀부인이 애프터눈 티를 즐길 때 컵에 딸려 있었을지
도 모른다. 다정한 어머니가 어린 아들의 입에 수프를 떠
넣어주었을지도 모른다. 그 남자애가 다 자라 뚱보 아저
씨가 되어서도 소중히 간직했을지도 모른다. 아니면 세
자매가 서로 갖겠다고 싸울 만큼 인기 있는 스푼이었을
지도 모르고, 아니면……

1900년대 세상에서, 예전의 내가 사용하던 것일지도
모른다.

돌고 돌아, 다시금 내 곁으로 되돌아온 것일지도 모른
다. 엔모쿠야가 만나게 해준 내 스푼.

나는 전하고 싶다. 유구한 세월을 거쳐 전해져 오는 물
건을. 주인의 곁으로 가야 할 물건을. 순간순간마다 누군

가가 지녔을 물건을.

다리 역할을 하고 싶다. 만날 수 있도록, 손에 들고 확인해볼 수 있도록 오롯한 공간을 마련해서.

내가 가게를 하고 싶은 가장 큰 이유는 그것이었다.

"히나한테 보여주고 싶은 게 있어."

나는 가방에서 얇은 파일을 꺼내 히나 앞에 펼쳤다.

어젯밤, 혼자서 작성한 예산표였다. 앤티크 잡화점을 개업, 그리고 운영하기 위한 예산표.

건물 계약금, 내장 공사비, 공조 설비비, 집기·비품 구입비……. 우선 오픈하려면 어느 정도의 자금이 필요한지. 그리고 운영을 시작하면 들게 될 건물 임대료, 전기세, 소모품비, 매입비. 하루에 어느 정도의 매출을 올리면 가게를 계속 유지할 수 있는지. 내 나름대로 머리를 짜내어 산출한 청사진이었다.

"나, 이제부터 가게를 열 준비를 시작하려고 해. 오픈해도 회사는 관두지 않을 거야. 회사원, 가게 주인 둘 다하려고."

히나는 양손을 입언저리에 가져가며 눈을 반짝였다.

"멋지다, 좋은 생각이야! 이런 걸 만들다니, 료짱 대단해!"

그러니까…… 그러니까, 도와주지 않을래?

나는 프러포즈로 생각한 그 말을 삼켰다.

잘될지는 모른다. 가게를 시작하기 전에 결혼하면 고생을 시킬 수도 있다. 아니, 틀림없이 고생시킬 것이다.

아무래도 프러포즈는, 언젠가 가게 일과 회사 일의 양립이 궤도에 오르면 그때…….

아아, 또 '언젠가'다. 그 사실을 깨닫자 마음이 작아졌다. 정말이지 나는 야스하라 씨와는 딴판이다. 히나가 따라가고 싶다고 생각할 만한 남자는 절대로 되지 못한다.

풀이 죽은 내 모습 따위에는 아랑곳하지 않고 히나가 시원스러운 어조로 말했다.

"료짱, 결혼하자. 조금이라도 빨리."

"……엇."

히나 쪽에서 그렇게 말해 오자 나약한 내 모습이 발동했다. 경찰까지 얽히게 된 에비가와 씨를 떠올리며 나는 더듬더듬 말했다.

"그런데, 만약 잘 안 돼서 가게가 망하면……."

"망하면? 그러면 안 되는 거야?"

히나의 말에 움찔했다.

140

아니다.

에비가와 씨가 경찰과 얽히게 된 건 빚을 갚지 않은 채 행방을 감추었기 때문이다. 가게가 망해서가 아니다.

"만약 가게 문을 닫게 되더라도 딱히 누구한테 피해를 주는 건 아니잖아. 그냥 볼품없게 여겨지기 싫을 뿐인 거지. 쓸데없어, 그런 하찮은 자존심. 남을 고용하는 것보다 부부끼리 함께 하는 게 제일 수월하거든."

……함께. '도와주는' 것이 아닌 '함께'.

용기를 얻었다.

아아, 분명 야스하라 씨 또한 그럴 것이다. 미스미 씨가 '따라와 주었다'는 건 함께 힘을 모으고 있다는 의미인 것이다. 하기야 동료라고 하지 않았는가.

주종 관계가 아닌, 양쪽 모두가 메인인 존재. 부부 역시 마찬가지일지도 모른다.

히나는 생각에 잠긴 듯 허공을 보았다.

"그러면, 생각해야 할 일이 엄청 많아. 료짱, 경찰서도 가야 하고."

"경찰서?"

"응, 고물상 허가는 경찰서에 신청하는 거잖아?"

그러고 보니 그렇다. 나는 무심결에 웃음을 터뜨리고

말았다. 어찌 됐든 경찰을 피해 갈 수는 없는 건가.

히나는 턱에 검지를 가져다 댔다.

"그리고 일단은 크라우드 펀딩이라든지."

크라우드 펀딩이라면 야스하라 씨의 인터뷰 기사에도 실려 있었다. 하고 싶은 일의 자금을 모으기 위해 인터넷으로 지원을 받는 시스템이다.

히나가 그런 아이디어를 내다니. 살짝 주눅이 든 나는 투덜거렸다.

"비전문가가 그렇게 간단히 할 수 있는 일인가."

히나는 조금 어이없다는 듯 말했다.

"크라우드 펀딩은 비전문가가 하는 거야, 료짱."

내 쪽으로 몸을 내밀며 히나가 질문해 왔다.

"있잖아, 료짱. 세상이 무엇으로 돌아간다고 생각해?"

"엇……. 으음, 사랑이라든가."

내가 대답하자 히나는 "뭐라고?" 하고 소리치며 눈을 동그랗게 떴다.

"대단하네. 료짱의 그런 점이 좋긴 하지만."

우스꽝스럽다는 듯 웃더니 히나는 타이르는 것처럼 말했다.

"나는 말야, 신용이라고 생각해."

"……신용?"

"응. 은행에서 돈을 빌리는 것도, 일을 의뢰하고 의뢰받는 것도, 친구와의 약속도, 식당에서 밥을 먹는 것도, 양쪽의 신용으로 이루어져 있는 거지."

히나의 입에서 말이 거침없이 쏟아져 나왔다. 나는 눈이 휘둥그레졌다.

히나는 나보다 훨씬 더 정보에 민감하고, 평소에도 진지한 생각을 하며 안테나를 세우고 있었던 것이다. 이렇게나 적극적인 애였구나.

아니, 사실…… 나는 모르는 척하고 있던 걸 수도 있다.

혼자서 인터넷 쇼핑몰을 시작하기 위해 컴퓨터 교실에 다니는 히나. 모테기 선생님에게 적극적으로 질문하는 히나. 나는 잘 알고 있었다. 히나에게 있어서는 '현실과 동떨어진 뜬구름 같은 꿈' 따위가 아니라, 땅에 발을 디딘 현실이라는 사실을. 남자니까, 나이가 열 살이나 많으니까, 하는 '하찮은 자존심'이 눈을 딴 데로 돌리게 했을 뿐이다.

"돈을 모으려는 생각만으로 크라우드 펀딩을 해서는 안 돼. 개업할 수 있을 만큼 돈이 모일지 어떨지는 모르는 법이지. 그보다도 크라우드 펀딩은, 엄청난 홍보 도구가 될 수 있다고 생각해. 열정적으로 어필해서 신용을 얻는 거지. 오히려 경험이 없는 사람이 진심으로, 거짓 없이 전달한 말은 틀림없이 사람들의 마음을 움직일 거야. 가게를 오픈하면 지원해준 손님들도 기쁜 마음으로 와줄 테고."

히나의 목소리를 듣는데 심장 박동이 빨라졌다.

다른 누군가가 보기엔 꿈만 같은 이야기일 테지만, 그 상상 속에 있는 우리는 너무나도 현실적이었다.

"……왠지 두근거리기 시작했어."

내가 가슴을 누르며 말하자 히나는 흐뭇해하며 내 팔을 잡았다.

"그거야! 맞고 틀리고를 떠나서, 가슴이 두근거린다면 분명 그 선택이 정답인 거야."

문득 히나의 책상 한구석에 놓여 있는 작은 병이 눈에 들어와 야스하라 씨의 말이 떠올랐다.

'중요한 건'…….

히나가 아끼는 작은 병 안에는 빨간 바다 유리가 들어 있었다.

바다에서 처음 만난 날, 내가 주워 건네준 것. 그 후 빅 사이트에서의 재회.

괜찮다. 분명 나도 할 수 있다. 강한 확신이 나를 북돋아 주었다.

그래, 왜냐하면 나는 그때———.

운명의 순간을 놓치지 않았으니까.

주말이 지나고, 나를 기다리고 있던 건 사장실의 호출이었다.

감봉일까 좌천일까. 최악의 경우 해고일까. 패럴렐 커리어에 도전하려던 차에 일찌감치 회사 생활을 접게 생겼다니, 정말이지 웃기지도 않는다.

그러나 나를 맞아들인 사장은 황송하게도 사죄를 해왔다.

"미야가 폐를 끼쳤군. 미안하네."

요시타카 씨 얘기다.

"금요일에 인사팀으로부터 보고를 받았네. 미야에게 물었더니 역시나 똑같은 말을 하던데, 토요일에 골프 약속이 있어 다부치 군을 만났지."

"다부치 씨를요……."

"다부치 군에게도 이야기했더니, 우라세 군이 그런 짓을 할 리가 없다며 몹시도 화를 내더군. 우라세 군만큼 타

부서에서도 신뢰하는 성실한 남자는 없습니다, 하며."

나는 깜짝 놀라 눈을 번쩍 떴다. 다부치 씨가. 요시타카 씨가 사장의 조카임을 알고 있었을 텐데도.

"뜻밖이었다네. 다부치 군을 봐온 지 오래됐는데, 그런 얼굴을 하는 건 처음 봤어. 그래서 미야와 한 번 더 이야기 나누었지. 그 애도 자신의 잘못을 인정했네."

히나가 말한 대로였다.

사장이 다부치 씨를, 다부치가 나를……. 세상은 신용으로 돌아가고 있다.

요시타카 씨는 하루 쉬고 그다음 날 시치미를 뗀 얼굴로 출근했다.

그리고 내 앞에 서서 "죄송했습니다" 하고 짧게 말했다.

눈도 마주치지 않고 꽁해 있었지만, 깊이 숙인 뒷머리를 보고 나는 "괜찮아" 하고 한마디로 대답했다. 그걸로 끝이었다.

요시타카 씨가 심부름을 나갔을 때 다부치 씨가 말했다.

"우라세 군, 잘도 시원하게 용서했네. 요시타카짱, 속으로는 욕하고 있을지도 몰라."

나는 쓴웃음을 지었다.

"아뇨, 관둬버리지 않고, 도망치지 않고 잘 출근한 걸 보면, 요시타카 씨 나름대로 고민이 꽤 많았겠거니 싶어요. 그래서 저, 앞으로의 요시타카 씨를 믿어보려고요."

오호, 하고 다부치 씨가 입술을 쎌룩댔다. 나는 그에게 종이 세 장을 내밀었다.

"이거, 새 소프트웨어 매뉴얼입니다. 부장님께서 어려워하실 만한 부분, 정리해두었어요."

"어어? 우와, 굉장하다. 고마워."

다부치 씨는 내가 작성한 매뉴얼을 보고 감탄한 듯 고개를 끄덕였다. 이걸로 다부치 씨의 작업은 막힐 일이 없을 것이고, 내게 똑같은 걸 몇 번이나 물어 오는 일도 없을 것이다.

"함께 효율적으로 일해보죠."

우선은 회사원으로서의 일하는 방식을 정비하자. 쓸데없는 잔업도 하지 말자. 패럴렐 커리어를 위한 준비 중 하나였다.

다부치 씨는 농담하듯 말했다.

"어라, 우라세 군, 얼굴빛이 좀 변했네? 뭔가 달아오른 느낌인데, 오늘 한잔하러 갈래?"

"아뇨, 오늘은 정시에 퇴근하려고요."

오늘 밤은 나스다 씨와 만나기로 되어 있었다. 가게를 차릴 입지나 부동산 상황, 내장 관련 등 이제부터 조금씩 배워나가려는 것이다.

히나 역시 그 후로 모테기 선생님과 만남을 가지고 있다. 광물의 판매 루트도 소개해주겠다고 한 모양이다.

어느샌가 이어져 있던 보이지 않는 실을 끌어당기듯, 우리는 끊임없이 움직인다.

할 일이 태산인데 '시간이 없다'는 변명 따윈 이제 그만하자는 생각이 들었다.

'있는 시간'으로, 할 수 있는 일을 생각해나갈 것이다.

'언젠가'가 '내일'이 된다.

스푼 손잡이에 새겨진 양이 내 안에서 뜀박질을 시작하고 있었다.

3장

나쓰이
(40세, 전직 잡지 편집자)

한때 어린아이였던 우리 모두가 '산타클로스는 없다'는 사실을 인생의 어느 순간 깨달았을 텐데도 여전히 산타클로스가 크리스마스에서 사라질 기미가 보이지 않는 이유는, 지금의 어린아이들이 아직 그 존재를 믿고 있기 때문이 아닙니다. 지난날 어린아이였던 어른들이 어른이 되어서도 변함없이 '산타클로스'의 진실을 마음으로부터 받아들이며, 그 세계를 살고 있기 때문입니다.

몇 번을 다시 읽었을까, 이 책을.
커버를 벗겨보니 새하얀 무지 표지였다. 그 점이 또 마음에 든다. 부적과도 같은 이 책을 나는 때때로 이곳저곳에 들고 다닌다. 내가 붙인 수많은 포스트잇 끝이 하얀 몸체 밖으로 컬러풀하게 튀어나와 있었다.

오늘 아침, 달력을 넘기니 나타난 12월. 올해의 크리스마스는 딸 후타바에게 무얼 선물하면 좋을까. 산타클로스의 고민은 즐겁다.

불현듯 창문 너머로 밖을 바라보았다.

그 여름으로부터 벌써 3개월이 지났음을, 선달의 햇살을 느끼며 생각했다.

다가온 연말, 한낮의 파란 하늘. 희끄무레한 상현달이 보였다.

***

──8월.

여름 휴가도 끝나고, 회사 전체가 일상 모드로 되돌아왔다.

내가 일하는 곳은 반유샤万有社라는 출판사다. 이곳 자료팀에서 나는 출판된 매체의 관리나, 사원이 요청하는

152

과거 데이터를 찾고 필요한 문헌을 주문해 들여오는 일을 하고 있다. 외부로 나가는 회사의 개요나 자료 작성 등도 이 부서가 하는 일이다.

부서의 팀원은 나를 제외하고 중로의 남성으로만 다섯 명. 하나같이 말수가 적어, 이동해 온 지 2년이 지났는데도 나는 아직껏 이곳에 잘 스며들지 못했다.

이곳으로 오기 전까지 나는 『Mila(밀라)』라는 잡지 편집 팀에 있었다. 주로 20대 여성을 타깃으로 한 정보지다.

입사하고 15년 동안 나는 악착스럽게 일했다. 그러는 중의 임신은 갑작스럽긴 했으나 예정에 없던 일은 아니었다. 서른일곱이라는 나이를 의식해 바라던 결과였다. 지금 출산하고 빨리 복귀하면, 내 몸도 회사 상황도 리스크나 대미지가 최소한이리라 예상했었다.

다만, 약간의 무리를 한 점은 부인할 수 없다. 임신 사실을 알고 나서 안정기에 접어들 때까지 편집장 이외의 다른 사람들에게는 비밀로 했었다. 신경 쓰게 만들고 싶지 않았기 때문이다. 입덧의 괴로움도 남몰래 견디었고, 호르몬의 영향으로 거세게 밀려오는 졸음을 대량의 민트 껌으로 쫓았다.

숨길 수 없을 정도로 배가 불러와 모두에게 이야기한

뒤에도, 임산부라 같이 일하기 힘들다는 생각이 들지 않게끔 필사적이었다.

만삭 직전까지 빠듯이 일하다 새해에 출산을 했다. 1월생인 경우 내후년까지 1년 4개월의 육아 휴직을 낼 수 있다. 하지만 나는 4개월 만에 복귀하기로 결정했다. 아직 생후 3개월인 후타바를 어린이집에 맡기기는 망설여졌지만, 하루라도 빨리 회사로 돌아가야 한다고 생각했기 때문이다.

복귀 첫날, 발걸음을 옮긴 곳은 물론 밀라 편집팀이었다.

오랜만에 얼굴을 마주한 동료는 "잘 다녀왔어"라며 어쩐지 어색한 표정으로 웃었다. 그 서먹함을 의아해하고 있는데, "사키타니 씨, 잠깐" 하는 편집장의 말에 회의실로 불려 갔다. 그리고 느닷없이 자료팀으로 발령이 났다는 통보를 받은 것이다.

"왜죠?"

떨리는 목소리로 간신히 물으니 편집장은 태연스레 대답했다.

"그야, 편집 일 하면서 육아까지 하기는 힘들잖아."

"그래도 저는……."

걷잡을 수 없는 의문과 분노가 멈출 줄 모르고 치밀어 올랐다.

왜. 어째서. 도대체 왜. 나는 이곳에 돌아올 생각으로 육아 휴직 중에도 밀라를 매달 샅샅이 체크해왔고, 자료를 읽거나 기획을 고민하곤 했었다. 복귀 후 곧바로 적응할 수 있도록, 뒤처진 부분을 따라잡을 수 있도록.

내가 밀라에서 13년 동안 쌓아온 것은 대체 무엇이었나. 기다려주지도 못할 정도로 내가 이곳에 남겨놓은 게 아무것도 없는 걸까? 내 자리가 사라질 것이라곤 미처 생각지도 못했다.

"아홉 시 출근, 다섯 시 퇴근으로 집에 빨리 갈 수 있게 해준다고 인사팀에서도 신경을 쓴 거야."

달래는 듯한 편집장의 말에 나는 빠르게 쏘아댔다.

"괜찮습니다. 일도 육아도 동시에 잘할 수 있어요. 남편과 의논해 분담할 거고요, 야근이나 야간 회의를 대비해서 베이비시터도 몇 명 알아봐……."

"이미 결정 난 거니까, 그렇게 무리하지 않아도 돼. 자료팀 쪽이 더 편하잖아."

편집장은 성가시다는 듯이 내 말을 가로막았다.

절망이라는 감정을 제대로 알게 된 건 이때가 처음이

었는지도 모르겠다. 회사 입장에서는 나를 위해 내린 판단이었을 것이다. 하지만 나는 편하게 일하고 싶은 것이 아니다. 넌 이제 필요 없다는 말을 들은 것만 같아 캄캄한 구덩이로 떨어져 가는 기분이었다.

반유샤엔 아이가 있는 여성이 없다. 전례가 없는 것이다. 그렇다면 내가 그 전례를 만들어주겠노라 싶었는데 지나치게 태평한 생각이었던 걸까.

그로부터 2년이 흘렀다. 다른 회사의 잡지 편집팀으로 이직할까도 몇 번인가 고민했다. 그러나 실상 남편과의 분담은 전혀 순탄치 않았으며, 육아는 예상치 못한 일 투성이였다. 생각했던 것보다 훨씬 더 자유롭지 못했고 일정을 세우기도 어려웠다. 인정하고 싶지 않지만, 확실히 팀을 짜 분 단위로 임무를 처리해야 하는 잡지 편집팀에서 지금까지와 같이 계속 일을 해나가기란 어려울지도 모른다. 그러니 아이가 클 때까지는 이 자료팀에서 숨죽이고 견디고 있는 수밖에 없겠다는 생각이 든다.

벽시계가 다섯 시를 조금 넘겼다. 나는 소리가 나지 않게 가방을 어깨에 메고 슬금슬금 자리에서 일어나 복도로 나왔다. 부서 사람들은 모두 고개를 숙인 채 일을 하고 있었다. 정시 퇴근이 잘못된 것도 아닌데 뭔가 떳떳지 못했다.

집과 가까운 어린이집은 정원이 다 차 들어가지 못했다. 복귀 시기에 맞추고자 역에서 조금 걸어가야 하는 어린이집에 겨우 들어갔다. 그러다 보니 회사에서도 멀어졌다. 다섯 시에 회사를 나와도 전철을 하나 놓치면 환승 시간이 길어져 늦어버리고 만다. 후타바가 제일 마지막에 남은 아이가 될 때면, 나를 덩그러니 기다리고 있었을 모습에 가슴이 아팠다.

역까지 뛰다시피 걸으면 7분. 처음 3분은 아직 일하고 있을 팀원들에게 미안한 마음이 든다. 그다음 4분은 기다리고 있을 후타바에게 미안한 마음이 든다. 속으로, 죄송해요, 미안해, 하며 개찰구를 빠져나갔다.

남편 슈지는 오늘 밤도 분명 늦을 테지. 전철 안에서 흔들리며 나는 아직 환한 창밖 풍경을 멍하니 바라보았다.

슈지가 주말에 출장을 간다고 말한 건 금요일인 어제였다. 이벤트 회사에 다니는 슈지는 어쩐지 야근과 출장이 전보다 더 잦아진 느낌이다. 정말로 갑작스럽게 결정된 것일 수도 있지만, 조금만 더 빨리 말해주지, 하는 생각이 든다.

평소에도 자질구레하게 할 일이 많다. 어린이집만 해도 아이를 데려다주고 데리러 가는 일뿐 아니라 연락 노트를 적거나 준비물 챙기기, 행사를 위한 준비. 게다가 주말은 평일에 손댈 수 없는 일들이 기다리고 있다. 이불 널기와 욕조 청소, 냉장고 정리 등등.

아니, 그런 건 반드시 해야만 하는 일은 아니다. 슈지가 없으면 없는 대로 욕조가 다소 지저분해도 괜찮고 식사도 적당히 때우면 된다.

무엇이 힘든가 하면, 주말에는 분담할 수 있으리라 기대했던 집안일과 육아가 고스란히 내 몫이 된다는 점이다.

슈지는 자식 사랑이 끔찍한 편이다. 기저귀도 기꺼이 갈아주곤 했고, 이유식을 시작했을 때는 스스로 레시피를 검색해 만들어준 적도 있다. 무엇보다 후타바를 바라보는 눈빛이 사랑스럽고 다정하다. 난처한 일이 생겨도 슈지가 있어주는 것만으로 마음이 무척 편안해진다. 한시도 눈을 뗄 수 없는 어린아이와 단둘이 있으면 시종일관 긴장 상태여야 하고, 그렇다는 사실 자체가 나를 궁지로 몰아넣는다.

나 역시 후타바를 사랑한다. 거기엔 추호의 거짓도 없다. 그러나 그 감정과 홀로 육아를 감당해야 한다는 막막

함은 전혀 다른 문제였다.

아침 일찍 집을 나간 슈지를 배웅하고 다시 잠이 들려고 하자 후타바가 일어났다. 어째선지 쉬는 날이면 늘 잠을 잘 깬다.

아침밥을 먹고 나자 후타바는 장난감 상자에서 장난감을 모조리 꺼내어 놀기 시작했다. 그 틈에 나는 빨래를 널러 베란다로 나갔다.

후타바의 시트가 자리를 차지하는지라 빨래 건조대에 옷걸이를 촘촘히 걸었다.

어린이집 시트는 지퍼식으로 지정되어 있어, 금요일에 데리러 갈 때 이불을 벗겼다가 월요일 아침에 다시 씌우게끔 돼 있다. 월요일 아침부터 굉장히 수고스럽다는 말을 슈지에게 했더니 "그렇구나"라는 대답만 돌아왔다. 그때가 떠오르면서, 하기야 듣기만 하는 입장에선 아무래도 상관없는 얘기겠지, 이해가 안 되겠지, 하고 또 한 번 가슴에 응어리가 맺혔다.

베란다에서 거실로 돌아오자 후타바가 텔레비전에 들러붙어 애니메이션을 보고 있었다. 바닥에는 장난감이 널브러져 있었다.

"후짱, 장난감 다 가지고 놀았으면 정리하자."

"싫어."

"이대로 놔두면 다 버려버린다."

"싫어! 버리면 안 돼!"

"그럼 정리해."

"싫어."

뭐든 싫어, 싫어. 미운 두 살배기의 특징이다. 성장하는 과정이므로 혼내지 말고 여유를 가지고 지켜보라고 육아 책에 쓰여 있었다. 어른스럽지 못하게 울컥 화가 치민 스스로를 달래며, 나는 어질러진 장난감을 뛰어넘어 부엌으로 향했다.

지난밤, 싱크대에 그냥 두었던 후타바의 물통을 씻었다. 뚜껑을 열면 빨대가 나오는 타입의 물통은 쉽게 더러워지며 씻기가 불편하다. 표백과 살균을 하기 위해 차의 물때가 낀 패킹을 떼어내어 표백제에 담가두었다. 주말의 일과 중 하나였다. 이처럼 대수롭지 않고 별것도 아닌 일이 의외로 시간을 잡아먹는다. 휴일이라고 해서 느긋한 기분이 들 새가 없다.

여유. 여유 말인가. 그런 걸 어디서 팔기라도 한다면 돈을 내고 사고 싶은 심정이다.

육아가 나하고 안 맞는 건가 싶어 한숨이 나왔다. 조금 더 잘할 수 있으리라 생각했었다. 이틀. 후타바와 둘이 딱 붙어 집에만 있기에는 긴 시간이다.

공원에라도 가볼까. 하지만 운 좋게 사람이 적으면 다행인데, 공원에 엄마들이 모여 있으면 왜인지 주눅이 들어 결국 공원 주위만 맴돌다 돌아오는 경우도 많다. 그걸 생각하면 뾰족한 대책은 아니었다.

그 밖에 부담 없이 후타바와 시간을 보낼 만한 장소가 어디 있을까. 수족관이나 동물원에 가는 건 어마어마하게 큰일이고, 구립 도서관에 가려면 배차가 적은 버스를 타야만 한다.

문득 언젠가 후타바를 데리러 갔을 때 원장 선생님이 '커센 도서실에 키즈 스페이스가 있다'는 말을 했던 기억이 났다.

머지않아 후타바가 다니게 될 초등학교에 커뮤니티 센터가 병설되어 있다고 했다. 돌아갈 때 얼핏 들었을 뿐이라 당시엔 크게 신경 쓰지 않았는데, 스마트폰으로 잠깐 알아보니 무척이나 제대로 된 시설이었다. 집회실이나 다다미방도 있고, 성인을 위한 강좌도 몇 가진가 열리고 있었다.

초등학교는 집에서 도보로 10분 정도다. 가볍게 산책

도 할 겸, 아직 조금 이르지만 초등학교의 분위기를 봐두는 것도 나쁘지 않을 듯싶었다.

"후짱, 밖으로 나가자."

텔레비전 앞에 쪼그리고 앉아 있던 후타바가 오뚝 일어섰다. 다행히도 그건 싫지 않은 모양이었다.

손을 잡고 인도를 따라 걷자 후타바는 폴짝폴짝 뛰어올랐다. 밀짚모자를 쓴 머리가 흔들렸다.

"후짱은, 말양 신고 있어."

그렇게 말하며 얼굴을 든 후타바의 행복한 표정에 나도 모르게 미소가 번졌다. 말양. 후타바가 좋아하는 고양이 양말을 말하는 것이다. 내 딸이지만 이런 점은 귀엽기 그지없다.

초등학교 정문을 지나쳐 담장을 끼고 돈 그곳에 '커뮤니티 센터는 이쪽입니다'라고 화살표가 붙은 안내판이 있었다. 좁다란 통로로 들어가면 나오는 하얀 건물인 듯했다. 접수대에서 이름과 이용 목적, 입관 시간을 적고 안으로 들어갔다. 도서실은 1층 안쪽이었다.

들어가서 오른쪽 내측에 키즈 스페이스가 보였다. 낮은 책장으로 울타리가 쳐져 있고 우레탄 소재의 매트가 깔려 있었다. 조그맣고 낮은 테이블의 모서리가 둥글었다. 신발을 벗고 들어가게끔 되어 있었다.

먼저 온 이용객은 없었다. 나는 안도하며 후타바와 함께 신발을 벗은 뒤 키즈 스페이스에 앉았다.

그림책에 삥 둘러싸이니 왠지 모르게 마음이 치유되었다. 나는 무작위로 눈에 들어오는 책 몇 권을 꺼내 들었다.

습관처럼 출판사를 확인했다. 소라노오토샤空の音社. 메이푸루쇼보メイプル書房. 세이운칸星雲館. 어린이용 책을 내는 출판사의 이름은 소리의 울림도 부드럽다.

후타바가 양말을 벗기 시작했다. 아까까지만 해도 좋다고 신고 있었으면서.

"후짱, 더워?"

"맨발. 맨발의 제로푸."

"제로푸?"

제법 말이 통하기 시작했으나, 이따금 의미를 알 수 없을 때가 있다. 나는 후타바가 벗은 양말을 동그랗게 말아 기저귀 가방에 넣었다. 후타바는 책장 앞을 빙글빙글 배회하기 시작했다.

책장 너머로 포니테일 머리를 한 여자애가 불쑥 얼굴

을 내비쳤다.

"게로부를 말하는 건가."

감색 앞치마를 두르고 손에는 책을 몇 권 들고 있었다. 도서실 직원인 듯했다. 목에 건 이름표에는 '모리나가 노조미'라고 쓰여 있었다. 신록의 새싹과 같은 산뜻한 미소로 노조미짱은 말했다.

"인기 시리즈예요, 『맨발의 게로부』. 지네가 나오는 그림책이죠."

"지네……?"

노조미짱은 쿡쿡 웃으며 신발을 벗고 안으로 들어왔다. 들고 있던 책을 잠시 낮은 테이블 위에 올려두고는 능숙하게 책장에서 그림책 한 권을 꺼내 후타바에게 건넸다.

"제로푸!"

후타바는 무척 신이 나 그림책에 달려들었다. 어린이집에서 배웠나 보다. 표지를 넘기자 지네 캐릭터가 열심히 신발에 발을 넣으려는 그림이 나타났다. 수많은 발 중에서 절반은 맨발이고 절반은 가지각색의 신발을 신고 있다. 귀엽다고 하기는 어려운, 기묘하게 과장된 그 그림을 바라보고 있으니 노조미짱이 말했다.

"이름도 게로부고*, 이런 거 어른은 기분 나쁘다고 생각할 수 있는데 애들은 좋아하더라고요. 파리나 바퀴벌레 같은 것도 나오는데요, 뭔가 애정이 느껴져서 좋아요. 해충으로 여겨지는 벌레들에 대한 선입견 없이, 아이들 시선에서 만들어진 훌륭한 그림책이구나 싶죠."

굉장하다, 책 전문가네. 나는 감탄하며 고개를 끄덕였다.

"여기 있는 책, 빌릴 수 있나요?"

"네, 구민이시라면요. 더 필요한 게 있으시면, 저기 안쪽에 사서분이 계세요."

노조미짱은 반대편 안쪽으로 손을 뻗었다. 칸막이가 있어 잘 보이지는 않지만 천장에 '레퍼런스'라는 간판이 매달려 있었다.

"그쪽이 사서분이신 줄 알았어요."

내가 말하자 노조미짱은 쑥스러운 듯 한쪽 손을 저었다.

"아뇨, 저는 아직 공부 중이에요. 고졸이라서 사서가 되려면 실무 경험이 3년 필요하거든요. 아직 1년째라 열심히 해야 해요."

---

* 일본어 '게로'는 '토사물'을 의미해 부정적인 느낌을 준다.

물기를 머금은 커다란 눈동자. 젊음이 눈부셔 어질어 질할 정도였다. 원하는 직업을 가지고자 '실무 경험'을 차 곡차곡 쌓겠다는 야무진 모습에 가슴이 뭉클해졌다.

나도 이렇게 하고 싶은 일을 하려고 열심히 취업 준비 를 했었는데, 하고 그때를 떠올렸다.

출판사에서 일하고 싶었고, 책을 만들고 싶었다. 밀라 는 정말 좋아하는 잡지였기에 배치를 받았을 때는 몹시 도 기뻤다.

5년 전, 밀라에서 작가 가나타 미즈에의 연재를 따낸 것도 나였다. 미즈에 선생님은 당시 70세로, 편집장으로 부터 젊은 여성들이 보는 잡지에 걸맞지 않다는 말을 들 었다. 더군다나 에세이가 아닌 소설이라니, 이런 유의 정 보지와는 맞지 않는다며 일축했었다.

그렇지만 나는 미즈에 선생님의 이야기가 젊은 여성들 의 마음에 반드시 와닿으리라 생각했다. 선생님은 그전 까지 역사 소설이나 순문학을 썼었는데, 내면에 숨어 있 는 희망적이고 힘찬 메시지가 다름 아닌 20대 여성들에 게 울림을 주리라는 확신이 있었다. 설정이나 글쓰기 방 식을 밀라 독자층에 맞추면, 뒷이야기가 궁금한 독자들이 매달 기대에 부풀어 밀라를 구입할 것 같았다.

그래서 국장에게 교섭해보았다가 "설득할 수 있으면 한번 해봐" 하고 비웃음을 샀다. 편집장과는 다른 관점에서 지적을 받은 것이다. 밀라와 같은 소녀들을 위한 잡지에 그렇게 대작가가 붓을 들 리 없다는 것이 국장의 주장이었다.

그런고로 나는 미즈에 선생님을 맹렬히 공략했다. 처음에는 거절을 당했다. 미즈에 선생님은, 월간지 연재는 이제 힘들어서요, 라며 적당히 얼버무렸다.

그럼에도 나는 몇 번이고 부탁했다. 미즈에 선생님의 소설에 은밀히 담긴 강건함과 명랑함을 열심히 살아가는 여자아이들에게 전하고 싶다며 간청했다. 온 힘을 다해 지원할 것을 약속하겠다고 말이다.

다섯 번째 만남을 가졌을 때 미즈에 선생님은 가까스로 고개를 끄덕여주었다. 사키타니 씨와 함께하면 어떤 이야기가 탄생할지 궁금하다면서.

성격이 다른 두 여자아이의 우정도 라이벌도 아닌 관계를 그린 미즈에 선생님의 연재소설 『핑크 플라타너스』는, '핑플'이라 불리며 금세 밀라의 인기 페이지가 되었다. 늘어난 매출에도 연재가 큰 영향을 주었음이 분명했다. 1년 반에 걸쳐 엄청난 호평 속에 마지막 회를 맞은 뒤 책

출간이 결정되었다. 반유샤에는 문학팀이 없어 한 권으로 엮는 일도, 서점을 돌아다니는 일도 전부 내 업무였다. 평상시와 다를 바 없이 밀라의 편집 작업과 병행했으므로 입사 이래 최고로 바쁜 시기였지만, 나는 매일매일 온몸에 전율이 흐를 정도로 즐거웠다.

이후 그 소설은 1년에 한 번 열리는 굵직한 문학상 '북셀프 대상'을 수상했다. 아닌 게 아니라 회사가 흥분으로 들끓었다. 잡지가 메인인 반유샤가 이처럼 문학책으로 각광을 받는 건 이례적인 일이었기 때문이다. 복도에서 마주친 국장이 나를 불러 세워 부편집장으로의 승진 예정을 넌지시 내비치기도 했다.

그 직후에 임신 사실이 발각되었다. 한동안 휴직에 들어가는 데 있어 불안한 마음이 없었던 것은 아니다. 하지만 나는 회사에서 어느 정도의 성과를 올렸다고 자부하고 있었다. 이 일을 사랑하고, 미즈에 선생님과의 신뢰 관계도 생겼고, 복귀하면 더욱더 열심히 해보자는 생각이었다. 나에게 있어 편집 일은 소중히 쌓아온 노력의 결정체였다.

그런데.

모조리 빼앗기고 말았다. 여태까지의 경험과 노력은

하나도 인정받지 못했던 것이다.

밀라로 복귀하는 게 아니었으면 육아 휴직 기간 중 일 생각만 하지 말고 후타바와 더 많은 시간을 보낼 걸 그랬다. 후타바가 잠이 든 귀중한 혼자만의 시간, 기획을 짜내거나 정보 수집에 힘쓰지 말고 함께 뒹굴뒹굴하거나 한국 드라마를 보는 등 취미 생활을 할 걸 그랬다.

어느 쪽이든 어중간한 채 만족감을 얻지 못하면서도, 하루하루가 분주해 짬이 나지 않는다.

나는 어떻게 하면 좋을까. 무얼 해야 하는 걸까. 어쩐지 쳇바퀴를 도는 듯한 느낌이다. 빠져나갈 길 없는 미로 속에서 구시렁대기만 할 뿐 앞으로 한 발자국도 나아가지 못한다.

나는 바닥에 폴싹 주저앉아 그림책을 펼치고 있는 후타바에게 말을 걸었다.

"후짱, 저기서 재밌는 그림책 찾아달라고 할까?"

내 말이 들렸을 텐데도 후타바는 싫다는 말도 없이 게로부를 골똘히 들여다보고 있었다. 노조미짱이 말했다.

"후짱은 제가 보고 있을 테니 다녀오세요."

"엇, 그치만."

"지금은 다른 이용객분도 안 계셔서 괜찮아요."

염치 불고하고 나는 신발을 신었다. 여기서 괜찮은 그림책을 몇 권 빌려 가면 주말 동안은 그럭저럭 버틸 수 있을지 모른다.

나는 게시판이기도 한 칸막이를 지나 레퍼런스 코너를 엿보곤 소스라치게 놀라 걸음을 멈추었다.

카운터 안쪽에 하얗고 커다란 여자가 있었다. 나이는 잘 모르겠지만 쉰 살 정도 되려나. 특별 주문이거나 외국의 빅 사이즈인 건지, 입고 있는 하얀 긴소매 셔츠는 아마 주변에서 쉽게 구할 수는 없을 듯했다. 아이보리색 앞치마를 둘렀고 쫙 펴진 피부도 주름 하나 없이 새하얘서, 뭐랄까, 디즈니 애니메이션 캐릭터 '베이맥스' 같았다.

사서는 무뚝뚝한 표정으로 아래를 내려다보며 무언가 세밀한 작업에 몰두하고 있었다. 뭘 하는 걸까, 하고 단순히 흥미가 일어 다가가 보니 스펀지 매트 위에서 뭉친 털실 같은 물체에 바늘을 찌르고 있었다.

뭔지 알아, 이거. 양모 펠트. 내 담당은 아니었지만 밀라에서 특집으로 다룬 적이 있다. 솜 같은 양털을 바늘로 콕콕 찔러 모양을 만드는 것이다.

다시 말해 수공예다. 마스코트인지 뭔지를 만들고 있는 것이리라. 이토록 거대한 몸집으로 이토록 조그마한 것을 만들어내고 있는 모습이 정말이지 애니메이션의 한 장면 같았다. 나는 호기심에 이끌려 그녀 주변을 물끄러미 바라보았다.

바로 옆에 다크 오렌지색 상자가 있었다. 오래된 양과자 메이커 구레미야도의 허니돔 패키지다. 반구형의 소프트 쿠키로, 안에 꿀이 진득이 배어들어 있어 맛이 좋다. 나이를 불문하고 모두에게 인기 있는 상품이라 작가들에게 선물한 적도 있다. 사서도 허니돔을 좋아하는구나 싶어 갑자기 친근감이 들었다.

사서의 손이 뚝 멈추었다. 힐끗 쳐다보기에 나는 몸을 움츠렸다.

"아, 죄송합니……."

사과할 상황은 아니었지만 왠지 모르게 위축이 돼 뒷걸음질을 치자, 사서가 말했다.

"뭘 찾고 있지?"

몸을 포옥 감싸는 듯한 느낌이 들었다.

신기한 목소리였다. 친절하지도 밝지도 않은 단조로운 저음. 그런데도 몸과 마음을 맡기고 싶어지는, 너른 가슴이 느껴지는 한마디였다.

무얼 찾느냐는 말을 들으니 찾고 있는 것이 많은 기분이었다. 앞으로의 내가 가야 할 길. 이 답답한 마음을 해결할 방법. 육아에 필요한 '여유'. 이런 것들은 어디에 있을까요?

하지만 여기는 상담실이 아니다. 나는 "그림책이요"라는 말만 전했다.

사서의 가슴께에 '고마치 사유리'라고 쓰인 이름표가 있었다. 어찌나 사랑스러운 이름인지. 사서 고마치 씨. 그녀는 허니돔 상자의 뚜껑을 열고는 바늘을 집어넣었다. 빈 상자를 반짇고리로 쓰는 모양이었다.

고마치 씨는 담담하게 말했다.

"그림책. 그림책은 너무 많은데."

"두 살배기 딸아이한테 좋을 만한 걸로요. 딸은 『맨발의 게로부』를 좋아하더라고요."

고마치 씨는 몸을 흔들며 신음했다.

"아아, 그건 명작이지."

"전문가가 보기엔 그런가 보네요. 애들한테 잘 먹히는 게 어떤 건지, 저는 잘 몰라서."

내가 중얼거리자 고마치 씨는 머리를 가볍게 기울였

다. 꽉 묶인 당고 머리에 하얀 꽃 장식 술이 달린 비녀가 꽂혀 있었다. 하얀색을 좋아하는구나.

"뭐, 원래 육아라는 게, 실제로 해보지 않으면 모르는 일투성이니까. 상상했던 것과는 다른 일들이 태반이지."

"네, 네, 맞아요."

나는 까딱까딱 몇 번이고 고개를 끄덕였다. 날 이해해주는 사람이 나타난 것 같아 나도 모르게 진심을 털어놓고 싶어졌다.

"곰돌이 푸를 보고 귀엽다고 생각하는 거랑 실제로 곰과 함께 생활하는 건 전혀 다른 일이잖아요. 그 정도예요."

"와하하하하!"

고마치 씨가 돌연 호쾌한 웃음을 터뜨리기에 깜짝 놀랐다. 이렇게나 큰 목소리를 내리라곤 생각지 못했다. 농담으로 한 말이 아닌데.

그러나 안심이 되기도 했다. 이런 이야길 해도 되는구나. 넋두리가 입에서 술술 흘러나왔다.

"……저, 아이를 낳고부터 모든 게 안 풀렸거든요. 하고 싶은 일을 하지 못하는 답답함 때문에, 이게 아닌데, 하는 생각만 들었고요. 딸이 소중한 존재인 건 사실이지만, 육아가 상상 이상으로 벅찼어요."

웃음을 그친 고마치 씨가 또다시 담담하게 말했다.

"아이는 훈훈하고 아늑한 분위기에서 태어나는 게 아니지. 출산할 때 많이 힘들었겠어."

"네. 세상 모든 엄마들이 대단하다는 생각을 했어요."

"맞는 말이야."

고마치 씨는 살짝 고개를 끄덕이곤 내 눈을 들여다보듯 얼굴을 곧게 내 쪽으로 돌렸다.

"그런데, 난 이렇게 생각해. 엄마도 힘들었겠지만, 나 역시 태어날 때 상당한 고통을 견뎌내며 있는 힘을 다하지 않았을까, 하고. 열 달 동안 엄마 뱃속에서 아무도 가르쳐주지 않았는데 사람의 모습으로 성장하고, 전혀 다른 환경의 세상 밖으로 뛰쳐나온 거잖아. 세상 밖 공기를 접했을 때 분명 화들짝 놀랐겠지. 뭐야 여긴, 하고. 기억은 안 나지만 말이야. 그래서 기쁨이라든지 행복을 느낄 때마다, '아아, 열심히 노력해서 태어난 보람이 있네'라며 되새기곤 해."

가슴이 철렁 내려앉아 나는 입을 다물었다. 고마치 씨는 컴퓨터 쪽으로 몸을 돌렸다.

"당신도 마찬가지야. 아마 인생에서 가장 열심일 때는

태어날 때일걸? 이후의 일들은 틀림없이 그때만큼 힘들지는 않을 거야. 그토록 엄청난 일도 견뎌냈으니, 충분히 극복할 수 있어."

그렇게 말한 고마치 씨는 자세를 쓱 바로잡더니 키보드 위에 두 손을 얹었다. 그러고는 파바바바박, 하고 굉장한 속도로 타자를 쳤다. 손가락만 기계가 된 듯했다. 어안이 벙벙해 그 모습을 보고 있는데 고마치 씨가 파앙, 하고 마지막 한 수를 두었다. 곧이어 프린터가 달칵달칵 움직이기 시작했다.

뽑혀 나온 B5 크기의 종이에는 책 제목과 저자명, 책장 번호 등이 표로 정리돼 인쇄되어 있었다. 건네받은 그 글자를 나는 말똥말똥 쳐다보았다.

『포퐁 씨』, 『어서 와, 통통』, 『뭘까, 뭘까』. 이 셋은 틀림없이 그림책이겠지. 그런데 그 아래쪽에 눈길이 갔다.

『달의 문』. 저자는 이시이 유카리.

이시이 유카리 씨라면 알고 있다. 매일 별자리 운세를 SNS에 올리는 사람이다. 밀라에 있었을 때 동료가 메신저에 등록을 해두었었다. 나는 점을 잘 보지 않는다. 여자아이들이 이런 걸 좋아한다는 사실은 알고 있어서 점집노점 특집 등을 고려한 적도 있으나, 개인적으로는 딱히 운세 페이지를 매달 확인하거나 한 적도 없었다.

이시이 유카리 씨가 그림책도 냈구나 싶었는데 이 책만 분류 표시와 책장 번호가 달랐다. 나는 물었다.

"점술 관련 책인가요?"

내 물음엔 아무런 대답 없이, 몸을 살짝 굽혀 카운터 아래쪽 서랍 몇 개를 열고 있던 고마치 씨가 셋째 서랍에서 무언갈 꺼내어 내게 건네주었다.

"받아. 당신한테는 이거."

대굴대굴 동그란 양모 펠트였다. 파란 구체에 초록색과 노란색의 얼룩무늬가 있다.

……지구?

"귀엽네요. 고마치 씨가 만드신 거예요? 딸이 좋아하겠어요."

"그건 당신한테 주는 부록이야."

"네?"

"책의 부록이지. 『달의 문』의 부록."

무슨 말인지 알아들을 수가 없었다. 내가 당황해하고 있으니 고마치 씨는 바늘을 손에 들고 말했다.

"양모 펠트의 좋은 점은, 도중에 원하는 대로 다시 시작할 수 있다는 것이지. 어느 정도 완성되어가는 중일지라도, 중간에 '아무래도 이렇게 하고 싶은데' 하는 생각이 들면 궤도를 수정하기가 쉽거든."

"그렇구나. 처음 생각했던 것과 달라져도 괜찮은 거네요."

고마치 씨는 아무 말이 없었다. 무뚝뚝한 표정으로 아래를 내려다보더니 아까와 같이 털 뭉치에 바늘을 찌르기 시작했다. 나와는 더 이상 이야기할 생각이 없는 듯 보였다.

업무 종료를 어필하는 듯한 태도에 그 이상 말을 걸기가 뭣해, 나는 지구를 가방 안쪽 주머니에 넣고 키즈 스페이스로 향했다.

노조미짱이 후타바에게 그림책을 읽어주고 있었다. 나는 조금만 더 염치 불고하기로 하고 일반 도서 책장에서 『달의 문』을 찾았다.

『달의 문』은 표지에 하얗고 어슴푸레한 반달이 그려진, 파랗고 파랗고 파란 책이었다.

앞표지와 뒤표지뿐만 아니라 책머리도 책발도 책입도…… 즉, 종이의 단면 전체가 파랗게 칠해져 있는 것이다. 어둡지는 않지만 화려하지도 않은, 그윽하고 아득한 파랑. 그리고 표지를 넘기면 드러나는 면지는 먹물처럼 새까맸다. 책을 펼치자 딥 블루에 에워싸인 크림색 종이가 나타났다. 그곳에 적힌 글자를 눈으로 쫓으니, 마치 한밤중에 책을 읽고 있는 듯한 기분이 들었다.

팔락팔락 책장을 넘겨보던 중 '어머니'라는 단어에 붙잡혀 손을 멈추었다.

점성술의 세계에서 달은 '어머니, 아내, 어릴 적 추억, 감정, 육체, 변화' 등을 의미합니다.

달이 어머니와 아내를 의미한다고?

보통 '엄마는 한집안의 태양'이라고들 하던데. 그래서 항상 밝게 웃어야만 한다고. 의외라는 생각을 하며 되돌아가는 길에 읽어보았더니 무척 흥미로운 내용이 쓰여 있었다.

임신한 여성의 배가 불러온다는 점, 월경 주기와 달의 주기가 일치한다는 점을 근거로 한 모체와 달의 공통된 이미지. 순결의 여신이자 달의 여신인 아르테미스와 성모 마리아를 예로 든, 처녀성과 모성이 동시에 상징되는 것에 대한 고찰.

재미있었다. 그리고 문체가 아름답고 이해하기 쉬워

머리에 쏙쏙 들어왔다. '점술'이라기보다는 달을 가까이 느낄 수 있게 해주는 '이야기' 책이었다. 커버 앞날개에 적힌 이시이 유카리 씨의 프로필을 보니 '점술가'가 아닌 '작가'로 되어 있었다. 뭔가 굉장히 납득이 갔고, 이 책을 차분히 읽어보고 싶어져 나는 빌리기로 마음먹었다.

키즈 스페이스로 들어가 목록을 보며 이번에는 그림책을 찾았다. 고마치 씨가 골라준 세 권과 후타바가 손에서 놓지 않는 『맨발의 게로부』. 노조미짱이 대출 카드를 만들어주었고, 총 다섯 권을 빌렸다.

"후짱이 들 거야!"

맨발로 신발을 신은 후타바가 게로부 그림책을 끌어안고 있었다. 지네와 바퀴벌레의 도움을 받는 주말. 나는 이 그림책의 작가와 출판사에 더없이 감사한 마음을 품었다.

그러나 집에서는 좀처럼 책 읽기에 집중하기가 힘들다는 것 또한 육아를 해보지 않으면 모르는 사실 중 하나였다. 모처럼 빌린 『달의 문』은 주말을 넘긴 월요일 오늘, 출근길 전철 안에서 단 몇 페이지밖에 읽지 못했다.

밀라에 있었을 때는 책상에 앉아 책을 읽어도 전혀 스스러울 게 없었다. 일에 직접적으로 연관된 것이 아니더라도 하나의 기삿거리가 될 수도 있기 때문이다.

그러나 자료팀으로 오고부터는 아무렇지 않게 독서를 하기가 꺼려졌다. 일은 안 하고 농땡이 부린다고만 생각될 테니 말이다.

여느 때처럼 자리에 앉아 산더미 같은 서류를 훑어보고 있는데 문간에서 "사키타니 씨" 하고 누가 말을 걸었다.

퍼뜩 고개를 들자 기자와 씨가 서 있었다. 밀라의 편집 팀원으로, 내가 출산 휴가에 들어가기 조금 전 이직해 온 동갑내기 독신 여성이다. 그다지 접점을 가지지 못한 채 부서 이동이 정해져 친한 사이는 아니다. 같이 일한 시간이 적기도 했지만, 사실 나는 지나치게 털털한 그녀의 성격이 버거워 가까이 지내기가 어렵다.

내가 육아 휴직에 들어간 사이 기자와 씨가 밀라의 부편집장이 되었다. 전에 일한 잡지사에서도 재간꾼으로 유명해 사장이 스카우트했다는 소문도 있다. 미즈에 선생님을 담당하는 일도 그녀에게 인계했었는데, 그런 점도 내가 그녀를 가까이하지 않는 이유 중 하나인지도 모르겠다.

기자와 씨는 종이 한 장을 내밀었다.

"이거, 주문 좀 부탁해요."

"아, 네."

나는 기자와 씨에게서 지시서를 받아들었다. 가방 브랜드의 카탈로그였다. 자료팀 안으로 들어오지 않고 문간에서 나를 부르는 이유는, 틀림없이 다른 아저씨 사원들은 잘 모르겠거니 싶어서일 것이다. 아니면 밀라에서 일하는 모습을 일부러 내게 과시하러 온 건가.

"이번 주 중으로 가능하려나?"

차가운 목소리로 말하는 기자와 씨 눈 밑에 다크서클이 있었다. 헐렁한 니트에 청바지를 입고, 헝클어진 머리 끝을 금속 머리핀으로 고정했다.

일정을 따져보니 오늘이 교정을 끝내야 하는 날이다. 야근을 각오한 복장일 것이다.

새카만 쓰라림이 잇따라 솟구쳤다. 나도 예전엔 그쪽에 속해 있었는데.

"가능할 것 같아요."

나는 그렇게 대답하고 불온한 마음을 속이기 위해 애써 밝게 "오늘, 마감인가요?" 하며 웃었다. 기자와 씨는 슬쩍 자기 머리카락을 매만졌다.

"응, 맞아."

"좋겠다. 편집 일, 보람 있잖아요."

가벼운 잡담을 나눌 생각이었다. 그런데 기자와 씨는 순간 시선을 피하더니 어색하게 웃으며 말했다.

"그래도 허구한 날 회사에만 있고, 집에 있는 시간이 거의 없는 느낌이야. 막차도 못 타서 내 돈 주고 택시 탈 때도 있고. 한 번이라도 좋으니까, 나도 정시 퇴근 좀 해 보고 싶네."

가슴에 먹구름이 일었다. '나도'라고?

"뭐, 나는 집에 가봐야 아무도 없지만 말야. 참 쓸쓸해."

자조 섞인 말을 하는 기자와 씨에게 나는 아무런 대꾸도 못 한 채 사근사근한 웃음을 한껏 지어 보였다.

흡사 내가 부럽기라도 하다는 듯한 말투였다. 그런 생각이 드는 건 내 마음이 까칠해져 있기 때문일까. 이토록 초췌한 기자와 씨를 미친 듯이 질투하고 있는 건 내 쪽인 것이다.

기자와 씨에게 말하고 싶었다. 그렇게 일찍 퇴근하고 싶으면 관두면 되잖아. 스스로 선택했고, 좋아서 거기에 있는 거잖아.

하지만 그 말은 오롯이 내게도 해당한다는 것 또한 알고 있었다. 그렇다. 나는 스스로 선택한 것이다. 아이를 낳아 기를 것을.

바라선 안 되는 것이었나. 일과 가정의 양립은 분에 넘치는 일인 걸까. 불만을 털어놓아선 안 되는 건가.

내가 아무 말 없이 가만히 서 있자 기자와 씨는 "아아, 맞다" 하고 말을 꺼냈다.

"내일모레, 가나타 씨 토크 콘서트가 있거든."

순간적으로 마음이 누그러졌다. 미즈에 선생님?

"우리랑은 상관없어서 꼭 가야 하는 건 아닌데, 편집장님이 그래도 얼굴은 비추고 오라더라고. 근데 내가 일이너무 많아서 그런데, 혹시 사키타니 씨가 대신 가줄 수 있을까?"

"……갈게요!"

제안을 덥석 받아들인 내 쪽으로 기자와 씨는 씰룩 어깨를 움직였다.

"그럼, 자세한 사항은 메일로 보내놓을 테니 잘 부탁해. 자료팀 부장님한테도, 편집장님 쪽에서 잘 처리해주게끔 부탁해둘게."

마지막에는 등을 돌리며 그렇게 말하곤 기자와 씨는 복도를 걷기 시작했다.

기자와 씨가 나를 어떻게 생각하든 상관없다. 먼저 이

야기해줘서 고마울 따름이다. 미즈에 선생님을 만날 수 있다. 그리고 조금은 편집자 같은 업무를 할 수 있다. 이전 담당자로서.

다음 날, 나는 점심시간에 서점으로 가 미즈에 선생님의 신간을 샀다. 오늘이 출간일이었다. 토크 콘서트도 이에 맞춰 진행되는 행사일 것이다.

토크 콘서트는 내일 도내 호텔에서 오전 열한 시부터 진행된다.

미즈에 선생님에게 연락했더니 "끝나고 잠깐 차라도 한잔합시다"라는 말을 해주었다.

기뻤다. 너무나도 기뻤다.

서둘러 신간을 읽고자 퇴근길 전철에서 잽싸게 훑어보았지만 절반도 읽지 못했다. 오늘은 무슨 수를 써서라도 후타바를 일찍 재워야만 한다.

어린이집에서 배워 온 노래를 후타바는 집으로 가는 내내 불렀다. 무척 마음에 든 모양인지 집에 와서도 자기만의 스타일로 율동을 하면서 한도 끝도 없이 흥얼거렸다.

목욕을 시킨 다음, 자빠뜨리듯 이불에 눕히고 나도 그 옆에 누웠다. 침실 전등불을 어스름하게 켜놓고 토닥토

닥 후타바의 가슴을 도닥였다.

"얼른 자자."

후타바는 시끄럽게 떠들며 좀처럼 잠을 자지 않았다. 일부러 장난을 치며 큰 소리로 노래를 부르기도 했다. 나는 그만 "눈 감아!" 하고 언성을 높이고 말았다.

"싫어! 후짱, 노래할 거야!"

역효과였다. 한층 더 흥분한 후타바는 이불 위에 우뚝 일어섰다.

슈지는 언제 오는 걸까. 적어도 몇 시에 오는지만이라도 정확히 알 수 있으면, 그때까지 기다리면 도와줄 사람이 나타나리란 걸 알고 있으면 마음이 조금 편해질 텐데 슈지는 메시지 하나 보내주질 않는다.

나는 포기하고 전등불 밝기를 한 단계 높인 뒤 후타바 옆에 엎드려 미즈에 선생님의 책을 펼쳤다.

후타바는 얼마간 노래를 부르다 이내 머리맡에 놓여 있던 그림책을 펼치기 시작했다. 나를 흉내 내는 것이리라. 그림을 보며 요러쿵조러쿵 떠들고 있다. 읽어줬으면 하는 건가 싶으면서도 나는 반쯤 무시한 채 계속해서 소설을 읽어나갔다. 1분의 시간도 아까웠다.

미즈에 선생님의 소설은 역시나 재미있었다. 이 책의

담당 편집자와는 어떤 미팅을 가졌을까. 어떤 식으로 이야기를 꾸며나간 걸까.

아아, 나도 해보고 싶다. 속절없이 마음이 요동쳤다.

그로부터 한동안 후타바의 목소리를 들으며 문장을 더 듣어가고 있었는데, 어디서부터인지 의식이 끊겼다.

나도 모르게 중간에 잠이 들어버린 모양이었다. 슈지가 집에 온 줄도 모르고 나는 소설을 마저 읽지 못한 채 아침을 맞이했다.

아침에 잠에서 깬 후타바가 재채기를 하며 콧물을 흘렸다.

나는 황급히 후타바의 이마에 손을 가져다 댔다. 그렇게 뜨겁지는 않았다. 기도하는 마음으로 후타바를 꼭 끌어안은 다음 체온계를 겨드랑이에 끼웠다.

"어, 후타바, 괜찮아?"

태평한 슈지의 목소리. 에어컨을 튼 채로 잠이 든 건 내 실수지만, 자기 전 타이머로 꺼짐 예약을 설정해주지 않은 슈지에게 화가 났다.

체온계의 전자음이 울렸다. 36.9도. 살짝 불안하긴 하지만 괜찮겠지.

부탁이야, 괜찮길 바라. 오늘 하루만이라도 좋으니까.

나는 슈지에게 주뼛주뼛 말했다.

"저기, 있잖아."

"응?"

"괜찮을 것 같긴 한데, 만약에, 만약에 말야. 오늘 어린이집에서 연락 오면 데리러 가줄 수 있어?"

"음, 힘들걸. 오늘 마쿠하리까지 나가야 해서."

"……그렇겠지."

괜한 질문이었다. 나는 준비를 끝내고 후타바를 어린이집에 데려다주었다.

가는 길 전철에서 부리나케 미즈에 선생님의 책을 마저 읽었다. 결말을 몰라서는 안 된다. 사선으로 대강 훑어 읽으며 그럭저럭 책 읽기를 마쳤다.

미즈에 선생님의 소설을 이렇게 대충 읽고 싶지 않았다. 조용한 곳에서 마음을 차분히 진정시키고 미즈에 선생님의 이야기 속 세상에 빠져들고 싶었다. 그러나 어쩔 도리가 없었다.

기자와 씨가 '잘 처리해준' 덕분에 나는 열 시에 회사를 나가도록 허락을 받았다. 화장실에 들렀다 회사를 나온 찰나 스마트폰에서 전화벨이 울렸다.

화면에 떠 있는 '쓰쿠시 어린이집'을 보고 온몸에 전율이 스쳤다.

틀림없이 후타바가 열이 난 것이리라.

무시할까. 연락이 온 줄 몰랐던 걸로 할까. 하지만 이 상황에서는 부모로서 전화를 받지 않을 수 없다. 마음속에서 두 명의 내가 싸우고 있었다.

뚝, 하고 자동 응답기 메시지로 넘어갔다.

메시지가 녹음되길 기다리다 나는 듣기 버튼을 누른 뒤 스마트폰을 귀에 가까이 댔다. 담임인 마유 선생님의 목소리가 흘렀다.

"후타바쨩이 열이 납니다. 데리러 와주시길 바랄게요."

이걸.

이걸 못 들은 걸로 한다면.

어린이집에서 회사로 연락이 가 자료팀의 누군가가 내게 전화를 할 수도 있지만, 스마트폰을 집에 두고 온 걸로 하고 전화를 받지 않는다면.

선생님과의 차 한잔은 포기하고 토크 콘서트가 끝나자마자 어린이집에 연락해 달려가면 두 시에는 도착할 것이다. 그 정도라면 괜찮지 않을까. 그야 후타바는 안전한 어린이집에 있으니까.

그렇게 생각하면서도 후타바의 우는 얼굴이 떠올랐다.

어젯밤 이불을 덮어주지 못해 에어컨 바람에 체온이 떨어진 걸 수도 있다. 열이 높아 힘들어하고 있을지도 모른다. 일찍 재우지 못하고 그대로 잠들어버린 내 책임이다. 그림책을 펼치며 말을 걸던 후타바를 제대로 상대해주지 않았던 일도 생각나면서, 너무나도 나쁜 엄마인 것만 같아 죄책감이 더해졌다.

토크 콘서트를 못 가게 되면 기자와 씨나 밀라 편집장에게는 역시나 쓸모없는 인간이라 생각될 것이다. 하지만 이번 일은 출석하지 않는다고 해서 업무에 큰 지장을 초래하지는 않는다. 그저 내가 가고 싶을 뿐이다.

나는 눈을 질끈 감았다.

그리고 숨을 크게 몰아쉬곤 어린이집에 전화를 걸었다.

어린이집에 도착하자 나를 발견한 후타바가 웃는 얼굴로 파닥파닥 뛰어왔다.

……뭐야, 말짱하잖아. 37.8도라 멍한 상태라고 그랬는데.

마유 선생님이 나왔다. 갓 스무 살 넘은 신임 선생님이다.

"후타바쨩, 기운이 없는 줄 알았는데 살짝 졸렸던 모양이에요. 열도 37.1도까지 내려갔어요."

마음이 놓이는 동시에 견딜 수 없는 감정이 복받쳐 올랐다. 이럴 거면 데리러 올 필요가 없었던 것이다. 오늘은 특별한 날이었는데. 정신을 차리고 보니 나는 눈물을 흘리고 있었다.

"어머나. 어머님, 걱정 많이 하셨나 봐요."

웃으며 그렇게 말하는 마유 선생님을 향해 나는 중얼거렸다.

"……왜 여자만."

스스로도 몰랐던 낮은 목소리가 새어 나왔다. 마유 선생님이 흠칫 놀라 동요했다. 내 말뜻을 알 리 없었을 것이다.

나뿐만 아니라 데리러 오는 부모의 대부분은 엄마다. 아직도 그것이 자연스러운 일인 양 되어 있다. 업무에 막대한 영향을 받는 쪽은 무조건 '낳은 사람'이어야 하는 걸까.

마유 선생님은 주저주저하며 말했다.

"아, 그게, 37.5도가 넘으면 연락을 드리도록 돼 있어서요……. 경련을 일으키거나 하면 안 되니까요……."

190

퍼뜩 정신이 들었다. 마유 선생님을 질책하는 듯한 말투였을 것이다.

"아, 아니에요. 죄송합니다. 감사했어요."

나는 후타바를 부둥켜안고서 타임리코더를 찍고 어린이집을 나왔다.

집으로 돌아와 후타바의 열을 쟀더니 36.5도였다. 저녁 식사 후 좋아하는 사과 요구르트를 먹고 기분이 좋아진 후타바는 탁자 위에 인형을 늘어놓으며 놀고 있다. 일찍 재우기 위해 여덟 시가 지나서 파자마를 입혔다.

"오늘은 그만 자자."

"싫어."

"또 열이 나면 안 되잖아. 자, 토순이는 정리하자."

"정리, 싫어."

싫어, 싫어, 싫어, 싫어.

"엄마도 싫거든."

나는 한숨을 내쉬곤 토끼와 후타바를 통째로 안아 들어 이불로 데리고 갔다.

내 천川 자로 토끼와 함께 셋이서 드러누웠다. 후타바는 꺅꺅 소리를 지르며 토끼와 재잘거리기 시작했다.

……가고 싶었는데, 미즈에 선생님 토크 콘서트. 끝나면 함께 차를 마시고, 오랜만에 많은 이야길 나누고.

어린이집으로 가는 길, 우선은 밀라 편집팀에 전화해 기자와 씨에게 못 가게 된 사실을 전했다. 기자와 씨는 "딱히 상관없어. 얼른 낫길"이라고만 말했다. 속내는 도무지 알 길이 없다.

미즈에 선생님에게는 전철 안에서 메일로 사과했다. 곧바로 "육아하다 보면 다 그렇죠. 신경 쓰지 말아요. 다음에 또 만납시다"라고 답신이 왔다. 육아하다 보면 다 그렇다라.

엄마에게 있어 이날만은 부디 안 그러길 바랄 때에만 아이가 열이 난다. 두 아들을 둔 미즈에 선생님도 그런 과정을 헤쳐 나온 것일까.

미즈에 선생님과 이야기하고 싶다는 생각이 들었다. 하지만 지금의 나는 더 이상 편집자가 아니다. 미즈에 선생님에게 선뜻 차 한잔하자는 말을 먼저 건넬 수 있는 입장이 아닌 것이다.

생각해보면 편집 일이 지닌 큰 매력 중 하나는 그것이었다. 만나고 싶은 사람을 만날 수 있다는 것. 일대일로 마주 보며 그 사람의 속마음을 느낄 수 있다는 것.

어쩐지 무척 피곤했다. 밀라에 있었을 때는 아무리 바빠도, 아무리 밤을 헤집고 다녀도 멀쩡했는데. 몸도 마음도 점토처럼 딱딱하고 무거웠다.

엎드린 채 이런저런 생각을 하고 있으니 또다시 주르르 눈물이 났다.

그리고 어느 틈엔가 후타바와 함께 잠이 들었다.

눈을 뜨니 밤 열한 시 반이었다.

일찍 재워놓고 이것저것 할 생각이었는데 또 잠들어버렸단 사실에 기운이 빠졌다.

색색 자고 있는 후타바의 이마에 손을 대니 열이 나기는커녕 차가울 정도였다. 후타바의 머리카락이 난 곳을 살며시 빗어넘긴 뒤 나는 일어났다.

슈지는 아직 집에 오지 않았다. 방은 지저분하고, 싱크대에 설거짓거리가 쌓여 있었다. 저녁에 걷은 빨래가 옷걸이에 걸린 채 소파 위에 내동댕이쳐져 있었다.

후우, 한숨을 내쉬고 일단은 빨래부터 손을 댔다.

현관에서 열쇠 돌리는 소리가 났다. 슈지다.

"다녀왔어."

"늦었네."

"응, 좀 바빠서."

그러면서도 딱히 지친 기색이 없는 모습으로 슈지는 내 옆을 지나쳐 갔다. 후욱 술 냄새가 풍겼다.

"술 마셨어?"

"어? 아, 응. 살짝."

"그럼 저녁은 필요 없어?"

짜증 섞인 내 목소리에 슈지가 인상을 썼다.

"그냥 한잔 걸쳤을 뿐이야. 그러고 싶을 때도 있는 거 잖아."

"……그치. 있지. 나는 못 그러지만 말야."

한 번 입 밖에 내기 시작하니 멈출 수가 없었다. 탄력을 받아 말이 연이어 흘러나왔다.

"어린이집 데려다주고 데리러 가는 건 다 나고, 당신이 먹을지 안 먹을지도 모르는 저녁밥 만드는 것도 나고. 오늘은 꼭 가고 싶은 데가 있었는데, 별것도 아닌 일로 어린이집에서 연락이 오더라. 시간에 쫓기고, 맨날 서두르고, 내 일은 온통 뒷전이고, 나는 못 그러는 일투성이라고!"

"뭐, 나라고 놀러 다니는 줄 알아?"

"술 마시러 다니잖아, 연락도 없이!"

무심코 개킨 수건을 내던졌다. 가까이 있던 머그잔 대

신 수건을 던진 이유는 깨지면 곤란하기 때문이다. 이토록 피가 거꾸로 솟는 와중에도 순간적으로 그런 걸 계산하고 있었다.

"우리 둘 아이잖아. 임신했을 때 같이 하겠다고 했잖아. 데리러 가는 일이든 집안일이든 당신도 좀 하라고!"

"그럼 내가 승진 못 해도 상관없어? 회의랑 출장 다 내팽개치고 데리러 가고, 일찍 퇴근해서 저녁밥 만들기는 무리라고. 지금 상황에서 그럴 수 있는 건, 융통성 있는 부서에서 다섯 시면 퇴근할 수 있는 나쓰미잖아."

나는 입을 다물었다. 분했다. 회사에서의 슈지의 입장이 난처해져선 안 된다는 생각이 들었다.

하지만 치사했다. 나는 경력이 단절됐는데, 슈지만 자유롭게 일에 집중할 수 있다니 치사하게 느껴졌다.

결국 모든 집안일은 내가 떠맡을 수밖에 없는 건가.

엄마라서?

"……나만 손해 보고 있네."

내가 울먹이자 슈지는 대놓고 불쾌한 표정을 지었고, 무슨 말을 하려다 말고 흠칫 놀라 눈을 번쩍 떴다.

거실 문 쪽에 후타바가 서 있었다. 큰 소리를 내는 바람에 잠에서 깬 모양이었다.

뭔가 초조한 듯한 말투로 후타바가 말했다.

"후짱, 정리할 거야."

후타바는 인형을 장난감 상자로 옮기기 시작했다. 울음이 터질 듯한 그 얼굴을 보니 가슴이 꽉 죄어 왔다.

대화 내용은 잘 몰라도 후타바는 자기 때문에 우리가 싸우고 있다고 생각했을 것이다. 자기가 말을 잘 들으면 화해하리라고 생각했나 보다.

나는 엉겁결에 후타바를 뒤에서 끌어안았다. 미안. 미안해, 후타바.

손해 보고 있다니.

소중한 아이인데. 바라던 아이인데. 마치 후타바 때문에 내 인생이 꼬여버렸다는 생각을 하다니……

이튿날, 점심시간이 되기 전 접수처로부터 내선 전화가 걸려 왔다. 미즈에 선생님이었다.

로비로 내려가자 일본식 복장을 한 미즈에 선생님이 정다운 미소를 지어 보였다.

곧바로 알아차렸다. 미즈에 선생님이 내 스마트폰으로 직접 연락하지 않고 내선을 이용한 건, 그래야 내가 자리를 비우기 편하기 때문이었다.

만나고 싶었다. 눈앞에 있는 미즈에 선생님을 보니 갑자기 몸에 힘이 빠지면서 눈물이 뚝뚝 흘렀다.

선생님은 놀라지 않았다. 내 어깨에 살며시 손을 얹고 속삭이듯 말했다.

"점심시간은 몇 시부터인가요? 괜찮다면 같이 식사하죠."

회사 근처에 있는 캐주얼한 양식집에서 자리를 잡고 기다리겠다며 선생님은 웃었다.

미즈에 선생님이 반유샤에 온 건 기자와 씨와의 미팅 때문이었다.

『핑크 플라타너스』가 영화화되는 것이다. 나와 선생님 둘이서 만들어낸 소설인데 기자와 씨가 담당하고 있는 현실에 씁쓸한 마음이 복받쳤다.

오므라이스를 스푼으로 뜨며 선생님이 말했다.

"저, 사키타니 씨. 나 있죠, 그 연재 조금 힘들었어요."

"네?"

"그렇잖아요, 민감하고 감수성이 풍부한 여자애들을 상대하려니 긴장됐거든요. 혹여나 무신경한 말을 써버리진 않을까, 그런 감각은 이제 진부하다고 비웃음 사지는 않을까, 하고요."

미즈에 선생님은 오므라이스를 한 입 먹더니, 그래도
요, 하고 흐뭇한 듯 말을 이었다.

"조금 힘든 대신, 너무너무 즐거웠어요. 내가 젊은 여
성들한테 전하고 싶었던 게 이토록 많았구나, 하고 깨달
았으니까요. 연재하는 내내, 그 두 사람이 내 안에서 계속
재잘대더라고요. 늘 함께였죠. 그 애들도, 그 소설을 읽어
준 독자들도 전부 다 소중한 딸 같아서 말이에요. 오랜만
에 육아를 하는 듯한 기분이었답니다."

할 말을 잃은 나를 보고 미즈에 선생님은 생긋 웃으며
눈을 가늘게 떴다.

"사키타니 씨 덕분이에요. 탄생의 자리에 함께했고, 같
이 길러주었죠. 사키타니 씨는 저와 그 소설에게 있어 조
산사이자 간호사, 남편이자 어머니였어요."

눈물이 하염없이 쏟아졌다. 나는 두 손으로 얼굴을 감
싸고 말했다.

"저, 다시는 선생님과 이렇게 만날 수 없으리라고 생각
했어요. 그야, 저는 더 이상……."

편집자가 아니니까.

간신히 감춰두었던 감정이 선생님 앞에서 봇물 터지듯

쏟아져 나왔다.

"밀라에서 열심히 일하는 기자와 씨를 질투하고, 아이가 생겨서 인생이 꼬였다는 생각까지 하는 그런 제 자신이 싫어서."

미즈에 선생님은 스푼을 내려놓고 온화하게 말했다.

"아아, 사키타니 씨도 회전목마에 올라타 있군요."

"회전목마요?"

후후후, 하고 미즈에 선생님이 입가에 웃음을 띠었다.

"흔히 있는 일이에요. 독신인 사람이 결혼한 사람을 부러워하고, 결혼한 사람이 아이가 있는 사람을 부러워하고. 그리고 아이가 있는 사람은 독신인 사람을 부러워하죠. 빙글빙글 돌아가는 회전목마. 참 재밌어요. 저마다 눈앞에 있는 사람의 뒤꽁무니만 쫓느라 일등도 꼴찌도 없답니다. 즉 행복에는 우열도, 완성체도 없다는 얘기죠."

그렇게 즐거운 듯 말하고 미즈에 선생님은 컵에 든 물을 마셨다.

"인생이란, 항상 복잡하게 꼬여 있는 거예요. 어떤 환경에 있든 뜻대로 되지 않죠. 하지만 반대로, 생각지도 못한 깜짝 선물이 기다리고 있기도 하잖아요. 결과적으로는 '바라던 대로 되지 않아서 다행이야. 살았다!'라고 생각할 때도 정말 많으니까요. 계획이나 예정이 꼬여버리는 일을 두고 불운하다거나 실패했다고 생각할 필요 없어요. 그렇게 변해가는 거죠. 나도, 인생도."

그러곤 미즈에 선생님은 어딘가 먼 곳을 바라보며 미소 지었다.

계산할 때, 미즈에 선생님이 쥐고 있는 전표에 나는 필사적으로 손을 뻗었다.

회사 경비로 처리할 수는 없었다. 그러나 내 쪽에서 돈을 내는 습관이 몸에 배어 있었다.

미즈에 선생님은 전표를 들어 보이며 말했다.

"괜찮아요, 이건 내가 내게 해줘요."

"그래도요."

"생일 기념으로요. 얼마 안 남았죠? 여름에 태어난 나쓰미夏美 씨."

언젠가 그런 이야기를 한 적이 있는 것 같다. 기억하고 계셨구나.

"……감사해요. 잘 먹었습니다."

내가 머리를 숙이자 선생님은 장난스럽게 웃으며 고개

를 갸웃했다.

"그래서, 이제 몇 살이 되나요?"

"마흔이요."

"좋은 나이네요. 비로소 지금부터 할 수 있는 일들이 정말 많답니다. 즐겨요, 놀이동산은 넓거든요."

미즈에 선생님은 내 손을 꼭 잡았다.

"생일 축하해요. 나와 인연이 되어줘서 고마워요."

서서히, 온몸 구석구석까지 평안함이 배어들었다.

내가 밀라에서 얻은 건 일의 경력만이 아니었는지도 모른다. 직장을 벗어난 곳에서 마주한 이다지도 따스한 마음.

열심히 노력해서 태어난 보람이 있네, 하고 나는 진심으로 생각했다.

그날 밤, 웬일로 후타바가 일찍 잠이 들었다.

아직 집에 오지 않은 슈지의 저녁밥에 랩을 씌우고 거실 소파에서 『달의 문』을 펼쳤다.

조금 읽다 보니 「마음속 두 가지 '눈'」이라는 인상적인 제목이 등장했다. 나는 가슴을 두근두근하며 책과 얼굴 사이를 좁혔다.

'눈에 보이지 않는 무언가'를 볼 때의 두 가지 눈.

하나는 이성적으로, 논리적으로 바라보는 '태양의 눈'. 사물에 밝은 빛을 비춰 이해하는 것.

다른 하나는 감정이나 직감으로 파악해 연관 짓거나, 대화하길 원하는 '달의 눈'. 어둠 속 요괴나 은밀한 사랑과 같은 상상, 꿈.

이 두 가지 눈을 우리는 마음속에 지니고 있다…… 는 내용이 쓰여 있었다.

마음이 끌리는 문장이었다. 오랜만에 맑은 정신으로 책을 읽어나갔다. 신화에서의 태양과 달의 관계성. 점술과 주술에 대한 인식. 인간이 품은 숨겨진 감정에 대하여. 아름다운 파란색에 휩싸인 채 나는 정신없이 탐독했다.

─── 우리는 큰일부터 작은 일까지, '아무리 노력해도 뜻대로 되지 않는 일'에 둘러싸여 살아갑니다.

'뜻대로'라는 말이 나와 깜짝 놀랐다. 오늘 미즈에 선생님이 했던 말과 똑같았다. 그에 이어 '변용変容'에 대해서도 쓰여 있었다. 신기하게도 책을 읽는 중간중간 이렇게 현실과 겹치는 요소들이 등장했다.

고마치 씨, 굉장한걸. 어째서 내게 이 책을 알려준 걸까.

그러고 보니, 하고 무언가가 떠올라 나는 기저귀 가방에 손을 댔다. 안쪽 주머니에 고마치 씨가 준 부록을 그대로 넣어둔 채였다.

가벼운 감촉의 양모 펠트를 손바닥 위에 올려보았다.

탁구공만 한 그 '지구본'은, 다른 대륙은 적당히 표현되어 있지만 일본만은 제법 그럴싸한 형태를 띠고 있었다. 세밀한 작업이라 힘들었을 텐데, 애국심 때문일지도 모르겠다.

이곳에 서 있는 나.

지금은 밤. 이게 회전하면 아침이 오고…….

손가락으로 데굴데굴 굴려보다 문득 생각했다.

천동설과 지동설. 옛날 사람들은 지구는 멈춰 있고 천체가 움직인다고 생각했었지. 실제로는 지구 쪽이 빙글빙글 돌고 있는데.

그때 마음속에서 무언가가 작게 피어올랐다.

……그렇구나.

밀라에서 자료팀으로 '강제로' 이동했다. 집안일도 육아도 '강제로' 하는 중이다. 내가 중심이라는 생각 때문에 이런 피해 의식을 가지는 걸 수도 있다. 왜 다들 내게 좋은 쪽으로는 움직여주지 않는 걸까, 하고.

나는 그 파란 뭉치를 물끄러미 바라보았다. 지구는 움직이고 있는 것이다. 아침과 밤이 지구에 '찾아오는' 것이 아니라 지구가 '찾아가는' 것이다.

지금 나는 뭘 하고 싶은 걸까? 어디로 가고 싶은 걸까?

나는 내 안의 변화를 알아차리고 있었다. 그리고 미즈에 선생님과의 대화로 마음이 확고해졌다.

나는 소설을 편집하고 싶다.

작가의 장점을 끌어내 최상의 상태로 독자들에게 이야기를 전달하고 싶다.

놀이동산은 넓거든요. 미즈에 선생님의 말이 귓속에서 메아리쳤다.

그 말은 회전목마에서 내려 다른 놀이기구를 타보라는 뜻이 아닐까. 하나의 궤도에서 벗어나지 않는 것만이 미덕은 아니며, 진정으로 원하는 게 무엇인지 솔직해져 봐도 괜찮지 않을까.

스마트폰을 손에 들고 출판사의 채용 정보를 찾아보기 시작했다. 지금까지는 잡지 편집 일만을 고집하곤 했었다. 선택지가 그것밖에 없다고 생각했기 때문이다.

지금의 내 상황으로는 팀워크가 필수 요소며 속도를

중시하는 잡지 편집은 어려울 것이다. 그러나 서적이라면 개인으로 움직이기 편할지도 모른다. 문학 편집으로 방향을 전환하면 길이 열릴지도 모른다.

몇 군데 찾아보던 중 오토샤桜桃社라는 오래된 출판사가 검색되었다. 순문학에 강한 출판사로, 미즈에 선생님도 이곳에서 소설을 몇 권이나 출간했다.

그리고 짠 듯한 타이밍으로 현재 경력직 채용 공고가 걸려 있었다. 지원 서류 제출 기한은 놀랍게도 내일까지였다. 아슬아슬하게 맞출 수 있다.

나는 쿵쿵대는 가슴을 억누르며 모집 요강을 숙독했다. 뭔가 엄청난 것으로부터 응원을 받아 모든 일이 잘 돌아가기 시작하는 느낌이었다. 오늘 미즈에 선생님을 만난 일도, 후타바가 일찍 잠들어준 일도.

다음 주 토요일, 나는 혼자서 커뮤니티 센터의 도서실을 찾았다. 책 반납일이었기 때문이다. 후타바는 집에서 슈지가 봐주고 있다.

카운터에서 노조미짱에게 책을 반납하고 레퍼런스 코너 쪽을 쳐다보았다. 그러자 노조미짱이 짐작한 듯 말했다.

"히메노 선생님은 지금 휴식 시간이라 안 계세요. 곧 있으면 돌아오십니다."

"히메노 선생님?"

노조미짱은 "아" 하고 손으로 입을 가렸다.

"고마치 씨가 저 초등학생 때 양호 선생님이셨거든요. 결혼해서 성이 바뀌셨는데, 그때의 기억으로 저는 아직도 히메노 선생님이라고 부르곤 해요."

고마치 씨가 예전에는 초등학교 보건실에 있었다니. 나는 왠지 모르게 한 편의 드라마를 보는 듯한 기분이었다.

그때 고마치 씨가 돌아왔다. 기우뚱기우뚱 커다란 몸을 흔들며 내 쪽으로 흘끗 시선을 던지더니 아무런 반응 없이 지나쳐 갔다.

나는 고마치 씨가 카운터로 들어가길 기다리다 가까이 다가갔다.

"지난번에는 감사했습니다. 『달의 문』, 정말 좋은 책이었어요."

고마치 씨는 표정 변화 없이 "응" 하고 짧게 대답했다.

"그런데, 급한 나머지 대충 읽은 부분도 있어서 구입하려고요. 이 책은 갖고 싶다는 생각이 들어서요."

내 말에 고마치 씨는 몸을 약간 뒤로 젖혔다.

"흐뭇하네. 단순히 읽고 끝나는 게 아니라, 가까이 두고 싶은 책을 만나게 해줬다니 말이야."

"네. 저도 달라져야겠다는 생각이 들었어요. 이 책 덕분에."

고마치 씨는 씩 웃었다.

"어떤 책이든 그렇지만, 책 자체에 힘이 있다기보단 당신이 그렇게 읽어냈다는 데에 가치가 있는 거지."

호의적인 말에 기쁜 마음이 들어 나는 몸을 앞으로 내밀었다.

"고마치 씨, 양호 선생님이셨다면서요? 이직하신 거군요."

"응. 원래 맨 처음에는 도서관 사서였어. 그다음 학교로 들어가 보건교사가 됐지. 그리고 다시 사서로 되돌아왔고."

"왜 다시 이직하신 건가요?"

우둑, 하는 소리가 났다. 고마치 씨가 목을 꺾은 것이다.

"그때그때 제일 하고 싶은 일을 흐름에 맞게 할 수 있도록 궁리하다 보니 그렇게 됐어. 내 의지와는 상관없이 상황은 시시각각 달라지니까 말이야. 가족 관계나 건강 상태 때문이라든지, 회사가 망하거나 난데없이 사랑에 빠지거나 하면서."

"어, 사랑이요?"

고마치 씨의 입에서 그런 단어가 나온 것에 놀라 나는 무심코 되물었다. 고마치 씨는 슬며시 머리의 꽃 비녀를 매만졌다.

"그게 내 인생에서 가장 뜻밖의 일이었지. 이런 걸 선물해줄 사람이 나타나리라곤 상상도 못 해봤어."

남편을 말하는 건가. 그 근사한 일화를 꼭 들려줬으면 했지만 아무래도 파고들기가 뭣했다.

"……이직해서 좋으셨나요? 변화에 대한 불안은 없으셨어요?"

"그대로 유지하려고 해도 달라지고, 달라지려고 해도 그대로일 때가 있는 거지."

고마치 씨는 그렇게 대답하곤 카운터 가장자리에 있던 허니돔 상자를 끌어당겼다. 바늘을 꺼내는 걸 보고 나는 깨달았다. 레퍼런스 종료. 아니나 다를까 고마치 씨는 무표정한 얼굴로 콕콕 바늘을 움직이기 시작했다.

커뮤니티 센터에서 집으로 돌아와, 슈지에게 운전을 부탁해 가족 셋이서 에덴으로 갔다. 에덴은 식재료부터 생활용품까지 갖춘 대형마트다. 쌀과 페트병 음료 등 무거운 물건들을 사고, 후타바의 속옷과 티셔츠 같은 것도 사고 싶었다.

"나, ZAZ 좀 들러도 돼?"

내가 묻자 슈지는 후타바와 놀이방에서 기다리고 있겠다고 말했다. 역시 주말은 슈지가 함께 있어주면 한시름 덜 수 있다.

ZAZ는 체인 안경원이다. 나는 평상시에는 맨눈으로도 지장이 없지만 때에 따라 콘택트렌즈를 사용하고 있다. 반년 전에 사둔 렌즈가 슬슬 바닥날 듯싶었다.

매장 안으로 들어가 "저기요" 하고 말을 붙였다가, 뒤돌아본 남자 점원의 얼굴을 보고 나는 눈이 휘둥그레졌다.

"……기리야마 군!"

상대방도 놀라 소리를 질렀다.

"사키타니 씨? 우와, 이 근처 사세요?"

기리야마 군은 내가 밀라에 있었을 때 종종 일을 의뢰했던 편집 프로덕션에서 일하던 남자애다.

"깜짝이야, 이런 데서 만나다니."

"저, 편집 프로덕션 관두고 지난달부터 여기서 일하고 있어요."

걱정스러울 정도로 야위어 있던 기리야마 군은 살집도 얼굴색도 한결 좋아져 있었다. 건강한 미소에 어쩐지 마음이 놓였다.

솔직히 말하면 그 편집 프로덕션, 참으로 지독하다는 생각은 하고 있었다. 단 하루 만에 스트리트 스냅 페이지를 촬영한다든가, 라멘집을 서른 군데 취재한다든가. 어떤 일이든 죄다 수락하므로 우리 쪽도 부담 없이 요청하는 경우가 있었는데, 현장은 얼마나 참혹했을지 상상이 간다.

"사키타니 씨도 잘 지내시는 것 같네요. 따님, 태어났죠?"

"응. ......실은 나도 이직 준비 중이라."

동지와 조우한 듯한 친근감에 그만 말이 헛나갔다.

"앞으로는 잡지 말고 문학책을 하고 싶거든. 오토샤 문학편집팀에 지원하고 서류 심사를 기다리는 중이야. 슬슬 결과가 나올 때라 두근두근해."

"아아, 사키타니 씨, 가나타 미즈에 선생님 책으로 대박 나셨었죠. 핑플, 남자인 제가 읽어도 재밌었어요."

그런 말을 들으니 갑자기 용기가 솟았다. 기리야마 군은 내 멤버십 카드를 들고 잠시 안쪽으로 들어갔다.

"죄송하지만 콘택트렌즈, 급하신 건가요?"

얼마 지나지 않아 밖으로 나온 기리야마 군이 죄송스럽다는 듯 말했다.

"이 메이커 제품이 공교롭게도 재고가 없어서요. 곧바로 주문 넣고, 도착하면 연락드리겠습니다."

매끄러운 점원 말씨였다. 지난달부터 일한 것치고는 서비스업이 몸에 배어 있었다. 일이 그와 잘 맞는 것이다.

매장을 나올 때 기리야마 군은 말했다.

"오토샤, 합격하시면 좋겠네요. 하고 싶은 일이 정해져 있다는 것만으로도 굉장한 것 같아요."

"고마워."

편집 프로덕션에 있을 때부터 괜찮은 애라고는 생각했지만, 안경원에 있는 기리야마 군은 싱그러운 데다 멋있기까지 했다.

변해가는구나. 나도, 남들도. 그래도 괜찮은 거구나.

내 마음은 이미 오토샤에 있었다. 이제부터는 그곳에서 좋은 책을 만들어가는 것이다———.

그러나 내게 도착한 것은 매정한 불합격 메일이었다.

마음이 동요했다. 아무리 그래도 서류 심사는 붙을 줄

알았던 것이다. 서류 심사에서 시원하게 떨어지다니. 면접조차도 보지 못한다니.

미즈에 선생님의 책도 낸 출판사라서 내게는 약간의 어드밴티지가 있으리라 생각했었다.

……역시, 안 되는구나.

마흔이라는 나이에, 어린아이도 있고, 문학책 경력도 잘 팔렸다고는 하나 딱 한 권뿐이다. 운이 좋았다고 생각되더라도 별수 없다. 경력직 채용은 즉시 투입될 수 있느냐 없느냐가 관건이다. 오토샤 정도의 큰 출판사라면 나보다 더 실적 좋고 우수한 인재들이 모여들 것이다.

그런 건 조금만 생각해봐도 알 수 있는 사실이었는데.

현실에 부닥쳐 침울해하고 있던 중, 연타를 날리듯 기자와 씨가 밀라의 편집장으로 승진했다.

조회 때 발표가 났고, 모두의 앞에서 소감을 말하는 기자와 씨는 평소와 다름없이 퉁명스럽게 턱을 삐죽 내밀고 있었다.

그런데 나는 보고야 말았다. 쏟아지는 박수갈채에, 짧은 순간 언뜻 지어 보인 소녀처럼 수줍어하는 미소를. 그리고 눈꺼풀 가장자리가 촉촉이 빛나고 있었다.

그걸 본 순간, 찰싹 달라붙어 있던 질투심이 떨어져 나갔다. 기자와 씨는 기자와 씨대로 갖은 노력을 다하며 끝까지 맞서온 거구나. 이번 승진을 당연하게 생각하지 않고, 실은 진심으로 기뻐하고 있구나.

괴로운 일도, 답답한 마음도 가득했을 것이다. 그걸 알고 있었을 텐데도 가벼운 마음으로 "좋겠다"라고 말했던 일을 나는 조금 반성했다.

회전목마가 멈추었다.

지금의 나는 저쪽 편으로는 갈 수 없다.

나는 나대로, 그녀는 그녀대로. 저마다의 풍경을 바라보며 나아가면 된다.

유난히 크게 박수를 치는 나를 보고 기자와 씨가 입꼬리를 살짝 치켜올렸다.

그로부터 이틀 후, 내 생일이 찾아왔다.

슈지는 일을 조정해 오늘만은 일찍 퇴근해주었다. 후타바와 셋이 패밀리 레스토랑에서 저녁을 먹기로 했다.

내가 오토샤에 지원한 사실, 가차 없이 떨어진 사실을 듣고 슈지는 놀라워했다. 내가 오랜 세월 일해온 반유샤를 진심으로 그만두고자 했다는 점, 이직 준비가 상당히 고되다는 점에.

여태까지의 내 기분과 상황을 슈지가 잘 이해하지 못하고 있었다는 사실을 깨닫고 어이가 없었지만, 내가 제대로 전달하지 못했던 걸 수도 있다. 투덜투덜 불평만 해왔으니 말이다. 예상과는 달리 위로와 격려를 받아 나야말로 놀라웠다.

이야기를 나누던 중 어린이집에 데려다주는 일은 다음 주부터 슈지가 책임지게 되었다. 데리러 가기는 어려워도 아침에는 해보겠다고 슈지가 말해준 것이다. 월요일에 시트를 가는 방법도 메모를 하며 사뭇 진지한 태도로 경청했다.

"나는, 그냥 같이 좀 해달라거나 더 많이 해달라고 감정적으로 말하면 잘 못 알아들어. 구체적으로, 논리적으로 정확히 얘기해주면 좋겠어."

과연 이 또한 '태양의 눈'인 건가. 나는 마음속으로 납득했다. 앞으로는 '달의 눈'과 균형을 맞춰 잘해봐야겠다.

행복하다는 생각이 들었다. 나는 무심코 이것저것 많은 걸 바라곤 하지만, 슈지도 슈지 나름대로 가족을 생각하고 있다는 건 잘 알고 있다.

우리 사이에는, 하루하루 표정이 풍부해지는 후타바가 있다.

부정확한 발음으로 "축하해!"라며 나를 향해 만세를 하는 그 모습이 못 견디게 사랑스러웠다.

우리 가족 역시 하루하루 쌓아온 것이다. 셋이서 함께.

지금은 이 시간을 소중히 보내고 싶다. '흐름에 맞게'. 고마치 씨의 말을 빌리면, 오토샤를 떨어진 건 편집 일과 거리를 두는 것이 지금의 내 '흐름'이라는 뜻일지도 모른다.

그렇게 생각하니 찌릿하게 가슴 깊은 곳이 저렸다. 나는 그 느낌을 식후 차를 꿀꺽 들이켜 얼버무렸다.

무료로 제공되는 허브티를 한 잔 더 받아 와 자리에 앉으니 테이블 위에 올려놓은 내 스마트폰이 진동했다. 090으로 시작하는 모르는 휴대전화에서 걸려 온 전화였다.

나는 슈지에게 눈짓하고 자리에서 일어나 식당 밖에서 전화를 받았다.

"ZAZ의 기리야마입니다."

"아아."

친숙한 목소리에 나는 안도의 숨을 내쉬었다. 여름의 밤바람이 기분 좋았다.

"주문하신 콘택트렌즈가 도착했어요. 오래 기다리셨죠."

"찾으러 갈게. 고마워."

"……라는 건 표면상의 구실이고요."

"응?"

왜인지 전화 너머가 시끌시끌했다. 매장에서 전화하고 있는 건 아닌 듯했다. 애당초 휴대전화 번호였고.

기리야마 군은 한 호흡 쉬고 이야기했다.

"사키타니 씨, 오토샤 결과 나왔나요?"

"……못 붙었어."

"그렇구나, 다행이다."

"다행?"

엉겁결에 되물으니 기리야마 군은 "아, 아뇨, 죄송해요"라며 멋쩍게 웃었다.

"제 대학 선배 중에, 메이푸루쇼보 문학편집팀에서 일하는 여자 선배가 있거든요."

메이푸루쇼보. 그림책과 아동서로 유명한 출판사다. 『맨발의 게로부』도 이 출판사의 그림책이다.

"해외로 발령 난 남편분을 따라가느라 다음 달에 퇴사를 하는데요, 선배 자리를 채우려고 경력직 채용 공고를 낸대요. 근데 그 전에, 혹시 괜찮은 사람 없냐는 얘기가 나왔는데 사키타니 씨 생각이 난 거예요."

심장이 쿵쿵 크게 고동쳤다. 아무런 대꾸도 못 하고

꼭 움켜쥔 스마트폰에서 기리야마 군의 목소리가 흘러나왔다.

"사키타니 씨랑 메이푸루쇼보, 잘 맞을 것 같거든요. 오토샤처럼 순문학만을 추구하는 전통 있는 곳도 좋지만, 메이푸루쇼보는 개방적인 분위기라 계속해서 새로운 일을 해나갈 만한 융통성이 있달까요. 사키타니 씨가 괜찮으시다면, 선배한테 얘기해서 편집장을 한번 만나보실 수 있도록 자리를 마련할게요."

"근데, 내가 이제 마흔이고, 두 살배기 딸아이가 있는데……."

"네, 그런 부분도 포함해서요. 어린 자녀가 있다는 점은, 그림책과 아동서를 내는 메이푸루쇼보라면 플러스 요인이 될 거라고 봐요. 실제로 선배도 아이가 있고요."

들뜬 마음이 가라앉지 않았다. 그러는 한편 나에게 있어 불리한 점만이 머릿속을 스쳤다.

"그게, 내가 그림책 편집 경험은 전혀 없거든."

"문학편집팀이랑 아동서편집팀은 따로예요. 어른들을 위한 좋은 소설도 메이푸루쇼보가 많이 내고 있거든요."

당장은 제목이 떠오르지 않지만 분명 그랬던 것 같다. 그렇다면…… 그렇다면 나도 일반 문학책을 만들 수 있는 걸까.

"사키타니 씨, 밀라에 계실 때 패션뿐만 아니라 젊은 여성들 마음에 와닿는 기획 많이 하셨었잖아요? 내일도 열심히 해보자고 힘을 주는 페이지요. 저, 핑플은 사키타니 씨 담당이 아니었으면 탄생하지 못했을 소설이구나 싶었어요. 그래서 문학 편집을 하고 싶다고 하셨을 때 정말 기뻤고요."

그런 말을 들으니 마음이 치유되는 듯했다. 지켜봐 주고, 알아주는 사람이 가까이에 있었던 것이다. 기쁨을 숨기지 못한 채 내가 물었다.

"기리야마 군, 왜 나한테 이렇게까지 해주는 거야?"

단순한 의문이었다. 나는 그의 친구도 아니고 큰 도움을 준 적도 없는, 그저 예전에 잠깐 같이 일했던 동료일 뿐이다. 기리야마 군은 딱히 고민하지도 않고 시원스레 대답했다.

"왜냐고 물으시면, 때마침 흐름이 맞았다고나 할까요. 그야, 세상에 재밌는 책이 늘어나면 좋잖아요. 저도 읽고 싶어요."

나는 바닥으로 시선을 떨구었다. 샌들을 신은 발이 떨리고 있었다.

다시 연락하겠다며 기리야마 군이 전화를 끊은 다음, 나는 휘청휘청 자리로 돌아와 허브티를 단숨에 들이켰다.

"무슨 일이야?"

슈지가 물었다. 나는 일의 경위를 설명했다.

"좋은 제안이네!"

슈지는 그렇게 말했다. 알고 있다. 하지만 나는 겁이 났다. 너무 지나치게 좋은 제안인 것이다. 겨우 마음이 안정되기 시작했는데 또 기대했다가 혹시라도 일이 잘 안 되면 상처가 깊어질 듯싶었다.

"이런 경우가 있나? 뭐랄까, 너무 지나치게 잘 풀리는 거 아냐? 저쪽에서 먼저 이런 제안을 해 오다니."

그렇게 말하는 나를 슈지는 진지한 표정으로 지그시 바라보았다.

"그게 아니지. 저쪽에서 먼저 멋대로 제안한 게 아니라, 나쓰미가 먼저 움직였으니까 주변 사람들도 움직이기 시작한 거야."

깜짝 놀라 얼굴을 들었다. 슈지는 부드럽게 미소 지었다.

"당신 스스로 붙잡은 기회잖아."

아아, 그렇다.

불합격된 오토샤. 그러나 그 출판사에 지원하지 않았더라면 기리야마 군에게 문학 편집을 하고 싶다는 말도 할 수 없었을 것이다. 내가 찍은 점 하나가 예상치도 못한 곳과 이어진 것이다. 생각지도 못한 깜짝 선물.

아이스크림을 다 먹은 후타바의 머리에 슈지가 톡 하고 손을 얹었다.

"그럼, 후짱은 아빠랑 먼저 집에 가자."

"응?"

"서점 가고 싶잖아, 나쓰미. 역 앞 서점은 아직 열려 있어."

후타바가 우리 둘을 말똥히 쳐다보고 있었다.

"그치, 후짱? 엄마가 갖고 싶은 게 있는데도 꾹 참고, 마음속으로 엉엉 울면 어떻겠어?"

슈지의 물음에 후타바는 조그맣게 "싫어" 하고 대답했다.

슈지랑 후타바와 헤어지고 나는 역 건물에 있는 메이신明森 서점으로 발걸음을 옮겼다. 메이푸루쇼보가 출간한 책을 찾았다. 그림책. 동화. 아동서. 그리고 기리야마 군의 말대로 베스트셀러가 된 일반 문학책도 많았다.

출판사를 제대로 확인하지 않아 모르고 있었는데 내가 무척 좋아하는 소설도 몇 권인가 있었다. 이 책도 그렇고, 저 책도 그렇고. 나는 이미 메이푸루쇼보의 책을 몇 권이나 읽었던 것이다.

정신없이 책장을 살피며 읽어보지 않은 책 중 끌리는 것 몇 권을 손에 들었다. 『맨발의 게로부』도 사야겠다.

그리고 마지막으로 한 권 더. 『달의 문』을 찾았다.

그 파란 책은 보이지 않았다.

그 대신 같은 제목의 책을 발견했다. 『개정판 달의 문』이라고 되어 있었다.

맑고 깨끗한 달 일러스트가 전면에 그려진 디자인. 아래로 갈수록 감색에서 노란빛을 띠는 그러데이션. 표지를 넘기면 나오는 면지에는 어둠 같은 칠흑색이 아닌 환하게 밝은 카나리아 옐로가 펼쳐져 있었다. 책장을 넘겨보니 글의 내용은 거의 동일한 듯했다.

개정 출간. 많은 이들이 찾아주고, 사랑해주는 책이란 증거다.

뜨거운 감정이 복받쳐 올랐다. 책 또한 이렇게 다시 태어날 수 있는 것이다. 어떤 사람이 이 책을 손에 넣고, 어떤 것들을 얻을까.

아아, 나는 책을 만들고 싶다.

내일을 기대하게 하는, 자신이 모르는 감정을 마주하게 하는 그런 책을 세상에 내놓고 싶다. 그것은 모양은 다를지라도 밀라에 있을 때와 똑같은 마음이었다.

읽는 동안 밤하늘을 우아하게 떠다니는 듯했던 『달의 문』은, 내용은 그대로지만 디자인이 새로워져 이번에는 달빛이 내리쬐는 기분이었다.

짝수 페이지 오른쪽 상단에는 달이 차오르거나 기울어가는 마크가 그려져 있었다. 아래쪽에 있던 것이 위쪽으로 이동한 것이었다. 똑같은 마크인데도 하늘에 솟아 무언갈 일러주는 듯한 느낌으로 바뀌어 있었다.

나 역시 바뀌어간다. 그대로 유지하려고 해도 말이다.

그리고 내 뜻은 변함없이 한결같다. 아무리 바뀌어간다 한들―――.

***

아이에게 산타클로스에 대한 환상을 심어주려는 부모

모두가, 자신의 마음속에 진실된 산타클로스를 간직하고 있습니다. 그렇기에 많은 아이들이 썰매를 탄 산타클로스가 '실재한다'고 믿는 것입니다.

겨울의 햇볕 속에서 책을 마저 읽고 있는데 전화벨이 울렸다. 나는 수화기를 들었다.

"네, 메이푸루쇼보 문학편집팀입니다."

그 후 기리야마 군이 곧바로 마련해준 미팅 자리에서 편집장에게 두 가지 질문을 받았다.

미즈에 선생님과 함께 어떤 식으로 작품을 다루었는지. 그리고 앞으로 어떤 책을 만들고 싶은지. 나의 열변에 편집장은 성심껏 귀를 기울여주었고 수차례 고개를 끄덕였다.

밀라에서 얻은 것, 부서를 이동하고 새로이 든 생각이 이후의 나에게 보탬이 되었다. 이곳에 다다르기까지 필요했던 모든 것들이 반유샤에 있었던 것이다.

지금껏 경험해온 일 모두에 의미가 있는 것처럼 느껴졌다. 반유샤에 대한 감사와 열심히 노력해온 스스로에 대한 인정이 지금의 나를 단단히 일으켜 세워주고 있다.

전화를 걸어온 상대에게 "잠시만 기다려주세요" 하고

전한 뒤 보류 버튼을 눌렀다.

"이마에 씨, 오리하시 선생님 전화예요."

맞은편 자리의 선배 이마에 씨에게 전화를 넘겼다. 담당 작가와 전화로 이야기를 나누는 이마에 씨 옆에서, 초등학교 1학년인 미호짱이 동그란 의자에 앉아 그림책을 보고 있었다.

미호짱은 이마에 씨의 딸이다. 독감이 유행이라 오늘부터 갑자기 학교를 쉬게 되었다고 한다.

그때 아동서편집팀 편집장인 기시카와 씨가 다가왔다. 미호짱을 발견하고는 허리를 굽혀 다정하게 물었다.

"어때? 이 책, 재밌어?"

메이푸루쇼보가 출간하고 있는 그림책 시리즈 제2탄이다. 난쟁이가 가지각색의 구덩이로 숨어 들어가는 이야기다. 미호짱은 힘차게 대답했다.

"응, 재밌어. 이 개, 등에 있는 갈색 얼룩이 햄버그스테이크 같아서 좋아."

"오오! 그런 생각은 못 해봤는데. 햄버그스테이크라니."

근처를 지나던 직원도 미호짱을 보며 미소 지었다.

친애하는 독자 여러분. 이 회사는 아이와 함께하는 출

근도 대환영이다. 육아 휴직 중에 아기를 데리고 놀러 오는 직원이 있으면, 다 같이 모여들거나 사장이 아기를 안고 있곤 해서 처음에는 충격이었다.

기시카와 씨가 내 쪽으로 와 컬러 복사한 일러스트를 건넸다.

"사키타니 씨, 이 그림, 어느 쪽이 좋은지 후타바짱한테 물어봐 줄래?"

새로 기획 중인 유아용 그림책 시안이었다.

"네, 물론이죠."

"매번 고마워."

이제껏 일하는 데 있어 걸림돌이라고 생각했던 아이의 존재가, 이곳에선 거리낌 없이 받아들여지고 오히려 도움이 된다는 점이 내 마음을 편안하고 굳세게 해준다.

나에겐 부족하다거나, 혹은 분에 넘친다고 믿었던 일도 환경이 달라지면 정반대가 될 수 있는 것이다. 이 지구상에서는, 똑같은 것일지라도 나라나 계절이 다르면 받아들여지는 방식이 정반대가 되기도 하는 것처럼.

기시카와 씨가 자리로 돌아가고 나는 다시 책에 시선을 떨구었다.

엄마 아빠가 가르쳐주는 산타클로스는 결코 '거짓'이 아닌, 더욱 커다란 '진실'입니다.

우리 안에 있는 '태양의 눈'과 '달의 눈'은 그렇게 힘을 모음으로써, 어느 한쪽도 부정하는 일 없이 세상을 받아들일 수 있는 것입니다.

『개정판 달의 문』의 이 페이지는, 문장을 외우고 있을 정도로 수없이 읽었다.

이 행에는 밑줄을 그었다. 자꾸자꾸 마음에 새기기 위해.

메이푸루쇼보에 들어오고 나는 실감했다.

소설을 쓸 때나 읽을 때 쓰이는 건 '달의 눈'.

그리고 그것을 형태화해 세상에 내놓을 때는 '태양의 눈'.

양쪽 다 없어서는 안 될 두 가지 눈. 두 쪽 모두 꾸준히 키워나가고 싶다. 서로 힘을 모음으로써, 어느 한쪽도 부정하는 일 없이.

나는 책을 덮어 책상 위 북엔드에 가만히 세워두었다.

그 대신 얇은 책자 하나를 꺼냈다. 지난달 알게 된 단편 소설이다.

찾았다, 라는 생각을 했다. 어떻게 해서든 꼭 이 작가와 함께 일하고 싶었다. 연락을 취하기 위해 나는 수소문 끝에 메일 주소를 입수했다.

호흡을 가다듬고 컴퓨터를 바라보았다.

천천히 메일을 써나갔다. 저는 앞으로 당신과 함께 새로운 문을 열고 싶습니다. 그런 마음을 담아서.

지구는 돈다.

태양 빛을 쬐며 달을 바라본다.

땅에 발을 디딘 채 하늘을 올려다보고, 변화하며 나아가고 싶다.

펼친 책장 너머에 있을 누군가에게 더욱 커다란 '진실'을 전하기 위해.

4장

히로야

(30세, 백수)

초등학교 시절, 언제나 나와 함께 놀던 녀석들은 늘 수많은 것들을 가르쳐주었다.

때때로 그들은 인간이 아니었으며, 장소 역시 지구가 아닐 때도 있었다. 까마득한 옛날이거나 머나먼 미래, 혹은 다른 차원이기도 했다.

나에게 있어 반 친구들보다 훨씬 가까운 존재였던 그 수많은 친구들은 나이를 먹지 않는다. 변함없이 멋지고 재밌는 데다, 끈기가 있고 다정하다. 신비한 힘을 지녔거나, 악당과 용감하게 맞서 싸우거나, 학교에서 제일가는 미인에게 고백을 받는 등 내가 몇 번을 만나러 가도 기대를 저버리지 않고 감동을 준다.

그런데 어째선지 내 주변만 자꾸자꾸 시간이 흘러간다. 나보다 훨씬 연상이던 녀석을 앞질러 나는 서른 살이되고 말았다. 그 어떤 사람도 되지 못한 채.

엄청 커다란 무가 있었다니까.

엄마가 식탁 위에서 에코 백에 든 채소를 꺼내며 그 말을 여러 번 되풀이했다.

"미우라다이콘*이래. 지금 2월이라 제철이잖니. 말도못 하게 크다니까."

감자, 당근, 사과. 죄다 커다랬다.

"사고 싶었는데, 더는 들고 가기 무거워서 포기했어."

배추도 등장했다.

"한 번 더 갔다 올까? 근데 또 가기도 민망하고, 이제알바도 가야 해서."

혼잣말 같아도 소파에서 텔레비전을 보고 있는 나에게하는 말임을 안다.

근처 초등학교에 커뮤니티 센터라는 건물이 딸려 있다

---

* 가나가와 현 미우라 반도에서 재배되는 무의 품종.

고 한다. 이 아파트로 이사를 온 건 내가 중학생일 때라 가본 적은 없었다.

수업인지 강좌인지도 하는 모양이라 엄마는 가끔 꽃꽂이 교실에 참가하고 있다.

오늘은 석 달에 한 번 있는 '커센·마르쉐'라는 플리마켓이 열리는 날이다. 농가에서 직송한 채소나 과일을 팔고 있다고 한다.

"히로야, 다녀와 줄래?"

"……응."

나는 리모컨을 들어 텔레비전 전원을 껐다. 아무 일정도 없는 금요일 오후. 같은 내용만 요란스레 반복해대는 와이드 쇼 따위 어차피 보고 있지도 않았다.

"고마워."

엄마는 눈을 가늘게 뜨며 웃었다.

나라고 죄책감이 없는 건 아니다. 서른이나 돼서 취직도 안 하고 집에서 빈둥대기만 하고 있으니 말이다. 적어도 엄마의 고의성 짙은 꾐에 순순히 넘어가 무 정도는 사다 줄 수 있다.

내가 일어서자 엄마는 접은 에코 백을 내 쪽으로 쑥 내밀었다.

"무랑 토란. 바나나도!"

……늘었잖아.

점퍼 주머니에 꽃무늬 에코 백과 지갑을 찔러 넣고 나
는 현관으로 향했다.

초등학교에 도착하니 정문은 닫혀 있었다. 커뮤니티
센터로 가는 입구는 다른 데 있는 모양이었다. 안내판을
보고 빙 돌아가 하얀 건물에 다다랐다.

유리문을 밀고 들어가니 접수 카운터가 있었다. 그 안
쪽은 사무실로 되어 있어 엄청난 백발의 아저씨가 책상
에 앉아 있는 모습이 보였다.

내가 들어가자 아저씨가 창구로 나와 "여기에 이름하
고 이용 목적을 적어요. 그리고 시간도"라고 말했다. 좁
은 카운터 위에 입관표라고 적힌 종이가 바인더에 꽂혀
있었다. 내 앞에는 엄마를 포함한 몇 명의 이름이 있었고,
이용 목적은 대부분 '마르쉐'였으므로 나도 똑같이 따라
썼다. 스다 히로야.

로비는 그다지 넓지 않았고, 한데 붙여놓은 테이블 위
에서 플리마켓이 열리고 있었다. 채소, 과일, 빵. 손님은
드문드문했다. 나는 부탁받은 채소를 되는대로 집어 들

었다.

한쪽 구석에서 두 아주머니가 수다를 떨고 있었다. 한 명은 농협 스웨트 셔츠를 입고 있고, 다른 한 명은 머리에 빨간 반다나를 두르고 있었다. 화이트보드에 결제라는 글자가 적혀 있는 걸 보면 저기서 계산하면 되는 듯했다. 무와 토란과 바나나를 끌어안고 아주머니들이 있는 곳으로 가지고 갔다.

계산대 위에 채소를 털썩 내려놓고 지갑을 꺼내던 나는 무심코 소리를 내질렀다.

"……몬가!"

아주머니들이 나를 쳐다보았다.

손으로 '어서 오세요'라고 쓴 종이 간판 옆에, 5센티미터 정도 크기의 쪼그만 인형이 놓여 있었던 것이다.

몬가. 후지코 후지오의 만화 『21에몬』에 나오는 캐릭터다. 동그스름하고, 머리끝이 밤처럼 뾰족하고, 뱅그르 말린 소용돌이가 달려 있다.

손을 뻗으려는 내게 반다나를 두른 아주머니가 "아, 미안. 그건 파는 거 아냐" 하고 말했다.

"사유리짱의 양모 펠트야. 도서실에서 책을 빌릴 때 받았지."

"사유리짱?"

"그거 만든 고마치 사유리짱 말야. 도서실에 있어."

후지코 후지오 하면 『도라에몽』이다. 그 밖에도 유명한 작품이 수두룩한데, 그중 『21에몬』은 그다지 큰 주목을 받지 못한다. 미래 세계를 그린 SF 작품으로, 에몬은 낡아빠진 호텔의 대를 이을 아들이다. 내가 볼 땐 이게 제일가는 명작인데.

나는 감격에 겨운 나머지 이걸 만들었다는 고마치 사유리짱이 어떤 여자앤지 궁금해졌다. 대화를 나누지 못해도 좋다. 얼굴만이라도 보고 싶었다.

나는 에코 백 안에 토란과 바나나를 쑤셔 넣고, 너무 커서 들어가지 않는 무를 겨드랑이에 낀 채 아주머니가 일러준 도서실로 향했다.

가장 안쪽에 있는 도서실은 금방 찾을 수 있었다.

입구에서 들여다보니 바로 앞 카운터에 포니테일 머리를 한 여자애가 있었다. 높이 쌓인 책의 바코드를 하나하나 정성껏 찍고 있었다.

이 앤가, 고마치 사유리짱이!

생각했던 것보다 어렸다. 아직 10대이지 않을까 싶었다.

몸집이 작고, 검은자위가 큰 눈이 동글동글했다. 뭔가 다람쥐 같았다. 이름과 꼭 맞는 사랑스러움에 나도 모르게 웃음이 났다.

도서실이니까 공짜겠지? 아무나 들어가도 되는 거 맞지?

슬그머니 몸을 반쯤 집어넣자 사유리짱은 홱 하고 이쪽을 보았다. 뜨끔해서 발이 멈추었다.

"안녕하세요."

환한 미소였다. 나는 허둥지둥 "아, 네" 하고 대답하곤 그대로 도서실로 들어갔다.

신간을 다루는 서점과는 다른, 시간의 침전물이 쌓여 있는 듯한 공기. 구립 도서관보다도 아담한 공간. 책장으로 에워싸인 그곳에 서 있으니 그리움이 밀려왔다.

나는 내부를 빙 둘러보았다. 그리고 큰맘 먹고 사유리짱에게 말을 걸었다.

"저…… 만화책, 있나요?"

사유리짱은 방긋 웃으며 대답했다.

"있어요. 많진 않지만요."

여자애와 이야기하기는 오랜만이었다. 상냥한 대답에 기분이 좋아져 나는 살짝 대담해졌다.

"21에몬, 좋아하세요?"

"21에몬이요?"

"후지코 후지오 거요."

사유리짱은 조금 난처한 듯 "도라에몽은 아는데……"
라며 웃었다.

흔하디흔한 반응에 깜짝 놀라 시무룩해진 나는 황급히
물었다.

"아니, 그, 마르쉐에 있는 아주머니한테 몬가를 만들어
줬다면서요."

아아, 하고 사유리짱은 고개를 끄덕였다.

"무로이 씨가 아끼시는 마스코트 말씀이시죠? 사서인
고마치 씨가 만드신 거예요. 안쪽 레퍼런스 코너에 계세
요. 만화책 추천도 해주실 거예요."

띠링, 하고 가슴 깊은 곳에서 새로운 벨이 울렸다. 그
렇구나. 이 애 말고도 다른 직원이 있는 거구나. 책이 쌓
여 있어 몰랐는데, 잘 보니 포니테일 머리를 한 애는 '모
리나가 노조미'라고 적힌 이름표를 목에 걸고 있었다.

나는 기대감을 품고 안쪽으로 들어갔다. 게시판이기도
한 칸막이 너머가 레퍼런스 코너인 모양이었다.

칸막이 너머를 들여다보고, 나는 심장이 튀어나올 정

도로 놀랐다.

헉, 하고 비명이 나오려는 것을 겨우 참고는 빙그르 발길을 돌렸다.

그곳엔 '고마치 사유리짱'스러운 여자애가 아닌, 어마어마하게 크고 무서운 표정을 한 아주머니가 카운터 안쪽에 꽉 끼인 채 몸을 웅크리고 있었다.

나는 카운터로 돌아와 노조미짱에게 말했다.

"저기, 사오토메 겐마 같은 사람밖에 없는데요."

"……그게 누구죠?"

"『란마 1/2』에 나오잖아요, 찬물을 뒤집어쓰면 판다가 되는……."

"사람이 판다가 되는 거예요? 우와, 귀엽다."

아니, 그 판다는 무지막지하게 크고 무뚝뚝한 데다 꽤 사납기까지 한걸. 속으로 그런 생각을 하면서도 나는 설명하기가 뭣해 다른 질문을 던졌다.

"저기 있는 사람이 고마치 씨예요? 그 인형을 만들었다는?"

"맞아요. 손재주가 되게 좋으시거든요."

……그렇군. 그런 거였군.

틀림없이 어린 여자애일 거라고 믿고 있었기에 놀랍긴

했지만, 그 사오토메 겐마가 뭔가를 만들었다고 하니 그건 그것대로 다른 유의 흥미가 일었다. 예상외로 대화가 통하는 사람일지도 모른다.

"짐은 맡아드릴게요. 다녀오세요."

노조미짱이 손을 내밀었다. 그 웃는 얼굴을 차마 외면할 수 없어 나는 에코 백과 무를 건넸다.

그리고 한 번 더 레퍼런스 코너로 향했다. 다시 보니 확실히 가슴께에 '고마치 사유리'라는 이름표가 있었다. 고마치 씨는 무아지경으로 손을 움직이고 있었다. 가까이 다가가 들여다보니 아니나 다를까 자그마한 인형 같은 걸 만들고 있는 듯했다. 네모난 스펀지 위에서, 둥글게만 털 뭉치에 얇은 바늘을 석석 찔러대고 있었다. 저렇게 만드는 거 맞아?

고마치 씨가 돌연 손을 멈추고 나를 쳐다보았다. 눈이 마주쳐 몸이 움츠러들었다.

"뭘 찾고 있지?"

말을 했다.

조금도 이상할 게 없는데, 판다가 된 사오토메 겐마는

말을 하지 못하는지라 흠칫했다.

뭘 찾고 있냐고? 깊이 있는 저음으로 해 온 질문에 맨 처음 머릿속에 떠오른 말은 스스로가 생각해도 놀라운 것이었다. 그에 허를 찔려 눈물이 뚝 떨어졌다.

내가 찾고 있는 건…… 아아, 그래, 내가 찾고 있는 건.

큰일이다 싶어 손바닥으로 볼을 문질렀다. 왜 울고 난리야.

고마치 씨는 표정 하나 바꾸지 않고 다시 손으로 시선을 떨구더니 바늘을 움직이기 시작했다.

"다카하시 루미코, 참 좋지."

"……앗."

『란마 1/2』의 작가다. 작게 말한 줄 알았는데 들렸나 보다. 사오토메 겐마 같은 소릴 해서 기분이 나빴을지도 모른다.

"『시끌별 녀석들』도 『메종일각』도 좋지만 말이야, 나는 뭐니 뭐니 해도 인어 시리즈가 좋더라고."

"저도! 저도요!"

그리고 한동안 나와 고마치 씨는 좋아하는 만화 이야기 나누었다. 우메즈 가즈오의 『표류교실』, 우라사와 나오키의 『마스터 키튼』, 야마기시 료코의 『해 뜨는 곳의 천자』……. 끝도 없이 나왔다.

내가 어떤 제목을 꼽아도 고마치 씨는 척척 알아들었다. 그녀는 결코 이러니저러니 말이 많진 않았지만, 손으로는 인형을 만들면서 적은 말수로 정곡을 콕 찌르는 견해를 내놓기에 나는 깊은 감동을 받았다.

고마치 씨는 근처에 있던 오렌지색 상자를 열었다. 구레미야도라는 양과자 메이커의, 육각형 무늬와 하얀 꽃이 그려진 패키지는 모르는 사람이 없는 허니돔이다. 친척들 모임 같은 데서 자주 등장하는 부드러운 쿠키다. 옛날에 할머니가 "먹기도 좋고 맛도 좋다니까"라며 극찬을 했던 것 같다.

허니돔을 주려는 건가 싶었는데 상자 안에는 수공예 도구가 들어 있었다. 빈 상자를 재활용하는 거구나. 고마치 씨는 바늘꽂이에 바늘을 정리하고 뚜껑을 닫더니 나를 쳐다보았다.

"젊은데 옛날 작품들을 많이 아네."

"……외삼촌이 만홧가게를 했었어요. 초등학생 때 자주 다녔거든요."

만홧가게라고 해도 요즘 같은 만화 카페는 아니다. 이름 그대로 '만화책이 잔뜩 놓여 있는 가게'였다. 당시엔 그런 가게가 아직 몇 군데 남아 있었다. 개인실로 되어 있지는 않으며, 평범하게 테이블에 앉아 음료를 주문하고 만화책을 마음껏 읽는 그런 곳이었다.

초등학교 2학년 때 엄마가 일을 하러 나가기 시작하면서부터, 나는 학교가 끝나면 자전거로 20분을 달려 엄마의 남동생 부부가 운영하는 '만홧가게 기타미キタミ'로 갔었다. 외삼촌과 외숙모 모두 나에게는 돈을 받지 않았고 (아마도 엄마가 나중에 지불했을 것이다), 주스를 내주며 원하는 만큼 있게 해주었다. 나는 책장에 꽉꽉 들어찬 만화책을 열심히 읽으며 엄마가 귀가할 시간이 될 때까지 그곳에 있었다.

그곳에서 만난 것이다. 수많은 만화에 등장하는 '친구'들을.

따라 그리다 보니 그림 그리는 게 좋아졌다. 그래서 일러스트를 공부하고 싶다는 생각에 고등학교를 졸업하고 디자인 학교를 다녔다.

하지만 취업의 문턱에서 주저앉고 말았다. 내가 하고 싶었던 일러스트 쪽 일은 도저히 구할 수가 없었고, 그렇다고 해서 다른 직종의 회사를 어떻게 골라야 하는지도 몰랐다. 아무짝에도 쓸모없는 나지만 그림은 제법 그릴

줄 안다고 생각했는데, 그림으로도 직장을 잡지 못한다면 다른 일들은 더더욱 불가능할 것이다. 가능할 리가 없다.

취직은 안 되고, 아르바이트도 오래가지 못해 현재 백수 상태가 지속되고 있다.

"만화가는 진짜 굉장한 것 같아요. 저도 그림 그리는 게 재밌어서 전문대까지 갔거든요. 근데 일러스트 일을 직업으로 삼기가 저한텐 무리라는 걸 깨달았어요."

무직인 이유라기엔 너무도 변변찮은 자기변호를 이 자리에서 하고 있었다. 고마치 씨는 우둑 소리를 내며 고개를 갸웃했다.

"무리라니, 왜 그렇게 생각하는데?"

"그야, 실제로 그림으로 먹고사는 사람은 극소수니까요. 그림뿐만 아니라, 좋아하는 걸 직업으로 삼을 수 있는 사람은 100명 중 한 사람도 안 되잖아요."

고마치 씨는 목을 뻥그르르 돌리고는 둘째 손가락을 세웠다.

"수학 공부 시간."

"네?"

"100명 중 한 사람이라고 한다면, 100분의 1로 1퍼센트 맞지?"

"네."

"그런데 내가 하고 싶은 일을 하는 건 나 자신이니까, 오직 한 사람뿐. 그렇다면 1분의 1이니 100퍼센트."

"네?"

"100퍼센트의 가능성이 있지."

"……그게."

그 계산, 뭔가 사기 같은데. 고마치 씨는 변함없이 무뚝뚝한 얼굴로, 농담을 하는 것 같지는 않았다.

"자, 어디."

고마치 씨는 슬쩍 자세를 바로 하더니 컴퓨터 앞으로 몸을 돌렸다.

그러더니 대뜸 타다다다닥, 하고 빠른 속도로 키보드를 두드리기 시작했다. 그 모습을 보고 나는 무의식적으로 "켄시로야 뭐야!" 하고 태클을 걸고 말았다. 『북두의 권』에 나오는 켄시로의 대표 기술 북두백렬권 같았다. 맹렬한 속도로 적의 비공을 찌르는 기술. 아무런 대꾸 없이 기운차게 마지막 일격을 날린 고마치 씨는 인쇄된 종이를 한 장 건넸다.

"너는 지금 살아 있다."

고마치 씨는 위압감 있는 목소리로 중얼거렸다.

진지한 얼굴이라 살짝 무서웠다. 하지만 그것이 켄시로의 명대사 "너는 이미 죽어 있다"의 패러디임을 당연히 알고 있었다.

종이에는 단 한 줄, 책 제목과 저자명, 책장 번호가 적혀 있었다.

『사진으로 보는 진화의 기록: 다윈 등이 바라본 세상』

"⋯⋯어라. 이건 뭔가요? 만화예요?"

"당신에게 추천해줄 수 있는 만화가 내게는 없다고 판단했어. 어릴 적 읽은 만화책이라는 보물을 뛰어넘진 못할 것 같거든."

그렇게 말하며 고마치 씨는 카운터 아래의 서랍을 열었다. 넷째 서랍에서 뭔갈 주섬주섬 꺼내는가 싶더니 내 손에 쥐여주었다. 부드러운 감촉. 설마, 몬가?

그렇게 기대했지만 아니었다. 그것은 조그마한 비행기였다. 회색 몸체에 하얀 날개. 초록색 꼬리 부분이 멋스럽다.

"받아. 책 부록이야. 당신한테는 그거."

감정이 없는 톤. 내가 당황해하고 있으니 고마치 씨는 허니돔 상자를 열었다. 그러곤 뾰로통한 얼굴로 또다시 인형을 만들기 시작했다. 방금 전 이야기를 들어줄 때와는 달리 서터를 내린 듯한 분위기를 자아내고 있었다.

나는 하는 수 없이 그 종이를 들고 책장을 찾았다. 레퍼런스 코너에서 멀지 않은 '자연과학' 코너에 있던 그것은 도감처럼 크고 묵직한 책이었다.

온통 검은색 바탕에 은빛을 띤 새의 사진. 목까지 나온 측면 샷이었다. 단단해 보이는 부리는 끝이 뾰족하게 말려 있고, 커다란 눈동자에는 덥수룩한 속눈썹이 나 있었다. 성별은 알 수 없지만, 이국적인 미모의 모델 같은 얼굴이었다. 데즈카 오사무의 『불새』 같은.

제목은 흰색으로 쓰여 있었다. '진화의 기록'이라는 큼지막한 글자 아래에 '다윈 등이 바라본 세상'이라는 부제가 달려 있었다.

다윈 '등'?

나는 그 자리에 쭈그리고 앉아 책을 펼쳤다. 도무지 서서 읽을 수 있을 만한 무게는 아니었기 때문이다.

앞쪽에 긴 문장으로 된 페이지가 있었고, 그 뒤는 호화로운 사진집 같았다. 새, 파충류, 식물, 곤충……. 멋스러운 구도의 컬러풀한 사진들은 모두가 마치 하나의 예술 작품처럼 느껴졌다. 드문드문 사진에 관한 해설문이나 칼럼이 삽입되어 있었다.

고마치 씨가 왜 나에게 이 책을 추천했는지는 알 수 없었지만, 확실히 매력적인 사진들이었다. 색이 선명한 데다 어딘가 으스스하고 신비롭기까지 해 무척 마음이 끌렸다. 실제로 존재하는 생명체들일 텐데도 꼭 판타지 세계 같았다.

책을 돌려놓으러 온 노조미짱이 근처를 지나갔다.

"대출 카드, 만드시겠어요? 구민이시라면 대출이 가능해요."

"아, 아뇨…… 그게, 빌려 가기는 무겁기도 하고, 오늘은 무도 있어서."

우물쭈물하고 있으니 등 뒤에서 고마치 씨의 목소리가 날아왔다.

"읽으러 오든지."

뒤를 돌아보니 고마치 씨가 나를 보고 있었다.

"대출 중 팻말을 달아서 맡아둘 테니까, 여기로 아무 때나 읽으러 오든지."

나는 쭈그려 앉은 채 고마치 씨를 바라보았다. 아무 말도 나오지 않았다. 고마치 씨의 말에 또 한 번 눈물이 날 것 같았다.

말로 표현할 수 없는 기쁨이, 안도감이 솟구쳐 오르고

있었다. 나는 이곳에 있어도 되는구나.

"꼼꼼히 읽으려면 꽤 걸릴 거야."

고마치 씨는 그렇게 말하곤 입술을 옆으로 늘리듯 씩 웃었다. 나는 거의 무의식중에 고개를 끄덕이고 있었다.

토요일인 다음 날, 오랜만에 전철을 탔다.

고등학교 3학년 친구들과의 동창회가 있었기 때문이다. 평소라면 절대로 참석하지 않는 유의 행사지만 이번만큼은 꼭 가야만 하는 이유가 있었다.

졸업식 날, 교정 한구석에 타임캡슐을 묻은 것이다. 엽서 크기만 한 종이에 원하는 말을 적어서. 그걸 '서른 살 동창회' 때 열어보기로 되어 있었다.

안내장에는 "불참하는 사람의 몫은, 추후 임원이 우편으로 보내겠습니다"라고 적혀 있어 등줄기가 서늘해졌다. 봉투에 넣어 풀을 붙였다면 좋았을 텐데, 분명 두 번 접어서 보이는 곳에 이름을 써놓기만 했던 것 같다.

무슨 수를 써서든 그 누구도 볼 수 없도록 회수해야만 했다.

타임캡슐을 연 다음은 저녁부터 레스토랑에서 회식이 예정되어 있다. 나는 그쪽은 참석하지 않겠다고 답신을 보냈다.

열여덟 살이던 그 시절, 서른 살의 자기 모습은 누구에게나 어마어마한 어른이었다. 숱한 고민도 서른쯤에는 전부 다 해결되었을 것만 같았다.

나 역시 이제부터 디자인 학교에 다닐 수 있어 단순히 기쁜 마음이었다. 이제 평생 동안, 못하는 수학도 체육도 안 해도 되고 그림만 그리면 되니까. 그리고 그다음엔 일러스트 일을 해나갈 길이 준비되어 있으리란 착각에 빠져 있었다.

역사에 이름을 남길 일러스트레이터가 될 것이다.

나는 분명 그렇게 적었다. 떠올리는 것만으로도 미간 언저리가 화끈거렸다.

내 기량에 자신이 있던 것도 아니고, 그렇게까지 진심인 것도 아니었다. 젊음의 혈기랄지 치기랄지, 그저 객기일 뿐이었다. 그러나 역사에 이름을 남길 정도는 아닐지언정, 최소한 그림을 그리는 환경에 있기만 하면 그럭저럭 근접한 일은 할 수 있으리라 생각했었다.

졸업 후 12년 만에 들어선 교문.

교정 한구석, 커다란 너도밤나무가 있는 곳에 이미 많은 사람들이 모여 있었다. 뿌리 근처에 '제17회 졸업생 타임캡슐'이라고 적힌 플라스틱 판이 묘표墓標처럼 꽂혀 있었다.

임원인 스기무라가 큰 삽을 들고 서 있었다. 예전에 학급 위원이었던 녀석이다. 고급스러운 다운재킷 안에 빳빳한 셔츠를 받쳐 입고 있었다.

내가 다가가자 몇 명인가 얼굴을 들고 가볍게 고개를 숙이거나 손을 흔들어주었다. 하지만 그걸로 끝이었다. 모두 곧바로 옆에 있는 사람들과 대화를 이어갔다. 아무도 날 기억하지 못하는 걸 수도 있다.

나무 아래에서 진행 과정을 지켜보고 있는데 누군가 내 이름을 불렀다.

"히로야."

뒤돌아보니 키가 작고 마른 남자가 있었다. 세이타로였다. 각별히 친한 사이는 아니었지만, 내 기준에선 제법 이야길 나누는 편이었던 것 같다. 점잖고, 책만 읽고, 누군가와 같이 다니는 스타일은 아니었다. 고등학교를 졸업하고부터는 몇 번인가 연하장만 주고받았는데, 대학 졸업 후 상하수도국에서 일한다고 적혀 있었다.

세이타로는 친근한 미소를 지어 보였다.

"잘 지내는 것 같네."

"세이타로도."

요즘 뭐 하냐는 질문을 듣고 싶지 않아 나는 고개를 숙였다.

그때 남자 두 명이 다가왔다. 한 명은 니시노라는 이름이었다. 다른 한 명은 생각나지 않았다. 반에서 제일 시끄러웠던 녀석이다. 이 녀석과 제대로 말을 해본 기억은 없다.

"어, 세이타로잖아?"

니시노가 히죽거리며 다가왔다. 내게도 흘끗 시선을 던졌지만, 딱히 말을 걸려는 기색은 없었다. 나도 얼굴을 돌렸다.

"자, 그럼 여러분, 다들 모이신 것 같으니 이제 시작하겠습니다!"

스기무라가 소리쳤다. 일동이 우르르 간격을 좁혔다.

모두가 숨을 죽이고 지켜보는 가운데 흙이 파헤쳐졌고, 머지않아 캉 소리가 났다. 삽 끝이 깡통에 닿은 것이다.

스기무라가 목장갑을 낀 손으로 흙을 헤집었다. 비닐봉지에 든 탁한 은색이 보였다. 그것을 흙 속에서 끄집어

내자 커다란 환호성이 터져 나왔다.

비닐봉지에서 나온 건 박스 테이프로 봉한 전병 과자 깡통. 12년 동안 땅속에서 잠자고 있던 모두의 메시지였다.

스기무라는 신중히 박스 테이프를 뜯고는 뚜껑을 열었다. 조금 누레진 종이가 각기 다른 모양으로 접혀 들어차 있었다.

한 사람 한 사람 이름이 불리고, 저마다 손을 뻗었다. 펼쳐보고 웃음을 터뜨리는 사람, 서로 보여주며 시시덕대는 사람, 크게 소리 내어 읽는 사람. 다들 즐거워 보였다.

미래의 꿈이나 좋아하는 이성을 향한 고백, 말하지 못했던 불만 같은 것들이 적혀 있을 것이다.

왁자지껄한 그들 모두가 자신감 있어 보였다. 서른 살. 이미 많은 것들이 결정되었고, 안정되었고, 저마다 직업과 가정을 지녔을 터다. 당연한 말이지만 여기에는 더 이상 고등학생이 한 사람도 없었다. 교복을 벗고, 어떤 모습으로든 진화를 마친 어른들이 가득했다.

마침내 내 이름이 불렸고, 스기무라에게서 종이를 건네받은 나는 펼쳐보지도 않고 점퍼 주머니에 넣었다. 좋아, 이제 이걸로 볼일은 끝났다. 안도의 한숨을 내쉬었다.

그다음 호명된 사람은 세이타로였다. 세이타로는 자신

의 종이를 소중한 듯 살며시 펼쳐보았다.

"오오, 위인이 되겠단 말씀이시죠?"

세이타로의 뒤에서 목을 길게 뺀 니시노가 말했다. 세이타로가 손에 든 종이에는 가운데에 꼼꼼한 글씨로 '작가가 될 것이다'라고만 적혀 있었다. 니시노가 놀리듯 이야기했다.

"그러고 보면, 고등학교 때도 문예지에 응모하고 그랬잖아. 아직도 소설 같은 거 쓰냐?"

세이타로는 선뜻, 쓰고 있어, 하고 대답했다.

"엇, 데뷔했었나?"

누가 봐도 그렇게 생각하지 않는 말투였다. 이름이 생각나지 않는 다른 녀석 하나가 "뭐야, 책 냈어?"라며 얼굴을 들이밀었다.

"아직. 근데 계속 쓰고 있어."

세이타로는 미소를 띤 채 대답했다. 니시노는 이를 드러내고 웃었다.

"와, 대단하네. 이 나이 먹고도 여전히 꿈을 좇고 있구나."

나는 울컥 화가 치밀어 니시노를 날카롭게 노려보았다.

"적당히 해! 어디서 사람을 깔보고 난리야? 당장 세이타로한테 사과해. 세이타로 소설, 엄청 재밌어서 난 좋아한다고. 네가 뭘 안다고 그래? 열심히 노력하는 사람 비웃기나 하는 쓰레기 같은 놈아!"

……라고 속으로 실컷 소리쳤다.

니시노와 다른 한 명은 내가 노려보고 있는 줄도 모른 채 근처에 있던 여자 셋과 합류하고는 신나게 떠들기 시작했다.

고등학생 때 세이타로의 소설을 읽은 적이 있었다. 쉬는 시간에 그림을 그리고 있는 내 곁으로 슬그머니 다가와, 굉장하다, 하고 감탄한 듯 말하더니 "내 소설, 읽어봐 줄 수 있어?"라며 노트를 내밀어 온 것이다. 사실 정확한 내용은 기억나지 않지만, 손으로 쓴 그 소설에 몹시도 감동했던 기억은 있다.

"……나, 먼저 갈게."

내가 걸어가자 세이타로가 뒤따라왔다.

"잠깐, 같이 가자."

가느다란 세이타로. 모든 게 가느다랗다. 목도 손가락도 머리카락도.

"벌써 가게? 회식은?"

세이타로는 꾸벅 고개를 끄덕였다.

"나도 회식은 불참한다고 말해놨거든."

와글와글 북적이는 무리를 뒤로하고 둘이서 교문을 빠져나왔다. 우리는 완전히 관심 밖이었다.

역까지 가는 길을 실없는 이야길 하며 걸었다. 너도밤나무 엄청 커졌네, 라든가, 올해 겨울은 따뜻하네, 라든가. 그리고 미스터도넛 앞을 지나칠 때 세이타로가 결심한 듯 말했다.

"저기, 커피라도 한잔 마시고 갈래?"

세이타로가 수줍은 듯 웃기에 어쩐지 나까지 쑥스러워져, 다른 쪽을 보며 "그래" 하고 대답했다. 둘이서 주뼛주뼛 가게로 들어가 음료만 주문한 뒤 테이블 자리에 앉았다.

"히로야, 그림 잘 그렸었지. 디자인 학교에 갔었잖아."

마주 앉은 세이타로가 말했다.

"……응, 근데 영 안 풀렸어. 내 그림이 대중들한테는 안 먹힌대. 디자인 학교에서도 기괴하고 너무 매니악하다는 말을 자주 들었어."

"정말? 내 소설은 너무 평범하다고들 하던데. 심심하고 자극적이지가 않대. 신인상이란 신인상에는 거의 다 응모했었는데, 가끔 받는 심사평 같은 거 보면 그런 점을 꼭 지적하더라고."

세이타로는 왠지 모르게 즐거운 듯 웃으며 카페오레를 마셨다. 나는 존경심을 느꼈다.

"소설, 그때부터 쭉 쓰고 있었구나. 대단하다."

"밤이랑 주말에 집중해서 쓰고 있어. 평일 낮에는 일을 하니까."

바로 그 점이 말이야, 하고 나는 생각했다.

세이타로는 하고 싶은 일과는 다른 직종일지라도 번듯이 취직해 생활비를 벌고 있고, 그러면서도 꿈을 이루기 위해 노력하고 있다. 사회인으로서도, 꿈을 좇는 사람으로서도 진심으로 존경스러웠다.

"상하수도국이면 안정적이지."

스스로도 진부한 의견임을 알면서도 그렇게 이야기하자, 세이타로는 양손으로 컵을 감싸며 말했다.

"절대적으로 안정된 일이 뭐가 있을까?"

"그야, 세이타로 같은 공무원이라든지 대기업 사원이라든지."

세이타로는 살며시 고개를 가로저었다.

"없어. 절대적으로 안정된 일은 하나도 없어. 모두들 위태롭게 균형을 유지하면서 겨우 꾸려나가고 있는 거야."

부드러운 표정이지만 목소리는 진지했다.

"절대적으로 무사한 일 따위 없는 대신, 절대적으로 불가능하다고 단언할 만한 일도 아마 없을 거야. 그런 건 아무도 모르는 거지."

세이타로는 그렇게 중얼거리곤 입술을 꾹 깨물었다. 그러니 어떻게든 자기가 하고 싶은 일을 끝까지 밀어붙이고 싶다는 세이타로의 생각이 전해져 왔다.

아까 니시노가 한 말이 떠올랐다. 또다시 화가 치밀어 올라 나는 주먹을 쥐었다.

"세이타로. 너 꼭 작가가 돼서 니시노한테 복수해라."

세이타로는 조용히 웃고는 다시 한번 고개를 가로저었다.

"지금 날 비웃는 사람은, 내가 어떤 상황에 있든 똑같이 비웃을 거야. 어떻게든 트집을 잡아서 말이지. 아무 상관없어, 내 소설을 읽어보지도 않은 사람이 날 어떻게 생각하든."

카페오레를 꿀꺽 마신 세이타로가 나를 가만히 바라보았다.

"복수하겠다느니, 분한 마음을 발판으로 삼겠다느니,

난 그런 생각 안 해. 나를 움직이게 하는 건 따로 있거든."

눈이 빛나고 있었다. 세이타로는 점잖으면서도 심지가 곧다. 이렇게나 가느다란 몸 안에 스스로를 움직이게 하는 무언갈 지닌 세이타로가 조금 부러웠다.

나는 적당한 단어를 골라 신중히 물었다.

"……세이타로는, 자기 소설이 인정받지 못한 채 나이 들어가는 게 불안하진 않아?"

으음, 하고 세이타로는 비스듬히 위쪽으로 시선을 옮겼다. 잠시 생각을 하는 듯.

"불안감이 없지는 않지만, 무라카미 하루키가 서른 살에 데뷔했거든. 20대 때는 줄곧 그 사실에 위로를 받곤 했어."

"그렇구나."

"근데, 이제 서른 살도 넘어버릴 것 같아서 부랴부랴 다음 걸 찾았지. 아사다 지로가 마흔 살에 데뷔했대."

"오오, 10년 유예됐네."

내가 말하자 세이타로는 천진난만하게 웃었다.

"마흔 살이 넘는다고 해도, 그다음이 아직 많이 남아 있어. 작가로 데뷔하는 데 나이 제한 같은 건 없잖아. 분명 각자에게 있어 가장 좋은 타이밍이 있을 거야."

세이타로의 볼에 홍조가 물들어 있었다.

메신저 아이디를 교환하자는 말에 나는 처음으로 메신저 앱을 깔았다.

다음 날, 나는 고마치 씨의 말대로 커뮤니티 센터 도서실로 발걸음을 옮겼다.

도서실은 비어 있었다. 간혹가다 중년의 이용객이 불쑥 들어오는 정도로, 내내 조용했다.

도서실에 온 나를 보고 고마치 씨는 아무 말 없이 『진화의 기록』을 카운터에 올려놓았다. 책에는 고무줄이 묶여 '대출 중'이라고 적힌 종이가 끼워져 있었다. 원하는 때에 읽으라는 의미인 듯했다. 나는 살짝 고개 숙여 인사하고 책을 집어 든 다음 대출 카운터 앞에 있는 열람 테이블에 앉아 책을 펼쳤다.

서문의 맨 첫 페이지에서 '자연도태'라는 단어가 눈에 들어와 가슴이 철렁 내려앉았다.

학교에서 배웠다. 환경에 적응하는 자는 살아남고, 그렇지 못한 자는 자연히 사라져간다는…… 그런 설이다. 그리고 이 한 문장에 참으로 서글픈 기분이 들었다.

———바람직한 변이는 보존되며, 바람직하지 않은 변이는 소멸된다.

바람직하다, 바람직하지 않다.

그건 누구의 기준에서인 걸까.

술렁이는 마음으로 읽어나가던 중 '월리스'라는 낯선 이름이 등장했다. 책장을 넘기며 책과 눈의 거리가 점점 가까워졌다.

진화론 하면 다윈이다. 『종의 기원』을 쓴 찰스 다윈. 그런데 그의 그림자에 또 한 사람이 있었던 것이다. 앨프리드 러셀 월리스. 다윈보다 열네 살 어린 박물학자가.

두 사람 모두 딱정벌레를 좋아하며 열성적인 연구자였다는 점은 같았다. 그러나 각자의 상황과 개성이 영 딴판이었다.

부유했던 다윈, 경제적으로 궁핍했던 월리스. 저마다 독자적으로 자연도태에 의한 진화 이론에 당도한 두 사람.

그러나 당시 사람들은 성서 속 '창조설'을 철석같이 믿고 있었다. 이 세상을 이루는 모든 것은 신의 손에 의한 것이며, 그에 이론異論을 제창하는 자는 격심한 규탄을 받았다.

다윈은 공표하길 겁내고 있었으나 윌리스는 주저 없이 논문을 써냈다. 그럼으로써 다윈은 초조해지기 시작했다.

자신이 긴 세월에 걸쳐 품어온 이론의 모든 우선권을 잃고 싶지 않다면, 결국 공표하는 수밖에 없었다. 다윈은 각오를 다졌다.

이제껏 주저하고 있던 다윈은 서둘러『종의 기원』의 출판을 단행했다. 그리고 그 책과 그의 이름은 지금 현재도 모르는 이가 없게 되었다.

떨떠름한 기분으로 활자를 쫓다, 다윈에 대해 윌리스가 "우리는 좋은 벗이었습니다"라고 말했다는 한 문장을 읽고 나는 고개를 저었다.

……그걸로 충분한 거야, 윌리스?

먼저 발표하고자 나선 것도 윌리스였지 않은가. 그런데 결과적으로 다윈만이 역사에 굵직한 이름을 남기다니, 납득이 가지 않았다.

디자인 학교에 있을 때도 이런 경우가 종종 있었다. 내가 그린 그림을 몰래 훔쳐보곤 구도라든가 부분 부분을 따라 하는 녀석이 있었던 것이다. 그림의 표현력은 그 녀석이 압도적으로 뛰어났던지라 나보다 높은 평가를 받았었다. 따라 하지 마, 내가 먼저 생각해낸 아이디어잖아. 괴로움에 몸부림치면서도 입 밖에는 한 번도 내지 못했다. 그 녀석이 "나도 같은 생각을 했다고"라는 소릴 하면 더는 할 말이 없기 때문이다. 결국 세상의 인정을 받는 쪽이 이기는 거구나 싶었다.

나는 크게 한숨을 내쉬며 다음 장을 넘겼다.

전면이 새 화석 사진으로 되어 있었다. 해설을 찾아 읽어보니 백악기에 살았던 공자새라고 한다. 양 날개를 축 늘어뜨린 채 엎드려 있는 것처럼 보였다. 부리는 반쯤 열려 있었다. 완전한 모습으로 남아 있는 으리으리한 뼈를 보고 있으니, 불현듯 이걸 그림으로 그리고 싶다는 충동에 사로잡혔다. 오랜만에 느껴보는 감각이었다. 어떻게든 펜을 쥐고 싶어 진정이 되지 않았다.

책 사이에, 고마치 씨가 레퍼런스 때 주었던 종이를 끼워놓았던 게 생각났다. 나는 자리에서 일어나 카운터로 가서 노조미짱에게 볼펜을 빌렸다.

하얀 이면지, 검은 볼펜.

충분하다. 나는 공자새 화석을 보며 천천히 모사해나갔다.

열중한 나머지 아무런 생각이 들지 않았다. 펜 끝에서 탄생해가는 새. 어느덧 생명이 깃들었다.

모사에 그치지 않고 나는 상상의 나래를 펼쳐나갔다. 이 녀석은 뼈만 남은 채로 살아간다. 날개 끝은 날카로운 낫으로 되어 있어 온갖 악을 척결한다. 흉악한 해골의 모습을 하고 있지만 남몰래 정의를 실현한다. 구멍 난 눈 안쪽에는 작디작은 금붕어가 살고 있다————.

정신없이 몰두해 그림을 얼추 완성해갈 즈음, 어느샌가 가까이 와 있던 노조미짱이 "으악" 하고 새된 소리를 질렀다. 움찔했다. "으악"에 이어질 말을 알고 있다. 틀림없이 "기분 나빠"일 것이다.

그런데 노조미짱은 눈을 반짝이며 말했다.

"선생님, 보세요! 히로야 씨 그림, 너무 멋져요!"

다른 쪽으로 마음이 동요했다. 대출 카드를 만들 때 듣고 기억했다가 "히로야 씨" 하고 이름으로 불러준 점, 멋지다고 칭찬을 해준 점.

고마치 씨는 벌떡 일어나 카운터를 빠져나왔다. 느긋하게 몸을 흔들며 테이블까지 걸어와 내 옆에 섰다.

우움, 하고 이상한 신음을 내더니 "오리지널리티가 상당하네"라며 고개를 끄덕였다.

노조미짱이 말했다.

"콘테스트 같은 데 응모해보시면 어때요?"

"……아니, 그러기엔 무리야."

내가 종이를 구기려 하자 노조미짱이 다급한 목소리로 말했다.

"잠깐만요. 버리실 거면 그거 저한테 주실래요?"

"괜찮겠어? 기괴하잖아."

"그런 점이 좋은걸요."

노조미짱은 내게서 종이를 빼앗다시피 낚아채곤 두 손을 모아 가슴에 얹었다.

"기괴하고, 어딘가 유머러스하고, 사랑이 느껴져요."

알아봐 주었다는 기쁨에 가슴이 뛰었다. 야, 들뜨지 마. 당연히 예의상 하는 말이잖아.

어쨌거나 그저 휴지 조각이 될 뻔했던 해골 새는 그녀의 손에 의해 목숨을 건졌다. 내일 여기 또 와도 된다는 말을 들은 듯한 기분에, 나는 슬쩍 엷은 미소를 머금었다.

다음 날, 도서실로 들어가려는데 저번에 본 빨간 반다나를 두른 아주머니가 복도에서 청소를 하고 있었다. 무로이 씨라고 불리는 사람이다. 걸레로 난간을 닦고 있었다. 나를 보더니 "아아, 안녕" 하고 말했다.

"사유리쨩, 오늘은 쉬는 날이야."

"……아, 그렇군요."

맞다. 나는 애당초 이 사람의 꾐에 넘어가 도서실을 다니게 된 것이었다.

"사유리쨩이라고 그래서, 당연히 어린애인 줄 알았어요."

나는 투덜거렸다. 무로이 씨는 깔깔 웃었다.

"예순두 살인 내가 보기엔 어린 여자애 맞지. 아직 마흔일곱 살밖에 안 됐다잖아."

마흔일곱 살이 어린 여자애라니. 나는 서른 살 가지고도 엄청 나이 든 기분이었는데. 어리다느니, 늙었다느니 하는 건 상대적인지도 모르겠다.

그나저나 고마치 씨, 마흔일곱 살이구나. 어째선지 그 사람에겐 나이라는 게 없을 것만 같은 느낌이었다. 당연한 말이지만, 평범한 사람이구나 싶었다.

"몬가, 좋아하세요?"

내가 묻자 무로이 씨는 느닷없이 "몬가!" 하고 소리쳤다.

몬가 흉내를 내는 모양이었다. 겁을 먹고 몸을 뒤로 젖히자 무로이 씨는 킥킥 웃었다.

"좋아해, 좋아해. 절대생물, 몬가!"

그렇다. 몬가는 겉보기엔 온순한 듯하나 고열에도 극한極寒에도 끄떡없고, 뭐든 먹어치워 에너지로 전환할 수 있는 절대생물이다. 무려 순간이동도 가능하다. 무로이 씨는 말했다.

"그런데 관심을 못 받으면 삐져버리거나, 슬프면 대번 울어버리곤 하잖아. 어디서든 살아남을 수 있는 최강의 신체와 특수능력을 지니고도 말야. 강하다는 건 대체 뭘까?"

어쩐지 심오한 이야길 하는 듯해 나는 입을 다물었다.

"3년 전이야. 사유리짱이 여기 막 왔을 무렵. 내가 몬가를 좋아한다는 얘길 사유리짱한테 했더니, 요리책을 추천받을 때 책이랑 같이 직접 만든 양모 펠트를 주더라고. 감격스러워서 '무지 좋은 부록이네' 했는데, 사유리짱은 그 말이 마음에 들었나 봐."

그렇군. 고마치 씨의 '부록'을 처음 생각해낸 사람이 무로이 씨였던 것이다.

"친하신가 보네요, 고마치 씨랑."

응, 하며 무로이 씨는 쭈그려 앉더니 양동이 안에서 걸레를 빨았다.

"근데 나, 3월까지만 하고 관둬."

무로이 씨는 앉은 채 내 쪽으로 얼굴을 들고는 자랑스러운 미소를 띠었다.

"우리 딸이 4월에 출산을 해서 말야. 손자가 생기는 거야. 내가 할머니가 되는 거지. 한동안 곁에서 돌봐주고 싶거든. 그러면서 여기도 은퇴할 생각이야. 마침 신년도라, 4월부터는 새 직원도 올 테니 그 사람이랑 교대하려고."

이곳 직원은 1년 계약으로, 양측의 의견이 일치할 시 계약이 갱신된다고 한다. 무로이 씨는 "앞으로 한 달 남짓이지만, 잘 부탁해"라며 양동이를 들고 가버렸다.

도서실로 들어가자 노조미짱이 방긋 미소로 맞아주었다.

무로이 씨 말대로 고마치 씨는 없었다. 레퍼런스 코너의 카운터 끄트머리에 고무줄이 묶인 『진화의 기록』이 놓여 있었다. 내가 오면 자유롭게 가져갈 수 있도록 해준 것이리라.

오늘도 이용객은 적고 조용했다. 나는 열람실 자리를 독차지하곤 책을 천천히 펼쳤다.

태고의 역사, 조류, 변온동물. 중반부 정도까지 와 지금은 식물 페이지를 읽고 있다. 생동감 넘치는 파리지옥에 마음을 빼앗기던 중 문득 시선이 느껴져 고개를 들었더니 대출 카운터 안쪽에서 노조미짱이 나를 보고 있었다.

엇, 하고 내가 눈을 휘둥그레 뜨자 노조미짱은 여유 있게 미소 지었다. 가슴이 두근거렸고, 쑥스러움을 감추기 위해 황급히 말했다.

"글러먹었지? 이 나이에 일도 안 하고 이런 데서 파리지옥이나 보고 있고."

노조미짱은 방긋방긋 웃으며 고개를 가로저었다.

"아니요. 히로야 씨를 보고 있으면 초등학교 때가 생각나요. 저, 등교하면 교실로 안 가고 보건실에서 시간을 보냈거든요. 조금 다를 수도 있지만, 왠지 이해가 돼요."

노조미짱이 보건실 등교*였다니.

약간 놀라워하고 있는데 그녀가 말을 이었다.

"고마치 씨, 전에는 이 초등학교의 양호 선생님이셨어요. 저는 그때 다녔던 학생이고요. 잠깐이긴 했지만, 교실로는 도저히 들어갈 수가 없어서 보건실 등교를 했었어

---

* 학교생활에서의 불안이나 따돌림, 가정 환경의 영향 등으로, 등교한 학생이 대부분의 시간을 보건실에서 보내는 것.

요."

그러고 보면 노조미짱은 고마치 씨를 '선생님'이라고 부른다. 사서로서 이것저것 배우는 게 많으니 그런가 보다 했었는데 그래서였구나.

"……왜 교실로 못 들어갔는데?"

내가 묻자 노조미짱은 웃었다.

"뭐랄까, 다른 애들처럼 못 하겠더라고요."

아아, 그건 나도 마찬가지다.

그러나 경솔하게 그런 말을 해선 안 될 것 같아 나는 그저 고개만 끄덕였다.

"저는 큰 소리가 무서웠어요. 초등학생 애들은 갑자기 큰 소릴 내거나 웃거나 하잖아요. 다른 애가 선생님한테 혼나도 제가 혼나는 것처럼 괴롭고, 뭔가 항상 움츠러들어 있었어요. 근데 다들 그런 거에 민감하잖아요? 쟨 이상한 녀석이라든가, 대하기 까다롭다든가. 직접 괴롭힘을 당했다기보다 은근슬쩍 모두에게 무시당하는 느낌이라, 제가 거기 있으면 안 될 것만 같은 기분이 든 거예요."

밝은 어조로 노조미짱은 말했다.

그래서 더욱 잘 전해져 왔다. 정말로 힘들었다는 것이.

"그래서 학교를 가지 못하게 됐을 때, 엄마랑 담임 선생님이 의논해서 보건실에 있을 수 있게 되었는데요, 첫날 선생님이…… 아니, 고마치 씨가 아무렇지 않게 툭 말씀하셨어요. '모리나가의 여름 방학 독후감, 무척 재밌었어'라고요. 복도 벽에 붙어 있는 몇몇 학생의 글을 읽으셨대요. 거짓말이 아니었죠. 정확히 어디가 어떻게 좋았다고 말씀해주셨으니까요. 저, 너무너무 기뻐서, 그 뒤로 책을 읽으면 꼭 독후감을 써서 고마치 씨께 보여드리곤 했어요."

죽 늘어선 책들을 천천히 둘러보며 노조미짱은 온화한 말투로 계속 이야기했다.

"시간이 지나면서 조금씩 교실로 돌아갈 수 있게 되었어요. 제가 고등학생일 때 고마치 씨는 이곳 사서 일을 시작하셨는데요, 졸업하면 저도 사서가 되고 싶다고 상담했더니 여기서 사서 보조로 일해볼 수 있게 추천해주신 거예요."

"사서 보조?"

"네. 우선 사서 보조 강습을 받고, 사서 보조로 2년 근무하면 사서 강습을 받을 수 있거든요."

"엇, 사서 강습을 받으려면 2년의 사서 보조 경험이 필요한 거야?"

"네, 고졸인 경우에는요. 3개월 동안 사서 강습을 받고, 다 합쳐 3년 이상의 사서 보조 경험을 쌓으면 드디어 수료예요. 대학에 진학해서 필요한 과목을 듣고 자격증을 따는 길도 있는데요, 저희 집은 경제적으로 진학이 어렵기도 했고, 저 역시 현장에서 바로 일해보고 싶었거든요."

생각보다 갈 길이 멀구나. 사서가 된다는 게 쉽지 않은 일임을 깨달았다.

"그렇게 일찍부터 하고 싶은 일을 결정하고, 그 길로 곧장 나아가고 있다니 부러운걸."

진심에서 우러나온 말이었다.

"히로야 씨도 그렇지 않나요? 고등학교를 졸업하고 디자인 학교로 진학하셨잖아요."

"그렇긴 한데, 영 먹히질 않았어. 내 그림은 섬뜩하고, 지나치게 어둡다더라고."

노조미짱은 갸우뚱 고개를 기울였다. 고마치 씨의 몸짓과 조금 닮았다.

"음…… 으음."

커다란 눈을 두리번두리번하며 노조미짱은 무언갈 끙끙 고민했다. 그러더니 별안간 나를 보고 외쳤다.

"탕수육!"

"……뭐?"

"탕수육에 들어 있는 파인애플, 어떻게 생각하세요?"

갑자기 뭐지.

내가 의아해하고 있으니 노조미짱은 새빨간 얼굴로 열심히 설명하기 시작했다.

"그거, 싫어하는 사람 엄청 많잖아요? 절대 용납할 수 없다고도 하고요. 근데도 어째서 사라지지 않는 걸까 싶어서요."

"왜, 왤까?"

"소수파일지도 모르지만 탕수육에 든 파인애플을 좋아하는 사람은 분명 존재하고요, 그 사람들은 그냥 좋아하는 정도가 아니라 끔찍이 좋아할 거라고 봐요. 좋아하는 열량의 문제라고나 할까요? 비록 다수에겐 받아들여지지 않더라도, 그 사람들이 있는 한 파인애플의 존재는 지켜지리라 생각해요."

"……."

"저는 엄청 좋아해요. 탕수육에 든 파인애플. 히로야 씨의 그 그림도요."

마음이 포근해졌다. 기뻤다. 이렇게나 필사적으로 나를 격려해주고자 하는 노조미짱. 좋아한다는 말은 사람을 구원하는 굉장한 말이다. 나, 그리고 그 그림의 존재가 받아들여지는 기분이었다. 비록 입에 발린 말일지라도.

들뜬 기분으로 집에 돌아오니 엄마가 누군가와 전화로 수다를 떨고 있었다.

흥겨운 목소리로, 몹시도 즐거운 듯이. 전화 상대가 누군지 금세 알아차렸다.

전화를 끊은 엄마는 말했다.

"형이 4월에 귀국한대!"

머릿속에서 꽝, 하고 그 목소리가 울렸다. 갑자기 머리를 한 대 얻어맞은 듯한 감각이 엄습했다.

"도쿄 본사로 돌아온다지 뭐야. 새 부서가 생겼는데, 거기 임원으로 발탁됐나 봐."

아아, 마침내.

마침내 이날이 오고야 말았다.

당황해하는 걸 눈치채지 못하도록 나는 "그렇구나" 하고 대답하며 세면대로 향했다.

수도꼭지를 비틀어 물을 틀었다.

거칠게 손을 씻었다. 세수도 했다. 첨벙첨벙.

머릿속에 『진화의 기록』의 한 문장이 스쳐 지나갔다.

───바람직한 변이는 보존되며, 바람직하지 않은 변이는 소멸된다.

형은…….

어릴 적부터 뛰어났다.

초등학생 때 엄마와 아빠가 이혼하고 셋이 살게 되었다.

그때 이미 중학생이던 형은 전보다 더욱 맹렬히 공부하기 시작했고, 그 모습은 어쩐지 화가 난 것처럼 보였다. 아빠에게, 그리고 변해버린 환경에. 내가 말을 걸면 성가시다는 듯 얼굴을 찌푸렸다.

형제임에도 그저 두려움에 떨며 불안해하기만 했던 나는, 형과는 다른 종류의 인간이었다. 좁은 집에서 방해가 되어선 안 되겠다는 생각을 했다. 그래서 나는 학교가 끝나면 만홧가게 기타미로 도망쳤던 것이다.

그러나 기타미도 내가 초등학교를 졸업함과 동시에 갈 수 없게 되었다. 지금껏 시골에서 살다가, 엄마 혼자 힘으로 우리를 키울 수 있을 만한 일이 있는 도쿄로 이사를 가게 되었기 때문이다.

수업료를 면제받는 특대생으로 대학을 나와 무역 회사에 입사한 형 덕에, 엄마는 고되던 풀타임 일을 관두고 좋아하는 빵집에서 파트타임으로 일하고 있다.

4년 전, 형이 독일로 부임하게 되어 나는 솔직히 안도했었다.

형 앞에서 나는 언제나 심히 형편없는 인간으로 보여도 할 말이 없었다.

———나도. 나도 열심히 일해보려고 했었다. 하지만 그럴 수 없었던 것이다.

디자인 학교를 나와 겨우 얻은 일자리는 교재 영업 판매직이었다. 학원이나 일반 가정에 방문 판매를 하는 일이었다. 낮에는 밖으로 나가 돌아다니고, 밤에는 회사에서 전화를 걸었다. 말주변이 없어 주위에 민폐만 끼치다 보니 마치 쓰레기가 된 기분이었다. 할당량은 조금도 채우질 못했고, 상사와 선배에겐 늘 혼이 났다. 의욕이 있으면 된다는 둥, 아무짝에도 쓸모없는 놈이라는 둥.

한 달이 되니 몸이 움직이질 않게 되었다. 이불 속에서 나갈 수가 없었던 것이다. 간신히 몸을 이끌고 현관 앞까지 가서도 신발을 신으려고 하면 사고가 정지되었고, 온몸이 경직된 채 저절로 눈물이 줄줄 흘렀다. 가야 한다는 생각을 하면 할수록 내 모든 것이 작동하지 않았다.

한심하게도 퇴직 절차는 전부 엄마가 대신 처리해주었다. 나는 한없이 무능력한 데다 답 없이 게을러터진 인간이었다. 스스로 생각했던 것보다도 훨씬.

회사를 그만두고 얼마간 휴식을 취한 이후 적어도 아르바이트 정도는 하려고 했었다. 그런데 편의점에서도 패스트푸드점에서도 한 번에 여러 일을 빠르게 처리하지 못하는 바람에 실수만 거듭하고 민폐를 끼치는 게 죄송스러워 2주가 한계였다. 이삿짐센터 아르바이트를 하기에 이르렀지만 하루 만에 허리가 잘 펴지지 않아 바로 다음 날 관두었다.

이해력도, 의사소통 능력도, 체력도, 어느 것 하나 제대로 된 게 없다. 내가 할 수 있는 일 따위 이 세상엔 없는 걸지도 모른다.

기뻐하는 엄마의 얼굴.

당연한 일이다. 나와는 달리 듬직하고 밝고 똑똑한 아들이 옆에 있게 되니까.

"공항으로 마중 나가자" 같은 소릴 하고 있다. 싫다. 가고 싶지 않다.

먼 나라에서 형이 돌아온다. 나는 타본 적도 없는 비행기로.

홀륭하게 진화한 형이 있는 이 집에서, 나는 그저 '바람직하지 않은' 존재가 된다.

그러고 보니 고마치 씨에게서 비행기를 받았던 게 생각났다.

옛날 사람들은 새를 보면서 자신도 하늘을 날고 싶다고 생각했을 것이다.

하지만 아무리 진화해봐야 날개는 자라나지 않는다는 사실을 알고 있었을 터다. 그래서 비행기를 만든 것이리라.

나는 새가 될 수 없고, 비행기도 만들 수 없다. 하늘을 날 수 있을 턱이 없다.

뭘 찾고 있지?

고마치 씨가 물어보았을 때 맨 먼저 떠오른 대답.

나는 끊임없이 찾고 있다.

한 곳이라도 좋으니, 이런 나의 존재를 받아들여 줄 안락한 '거처'를······.

이튿날, 노조미짱은 쉬는 날인 듯했다.

도서실로 들어가니 고마치 씨가 대출 카운터에 떡하니 앉아 있기에 화들짝 놀랐다. 허니돔 상자를 옆에 두고 역시나 서걱서걱 인형을 만들고 있었다.

열람 테이블로 향하면서 나는 고마치 씨를 곁눈질하며 "열심이시네" 하고 혼잣말했다. 손에서 눈을 떼지 않은 채 고마치 씨는 말했다.

"옛날에 보건실로 등교하던 아이가 하던 거야. 처음에는, 수공예를 좋아하나 보다, 라고만 생각했는데 보다 보니 깨닫게 되었어. 털 뭉치에 하염없이 바늘을 찌르고 있으면 아무 생각이 안 드는 거야. 직접 해보니 더욱 잘 알겠더라고. 어수선하고 불안한 마음이나 찌뿌둥한 기분이 조금씩 평평하게 다듬어지지. 아아, 그 애는 이렇게 마음의 균형을 잡고 있었구나 싶었어. 굉장한 걸 배웠지."

고마치 씨도 불안한 마음이라든지 찌뿌둥한 기분이 들 때가 있구나. 어떤 일에도 눈 하나 깜짝 안 할 것처럼 보이는데.

나는 열람 테이블에 앉아 『진화의 기록』을 펼쳤다.

이러고 있으니 어젯밤 혼란스러웠던 마음이 조금 가라앉았다. 내게는 그다지 관심이 없는 듯 보이지만, 그렇다고 해서 밀어내지도 않고 바로 근처에서 연신 손을 움직이고 있는 고마치 씨의 존재가 고마웠다. 언제든 책을 읽으러 와도 된다고 말해준 일이.

하지만 그것도 한때뿐이다. 평생 여기서 책을 읽고 있을 수는 없을 것이다. 보건실로 등교하는 초등학생은 때가 되면 졸업을 하지만, 내 전환점은 저절로 찾아오지 않는다. 끝도 시작도, 누가 대신 결정해주지 않는다.

자연도태. 환경에 적응하지 못한 자는 사라진다.

그렇다면 알아서 슬그머니 도려내 주면 좋을 텐데. 적응할 수 없다는 걸 알면서, 바람직하지 않은 변이라 여겨지면서, 괴로운 마음을 끌어안으면서 왜 살아야만 하는 것인가.

나에게 대단한 힘까지는 아니더라도 세상을 살아갈 수 있을 만한 재주가 조금이라도 있다면 잘해나갈 수 있을 텐데. 설령 다소 비겁한 짓을 해서라도.

그런 생각을 하면서도, 그로 인해 밀어내어진 쪽의 아픔만이 현실적으로 다가왔다. 빛을 보지 못했던 월리스는 진심으로 다윈을 '좋은 벗'이라 생각했을까.

나는 펼친 책 위에 엎드렸다.

고마치 씨가 높낮이 없는 목소리로 "왜 그러는데?" 하고 내뱉었다.

"······다윈이 너무하잖아요. 월리스가 불쌍해요. 먼저 발표하려던 것도 월리스인데, 다윈만 칭송받고. 저, 이 책을 읽기 전에는 월리스라는 이름조차 몰랐어요."

잠시 동안 침묵이 이어졌다. 나는 엎드린 채였고, 고마치 씨는 아무 말 없이 바늘을 찌르고 있었다.

얼마 지나자 고마치 씨가 입을 열었다.

"전기나 역사책 같은 걸 읽을 때, 주의해야 할 점이 있지."

나는 얼굴을 들었다. 고마치 씨는 나와 눈을 맞추고 천천히 말을 이었다.

"그 역시 하나의 설이라는 사실을 염두에 두어야 한다는 것. 실제로 어땠는지는 본인밖에 모르는 거야. 누가 이런 말을 했다거나 이런 일을 했다거나 하는 건, 전부 다 남이 하는 얘기고 해석도 다양하지. 실시간인 인터넷에서조차 오해가 생기는데, 그토록 오래전 일이 어디까지 정확한지는 알 길이 없어."

우둑, 하고 고마치 씨는 목을 옆으로 꺾었다.

"하지만, 적어도 히로야 군은 그 책을 읽고 월리스란 사람을 알게 되었군. 그리고 월리스에 대해 이런저런 생각을 하고 있고. 그렇다는 건, 이 세상에 월리스가 살아갈 장소를 충분히 마련해주었다는 뜻 아니야?"

내가 윌리스가 살아갈 장소를?

누군가가 누군가를 생각한다는 게 거처를 마련해준다는 뜻이라고……?

"더군다나 윌리스 역시 엄청난 유명인이야. 세계지도에는 생물 분포를 나타내는 윌리스선이란 것도 그어져 있지. 그의 공적은 제대로 인정받고 있어. 그 배후에는 이름조차 남기지 못한 위대한 이들이 수없이 많았겠지."

그러더니 고마치 씨는 이마에 둘째 손가락을 댔다.

"그건 그렇고, 『종의 기원』 말이야. 그 책이 출간된 해가 1859년이라는 사실을 알았을 때, 나는 놀라서 눈알이 튀어나오는 줄 알았어."

"어, 왜요?"

"그야, 고작 160년 전이니까. 얼마 안 됐잖아."

얼마 안 됐다라……. 그런가? 내가 미간을 찌푸리고 생각에 잠겨 있으니 고마치 씨는 머리에 꽂은 비녀에 슬쩍 손을 가져다 댔다.

"쉰 살 가까이 되면 100년이라는 단위가 짧게 느껴지는 법이지. 160년쯤은, 잘하면 살 수 있을 것도 같은걸."

그 말에는 납득이 갔다. 가능할 것 같다, 고마치 씨라면.

서걱서걱, 서걱서걱. 고마치 씨가 아무 말 없이 털 뭉치에 바늘을 찌르기 시작했다.

나는 책에 시선을 떨구고 윌리스의 곁에 있었을, 이름조차 남기지 못한 이들을 생각했다.

커뮤니티 센터를 나오는데 스마트폰이 울렸다.

세이타로에게서 걸려 온 전화였다. 친구로부터 전화가 걸려 오는 일이 거의 없는지라 나는 멈춰 서서 긴장한 채로 전화를 받았다.

"히로야, 나…… 나……."

스마트폰 너머로 세이타로가 흐느껴 울고 있었다. 나는 당황했다.

"야, 세이타로, 무슨 일이야."

"……작가 데뷔, 결정 났어."

"뭐?"

"실은, 연말에 메이푸루쇼보 편집자분이 메일을 주셨거든. 사키타니 씨라고, 내가 가을 문학 플리마켓*에 내놨

---

* 일본 전국에서 개최되는 문학 작품 플리마켓으로, 일반적으로 상업 유통되지 않는 작품들이 전시된다.

던 단편 소설을 읽었다면서. 몇 번 만나서 회의를 했는데, 살짝 손보는 방향으로 오늘 기획이 통과됐대."

"대, 대단하다! 잘됐네!"

몸이 떨렸다.

대단하다. 정말로 대단하다. 꿈을 이뤘네, 세이타로.

"히로야한테 제일 먼저 말하고 싶었어."

"엇."

"분명 다들 내가 작가가 될 리 없다고 생각했을 거야. 그런데 고등학교 때 히로야만은 말해줬었잖아. 네 소설, 재밌으니까 계속 쓰라고. 히로야는 잊어버렸을지도 모르지만, 나한텐 그 말 한마디가 원동력이었고 가장 믿음이 가는 부적이었어."

세이타로는 큰 소리로 울고 있었고, 나 또한 쏟아지는 눈물이 멈추지 않았다. 나의…… 나의 보잘것없는 한마디를 그렇게나 소중히 간직해줬다니.

하지만 세이타로가 꾸준히 글을 쓰고, 꾸준히 발표해 올 수 있었던 이유는 그것 때문만이 아니다. 틀림없이 세이타로의 내면에 스스로를 믿는 마음이 있었기 때문이다.

"그럼, 이제 상하수도국 직원이 아니고 작가네."

콧물을 훌쩍이며 내가 말하자 세이타로는 "아니"라며

웃었다.

"상하수도국 일이 없었다면 소설을 계속 쓰지 못했을 거야. 앞으로도 쭉 다니려고."

나는 그 말을 머릿속으로 되풀이했다. 무슨 의미인지 아리송하면서도 어쩐지 무척 공감이 가는 듯했다. 논리적으로 설명할 수는 없지만.

"조만간 축하 파티하자"라고 말하곤 나는 전화를 끊었다.

나는 흥분되는 마음으로 커뮤니티 센터 주위를 빙글빙글 걸었다. 쇠 울타리 앞에 두 사람이 겨우 앉을 만한 크기의 작은 나무 벤치가 있었다. 그곳에 엉덩이를 붙였다.

울타리 너머에 초등학교 교정이 있었다. 병설이라고는 하나 이쪽에서는 들어갈 수 없게 돼 있었다. 학교가 끝난 모양인지 아이들이 정글짐에 오르며 놀고 있었다.

2월 끝 무렵의 저녁, 해가 제법 길어졌다.

나는 마음을 진정시키며 점퍼 양쪽 주머니에 손을 찔러 넣었다.

왼쪽에 타임캡슐 종이, 오른쪽에 고마치 씨가 준 인형이 만져졌다.

둘 다 주머니에 넣어둔 채로 놔두고 있었다. 나는 그것들을 꺼내어 양쪽 손바닥 위에 각각 올려놓았다.

비행기. 누구나 알고 있는 문명의 이기利器. 수많은 손님과 짐을 싣고 하늘을 날아다니고 있지만, 지금은 그 누구도 놀라워하지 않는다.

고작 160년 전———.

그때까지 유럽에서는, 모든 생명체는 신이 애초부터 지금의 형태로 창조한 것이며 지금껏 그리고 앞으로도 모습을 바꾸는 일은 없다고 굳게 믿고 있었다.

도롱뇽은 불에서 태어났고, 극락조는 실제로 극락에서 온 심부름꾼이라고. 모두가 진지하게 그렇게 생각하고 있었다.

그래서 다윈은 발표하길 주저했던 것이다. 말 그대로 환경에 맞지 않는 생각을 지닌 자기 자신이 도태될까 두려워.

하지만 지금에 와서 진화론은 당연시되고 있다. 얼토당토않다고 여겨졌던 것이 상식이 되었다. 다윈도 월리스도 당시의 연구자들도 모두, 스스로를 믿고 꾸준히 연구하고 꾸준히 발표하며…….

자신을 둘러싼 환경 자체를 변화시킨 것이다.

오른손 위에 올려놓은 비행기를 바라보았다.

160년 전 사람들에게 이런 탈것이 있다고 말한다 한들 아무도 믿지 않을 것이다.

쇳덩이가 하늘을 날 리 없다면서. 그런 건 공상의 세계에서나 있을 법한 이야기라면서.

나 또한 생각했었다.

내가 그림에 재능이 있을 리 없다고. 평범하게 취직 따위 할 수 있을 리 없다고.

그런데 그 생각이 가능성의 폭을 얼마만큼 좁혀온 것일까?

그리고 왼손에는 땅속에 보관되어 있던 고등학생의 나. 두 번 접힌 종이의 끝자락을 잡고 나는 마침내 타임캡슐을 열었다.

그곳에 적힌 글자를 보고 흠칫했다.

누군가의 마음에 남을 일러스트를 그릴 것이다.

분명히 내 글씨로 그렇게 적혀 있었다.

그랬었나…… 아아, 그랬던 것 같다.

언제부턴가 기억이 왜곡된 나머지 완전히 착각하고 있었다. '역사에 이름을 남길'이라 적었다고 굳게 믿고 있었다. 품고 있던 장대한 꿈이 산산이 부서졌다고 말이다. 나를 알아봐 주지 못하는 세상이나, 악덕 기업이 판치는 사회가 잘못된 거라고 피해자 행세를 하면서. 그런데 내 근본적인, 최초의 바람은 이런 것이었다니.

구겨버리려던 내 그림을 구해준 노조미짱의 손을 떠올렸다. 내 그림이 좋다고 말해준 목소리도. 나는 그것을 곧이곧대로 받아들이지 않았었다. 입에 발린 말이라고 생각했었다. 나 자신도, 남들도 믿지 않았기 때문이다.

열여덟의 나에게 미안했다.

이제부터라도 늦지 않았겠지. 역사에 이름을 남기는 따위의 먼 미래의 일보다도…… 그보다도, 무엇보다도, 누군가의 인생에서 마음에 남을 만한 그림을 한 장이라도 그릴 수 있다면.

그것이 나의 어엿한 거처가 되지 않을까.

다음 날, 나는 크로키 북과 여러 종류의 필기구를 들고 커뮤니티 센터로 갔다.

공자새가 그랬던 것처럼『진화의 기록』에는 내 창작 욕구를 불러일으키는 사진이 가득했다. 콘테스트에 응모할지 말지는 둘째치고, 다시 한번 그림 그리기에 제대로 임해보자는 생각이 든 것이다.

커뮤니티 센터 입구에서 안으로 들어가자 늘 접수대에 있는 백발의 아저씨와 고마치 씨가 서서 이야길 나누고 있었다. 그 옆을 지나쳐 도서실로 향했다.

이제는 알아서『진화의 기록』을 꺼낸 뒤 나는 열람실 자리에 앉아 사진을 고르기 시작했다. 그림을 그린다는 생각으로 보고 있으니 새삼 흥분되었다. 북아메리카의 하늘소를 데생해볼까. 박쥐의 날개에서 착상해 캐릭터를 디자인해도 좋겠다. 아아, 월리스의 초상화를 연필로 모사해도 재밌을 것 같다.

두근거리는 마음으로 책장을 넘기고 있는데 고마치 씨가 돌아왔다. 대출 카운터에 있던 노조미짱에게 말을 걸고 있다.

"무로이 씨, 당분간 출근을 못 하신다네."

나는 카운터 쪽으로 얼굴을 들었다.

"따님 출산이 앞당겨진 모양이야. 노조미짱, 미안하지

만 3월까지만 사무실 일도 좀 도와줄 수 있을까?"

노조미짱은 조금 난처한 표정으로 고개를 끄덕이고 있었다.

아니, 그건…….

나는 일어섰다. 머리보다도 몸이 먼저 움직이고 있었다.

"저기."

고마치 씨가 돌아보았다.

"제, 제가. 제가 할 수 있을까요?"

이마에 땀이 맺혔다. 내가 무슨 소릴 하는 거지.

하지만 그도 그럴 것이 노조미짱은 도서실에 있어야 한다. 사서가 되기 위해 그토록 노력하고 있으니까.

여기서 무슨 일을 해야 하는지는 모르겠지만, 일단 내게는 시간만큼은 넘쳐난다.

고마치 씨는 눈썹 하나 까딱하지 않고 내 얼굴을 빤히 바라보더니, 어렴풋이 미소 지었다.

무로이 씨를 대신해 주 4회, 아침 여덟 시 반에 이곳으로 출근하는 일부터가 고생이었다. 여태껏 빈둥빈둥 해가 뜰 때까지 깨어 있다가 알람도 맞춰놓지 않고 점심까지 자곤 했으니 하는 수 없었다.

하지만 기상 시의 장렬한 고통만 이겨내면 바깥 공기를 쐴 즈음엔 완전히 잠에서 깼다. 둔해져 있던 몸으로는 관내 청소만으로도 힘에 부칠 정도였지만, 며칠 하다 보니 어딘지 모르게 온종일 늘어지던 몸이 반듯해지기 시작했다. 무엇보다 내 노동으로 돈을 버는 일이 무척 오랜만인지라 신선한 기분이었다. 번 돈의 사용처는 처음부터 정해져 있었다.

접수, 청소, 컴퓨터 입력, 강좌 안내 및 보조. 가본 적 없는 2층은 공간이 넓어 댄스 레슨이나 강연회도 열리고 있었다. 나라도 할 수 있는 정도의 청소나 비품 관리 업무는 생각했던 것 이상으로 많았다.

내가 그림을 그린다는 애길 고마치 씨가 퍼뜨린 모양인지, 커센 통신의 일러스트와 이벤트 포스터도 부탁을 받았다. "잘 그린다" 하고 칭찬받거나 벽에 붙은 포스터 앞에서 사람들의 발이 멈추거나 하면 남몰래 두 주먹을 불끈 쥐며 기뻐했다. 내 그림은 어째선지 어린애들에게 잘 먹히는 듯했다.

이곳에서의 시간은 천천히, 눅진히 흐르고 있었다. 지금껏 아르바이트를 해온 곳과도 달랐다. 내가 틀려먹은 것이 아니라, 내 역량을 살릴 만한 장소를 잘못 선택하고 있었을 뿐인지도 모르겠다. 조금이나마 '도움이 되고 있다'는 실감이 났고, 그 사실은 크나큰 안도감을 주었다. 나는 이곳에 있어도 되는구나, 하는 안도감.

커뮤니티 센터에는 다양한 사람들이 찾아왔다. 강좌의 선생님, 그 강좌를 수강하는 학생. 컬러 테라피 세션, 공예 워크숍 등 가지각색의 행사가 있었다.

이 동네에 사는 사람들이 풍요로운 시간을 보낼 수 있도록, 배움이나 오락을 경험할 수 있도록, 마음 놓고 찾아올 수 있도록 궁리해주고, 배려해주고, 널리 받아들여 주는 장소. 그런 장소를 마련하는 것이 이 시설의 큰 목적이었다.

곧잘 얼굴을 비추는 할머니와 로비에서 열심히 수다를 떨거나, 젊은 엄마를 따라온 아이와 친해지는 등 내게 이렇게나 사교적인 모습이 있다는 사실이 놀라웠다.

사무실 일이 없는 날은 도서실에서 책을 읽거나 그림을 그리곤 했다. 신기했다. 이제까지 덮여 있던 천이 벗겨진 것처럼 아이디어가 자꾸자꾸 샘솟았다. 그토록 시간이 많았을 때는 아무것도 떠오르지 않았고, 그림을 그리려는 생각조차 들지 않았는데 말이다.

직원들과도 이런저런 이야길 나누게 되었다. 늘 접수

대에 있는 백발의 아저씨…… 아니, 후루타 씨는 이곳 관장으로, 구민이용시설협회라는 비영리 사단법인의 직원이었다. 이 협회가 도都에서 설치한 구민 시설의 관리 및 운영을 위탁받고 있는 것이었다.

취업 준비라고 하면 여태껏 기업이나 가게만을 떠올렸었다. 바로 가까이에 내가 모르는 다양한 일들이 있었다. 더 알아보면 내게 꼭 맞는 곳을 찾을 수 있을지도 모른다.

감사할 일들로 가득했다. 이곳에서 일할 수 있게 해준 것, 기분 좋게 움직여주는 몸, 이용객들이 내게 지어주는 미소.

그리고 엄마.

내가 회사를 관둘 때에도 조금도 나무라지 않았던 엄마.

집에서 빈둥대고 있는 나를 억지로 내보내려 하지 않고, 넌지시 밖으로 나가게끔 해주었던 엄마.

남들에겐 오냐오냐한다는 말을 들었을 터다.

제사 때, 아무것도 모르는 친척이 "히로야는 무슨 일 해?" 하고 물어 와 껄끄러워진 적도 몇 번인가 있었다. 그런 질문을 하는 사람에겐 아무런 악의가 없다. 그 점이 더더욱 괴로웠다. 학생도 아닌 어른은 으레 일을 해야 함을, 그것이 모두가 아는 상식임을 통감하게 하니까.

그럼에도 엄마는 남들 눈을 신경 써 나를 다그치거나 하지 않았다.

그건 아마 형이 돌아온다 한들 달라지지 않을 것이다. 내가 구차하게 생각했을 뿐이다. 엄마는 당연히 형을 더 좋아할 거라면서.

공항으로 꼭 마중을 나가야겠다. 엄마와 같이 형에게 "잘 다녀왔어"라고 말해주고 싶다.

이곳에서 처음으로 받은 월급. 그것이 고스란히 든 봉투를 나는 엄마에게 건넸다. 작은 꽃다발과 함께.

엄마에게 미안했다. 그리고 고마웠다. 항상 밝은 모습을 보여줬지만 실은 줄곧 날 걱정하고 있었을 것이다.

엄마는 봉투를 받지 않고 말없이 내 쪽으로 되밀었다. 그러고는 꽃다발에 얼굴을 묻은 채 흐느껴 울었다.

4월.

무로이 씨가 커뮤니티 센터로 놀러 왔다.

따님이랑 손자와 함께였다. 정말 고마워, 신세 많이 졌어. 히로야 군, 평판이 좋던데? 빠른 어조로 쏟아내는 무로이 씨 뒤에서 따님에게 안긴 아기가 나를 말끄러미 보고 있었다. 아직 목도 가누지 못하는 아기 정수리에, 머리카락이 뱅그르 소용돌이무늬를 그리고 있다. 몬가 같네, 하고 생각하고 있는데 무로이 씨가 말했다.

"귀엽지? 우주 최강이야. 지금 나한테 있어서 이 애를 이길 만한 생물은 없어."

대타가 끝난 뒤에도 나는 계속 이곳에서 주 4일을 일하고 있다.

이번 년도에 들어올 새 직원은 정해졌으나, 후루타 씨가 자리를 한 명분 더 마련해준 것이다.

"모집은 한 명이 아니라 약간 명이었잖아. 히로야 군이 일하는 걸 보고 계속해줬으면 싶었어."

후루타 씨는 그렇게 말해주었다. 이렇게 취직하는 경우도 있구나. 이력서를 쓰고 면접을 봐야만 뽑히는 게 아니라, 눈앞에 놓인 일에 전념하다 보면 먼저 찾아주는 경우도 있는 거구나.

1년 계약 파트타임. 시급 1100엔. 이거면 충분하다. 감사한 마음이 든다. 지금은 여기서 일하며, 그림을 그리며…… 차근차근 나의 길을 찾아가면 된다.

헤어질 때 무로이 씨가 말했다.

"그렇지 참, 아까 사유리짱한테 허니돔 줬으니까 히로야 군도 먹어."

"감사합니다. 고마치 씨, 역시 허니돔을 좋아하시나 보네요."

무로이 씨는 곁눈질하며 싱긋 웃었다.

"남편을 만나게 된 계기래. 가게에서 둘이 동시에 손을 뻗고는 '앗!' 하는 그런 거. 맨날 하고 있는 하얀 꽃 비녀, 프러포즈 때 반지 대신 받은 모양이야."

"뭐라고요?"

화들짝 놀랐다. 그리고 뭉게뭉게 행복한 기분이 피어올랐다.

그 얘길 들으니 뭐랄까……. 고마치 씨 같은 사람도 역시나 자기만의 스토리를 간직하고 있구나, 하는 생각이 들었다.

휴식 시간에 도서실로 갔다.

책장에 책을 정리하고 있던 노조미짱이 나를 발견하곤 "예약하신 책, 들어왔어요"라며 말을 건넸다.

세계의 심해어가 담긴 도감이다. 아트 매거진 일러스트 콘테스트에 응모하기 위한 자료. 이렇게 된 이상 나는 매니악하고 기괴하면서도 유머와 사랑이 가득한 세계를 파헤쳐보고 싶다.

얼마간 열람실 자리에서 도감을 보고 있는데 타다다다 닥, 하고 고마치 씨가 키보드를 두드리는 소리가 울려 퍼졌다. 안쪽 칸막이 너머 웨이스트 백을 찬 아저씨의 모습이 반쯤 보였다. 책을 추천받는 중일 것이다.

엉겁결에 풋, 하고 웃음이 터졌다. 아무리 봐도 켄시로 같다. 하지만 고마치 씨의 그 기술은 북두백렬권과는 정반대의 사실을 가르쳐주었다.

그것은 지극히 간단한 사실. 오랜 진화의 역사 속, 바로 이곳에서 분명히———.

나는 지금 살아 있다.

5장

마사오
(65세, 정년퇴직자)

예순다섯 살이 된 9월의 마지막 날. 이날은 내 회사원 인생의 마지막 날이기도 했다.

　딱히 큰 공을 세운 것은 아니나 그렇다고 해서 문제를 일으키는 일도 없이, 성실함만을 인정받으며 직책을 맡고, 정년을 맞기까지 42년.

　부장님, 수고 많으셨습니다.

　부장님, 감사했습니다.

　부장님, 건강히 지내십시오.

　꽃다발을 건네받고 박수갈채를 받으며 기분 좋게 회사를 뒤로했다. 안도감과 약간의 적막감, 그리고 성취감과 함께.

여러 가지 일들이 있었지만 내 나름대로 잘해왔다고 생각한다. 매일 정해진 시간에 전철을 타고, 정해진 사무실의 정해진 자리에 앉아 눈앞의 업무를 처리했다. 그런 나날이 오늘로 막을 내렸다. 나는 회사 건물을 지그시 바라보다 가볍게 묵례한 뒤 등을 돌렸다.

그래서.

……그래서.

……그래서?

나는 내일부터 뭘 하면 좋지?

곧 있으면 벚꽃 만개 시기가 지나버린다. 내일은 근처 공원으로 꽃구경이나 가볼까.

그런 생각을 하자마자 금세 마음을 고쳐먹었다. 아니, 됐다. 꽃은 이미 볼 만큼 봤다.

예년에는 4월 초순 주말이 되면 꽃이 지기 전에 부리나케 보러 가곤 했었는데 올해는 달랐다. 꽃봉오리가 맺히는 순간부터 개화하는 순간까지 매일매일 지켜볼 여유가 있었다. 낮이건 밤이건 제 좋을 대로.

딸 치에가 어릴 적엔 주말에도 바빠 그럴 시간조차 낼

수 없었다. 같이 꽃구경도 한 번 못 간 채 봄이 다 지나가 버린 듯한 기분이다.

그런데 내 시간이 생긴 지금, 딸은 이미 훨씬 전에 독립해 혼자 살고 있다. 무엇보다 같이 살았었다 할지언정 아빠와 꽃구경 따윈 가지 않았을지도 모르지만.

반년 전 정년퇴직하고 나서 깨달은 사실이 셋 있다.

하나는, 예순다섯 살이 생각했던 것보다 훨씬 젊다는 사실이다.

놀라웠다. 내가 어릴 적 상상했던 그런 늙은이가 아닌 것이다. 물론 아주 오래전부터 이미 청년은 아니게 됐지만, 적어도 내 딴에는 아직 노인이라는 실감이 나지 않는다. 여전히 중년이 이어지고 있는 듯한 기분이다.

또 하나는, 나에겐 무서우리만치 취미가 없다는 사실이다.

좋아하는 것이나 즐거움으로 삼고 있는 것은 몇 가진가 있다. 이를테면 저녁 반주로 마시는 맥주나 일요일에하는 대하 드라마 같은 것들이 그렇다. 하지만 그것은 일상의 한순간일 뿐 취미와는 다르다. 무언갈 만든다거나 무언가에 대해 열변을 토할 만큼 푹 빠져 있는, 그런 애호의 대상을 나는 무엇 하나 가지고 있지 않다.

마지막 하나는…….

회사원이 아니게 된 나는 더 이상 사회로부터 인식되지 않는다는 사실이다.

오랜 세월 영업부에 있었던지라 사람들과의 대화가 일이나 마찬가지기도 했다. 그런 까닭에 자신이 많은 이들에게 둘러싸여 있다고 착각을 하고 있었던 것 같다.

연말 선물도 연하장도 받지 못한 연말연시, 차 한잔할 친구조차 없는 스스로에 아연실색했다. 지금까지의 '만남'은 전부 비즈니스였던 것이다. 지난 반년 동안, 그 회사에서의 내 존재는 이미 기억에서 사라져가는 중일 것이다. 42년을 일했는데도.

우두커니 텔레비전을 보고 있는데 아내 요리코가 일을 마치고 돌아왔다. 집 안을 둘러보더니 "어머" 하고 작게 내뱉곤 베란다 쪽으로 다가갔다.

"아이고, 당신. 빨래 좀 걷어놓으라고 했잖아요."

이런, 잊어버리고 있었다.

요리코는 화를 내고 있진 않았다. 어린애를 타이르는 듯한 말투로 "깜빡쟁이" 하면서 창문을 열고 슬리퍼를 신었다.

"미안."

나는 요리코가 건조대에서 걷은 빨래를 받아 들어 안으로 옮겼다. 바싹 마른 옷에선 햇볕 냄새가 났다.

여태껏 손도 대지 않았던 집안일을 돕는 것에도 익숙지 않아, 그만 부탁받은 일조차 잊어버리고 만다. 이대로 멀뚱멀뚱 집에만 있으면 몸도 머리도 퇴화해 건망증이 점점 심해질지도 모른다. 너그러운 아내가 깜빡쟁이라며 웃어넘기는 것도 지금뿐일 수 있다. 아니, 그 말투로 보건대 내게 화를 내봤자 소용없다며 이미 포기하고 있는 걸지도 모르겠다.

나는 온 힘을 다해 옷에 달린 빨래집게를 빼냈다. 그러나 양말이며 속옷이며 개는 법을 몰라 일단은 수건만 골라서 접었다.

"아아, 맞다. 이거."

요리코가 가방 안에서 종이를 한 장 꺼냈다.

바둑 교실.

종이 윗부분에 커다란 글씨로 그렇게 쓰여 있다.

"야키타 씨라고, 우리 학생 중 한 분 이야기한 적 있죠? 올 4월부터 커센에서 바둑 교실을 열고 있대요. 당신도 한번 해보면 어떨까 싶어서."

"야키타 씨? 아아, 들풀 홈페이지를 만든다던 할아버지 말이군."

"맞아요, 맞아요. 수강료는 달마다 내는데 4월은 절반이 지났으니까, 만약 하게 되면 2회분만 내도 된다더라고요."

요리코는 컴퓨터 강사 일을 하고 있다.

마흔 살까지 IT 기업에서 시스템 엔지니어로 일했고, 그 후엔 프리랜서로 활동을 시작했다. 협회에 등록되어 있어 교실이나 강좌에 불려 가곤 한다. 커뮤니티 센터라 불리는 시설에서는 매주 수요일에 강사로 일하고 있는 모양이다. 나는 컴퓨터에 대해선 눈곱만큼도 모르지만, 앞으로의 시대에 IT 기술을 지니고 있으면 여러모로 상당히 유리할 듯싶다. 더욱이 요리코에겐 정년이라는 것이 없다.

"커센은 우리 집에서 걸어서 10분 정도고요. 알잖아요, 하토리 초등학교. 거기랑 붙어 있어요."

"바둑이라. 해본 적이 없는데."

"그래서 더 좋은 거죠. 처음부터 배워나가면 재밌을 거예요."

어느 틈엔가 앞치마를 두르고 부엌에 선 요리코가 말했다.

요리코는 쉰여섯 살이다. 아홉 살 차이라 결혼했을 적에 '젊은 아내'란 말을 자주 들었다. 나이를 먹으면서 주위로부터 그런 말을 듣지는 않게 되었지만, 본인은 여전히 자신을 '젊은 아내'라고 생각하는 구석이 있다. 실제로 아직 현역으로 활약하고 있는 그녀는 생기발랄하고 풋풋하다. 오늘날 자신 있게 일하는 50대 여성의 찬란함이란 눈이 부실 정도다.

……바둑이라.

나는 광고지를 손에 들고 생각에 잠겼다.

취미는 바둑. 뻔하디뻔하지만, 그냥저냥 나쁘지 않다. 머리도 조금은 잘 돌아가게 되겠지.

월요일 열한 시로군. 나는 이것저것 적혀 있는 달력을 바라보았다. 물론 요리코의 일정만이 가득할 뿐, 내 일정은 하나도 적혀 있지 않았다.

월요일 아침, 나는 커뮤니티 센터로 향했다.

하토리 초등학교의 위치는 알고 있었는데, 정문이 굳게 닫혀 들어갈 수가 없었다. 인터폰이 설치돼 있기에 눌러보았더니 한 여성이 "네" 하고 대답했다.

"실례지만, 바둑 교실을 찾아왔습니다만."

"네?"

"바둑 교실 말입니다. 커뮤니티 센터에서 하는."

"아아."

여성은 초등학교 직원인 듯했다. 입구가 따로 있으니 담장을 빙 돌아 통용 출입구 안내판을 확인하라고 했다.

뭐야, 초등학교에 붙어 있다고 해도 그저 옆에 있을 뿐인 건가. 나는 담장을 따라 보도를 걷다 '커뮤니티 센터는 이쪽입니다'라고 적힌 안내판을 발견했다.

좁다란 통로로 들어가니 하얀 건물이 있었다. 초등학교 교정과는 울타리로 구분되어 있었다.

문을 열고 바로 오른쪽이 접수창구였다. 카운터 안쪽은 사무실로 되어 있고, 녹색 셔츠를 입은 젊은 남성이 컴퓨터를 보고 있었다.

나를 발견한 한 남성이 밖으로 나왔다. 머리숱이 풍성한 백발이다.

"이쪽에 기입 부탁드립니다."

카운터에 놓인 입관표에는 이름과 목적, 시간을 적게끔 되어 있었다. 나는 볼펜을 들었다.

"이것 참, 어딘지 몰라서 헤맸습니다. 집사람이 초등학교랑 붙어 있다기에, 당연히 부지 안에 있겠거니 했는데."

아아, 하고 남성이 웃었다.

"전에는 여기가 초등학교랑 연결되어 있긴 했습니다. 지금은 보안상의 문제로 통행이 금지돼 있어요."

"……그렇군요."

"원래는 초등학교 아이들과 지역 주민들이 교류를 증진할 수 있도록 마련된 장소였는데 말이죠. 흉흉한 사건들이 많잖아요. 무엇보다 아이들을 보호해야 한다고 학교 정문도 잠가두게 됐어요. 하토리 초등학교에 다니면서도, 졸업할 때까지 여길 한 번도 안 와본 아이들이 많답니다."

그렇습니까, 하고 맞장구를 치며 나는 이름을 적었다.

곤노 마사오.

이름을 불릴 기회도 눈에 띄게 줄었다. 지난달 치과에 갔을 때가 마지막이던가.

바둑 교실은 다다미방에서 진행되고 있었다. 신발을 벗고 다다미 위로 올라갔다.

벌써 몇 사람인가 마주 앉아 대국을 벌이는 중이었고, 각진 얼굴의 노인이 홀로 안쪽에 앉아 있었다.

노인은 나를 보더니 "곤노 씨?" 하고 말을 붙였다. 이 사람이 야키타 선생이었다. 일흔다섯이라고 들었는데,

피부도 반들반들하고 기력이 정정했다.

"어서 와요. 사모님께 말씀 많이 들었습니다."

"집사람이 신세 많이 지고 있습니다."

"별말씀을요, 저야말로."

신세 많이 지고 있습니다. 오랜만에 주고받는 상투어였다.

야키타 선생은 바둑판 앞에 앉아 우선은 돌을 놓는 법부터 가르쳐주었다. 두는 곳. 순서. 선수와 후수를 정하는 법. 초보적이고 또 초보적인 규칙 설명이었다.

흠흠, 하고 고개를 끄덕이며 듣고 있는데 야키타 선생이 돌연 이야기를 꺼냈다.

"사모님이 대단하시더군요."

엇, 하고 얼굴을 들자 야키타 선생은 턱을 쓰다듬고 있었다.

"곤노 선생님 말입니다. 부러울 따름이죠. 능력 있으시고 총명하시고, 게다가 자상하시고. 뭐, 저는 이제 결혼이라면 넌더리가 나지만요."

그렇다 함은, 이혼하고 혼자 지낸다는 말인가. 어떻게 답해야 할지 몰라 바둑알을 보며 "흐음" 하고 맥 빠진 대답을 했더니, 야키타 선생이 줄줄 떠들어대기 시작했다.

"흔히 있는 황혼 이혼을 했어요. 회사 다닐 적에는 아침에 부부싸움을 해도 일 마치고 돌아오면 왠지 모르게 흐지부지해진달지, 적당히 끝나는 경우가 많잖습니까? 그랬던 것이 내내 집에만 있게 되면서 얼굴 맞댈 시간이 많아지니, 원상태로 되돌릴 기회를 놓치게 되더군요. 그래도 저는 오랜 세월 함께한 사람이기도 하고, 헌 짚신도 짝이 있다는 생각을 했었지만요."

"……흐음."

"여자는 말이죠, 어느 시기를 넘어서면 여태껏 참아온 것들이 한꺼번에 터져서 용서가 안 되는 모양입니다. 막바지에는, 제가 고른 양말의 무늬가 너무도 괴상해 못 견디겠다고 말하는 지경이었죠. 그게 대체 뭔 소린가 싶죠?"

수다스러운 선생이었다. 선생님의 개인사를 듣는 게 이 강좌에선 통과 의례인 건가. 몰래 양말을 훔쳐보니 생선 비늘을 닮은 무늬였는데, 그런 일로 이혼을 당하다니 딱하게 느껴졌다. 억지웃음을 띠고 있는 내게 야키타 선생은 계속 이야기했다.

"이혼 서류가 들이밀렸을 때는 아닌 밤중에 홍두깨 격이었습니다만, 제게는 10대 때부터 계속해온 바둑이 있

고, 정원 가꾸기나 들풀 탐색 등 하고 싶은 일이 산더미거
든요. 인생을 즐기는 데 부족함이 없다. 기왕 이렇게 된
거, 너도 나도 독신으로 돌아가 혼자인 삶을 즐겨보자, 하
고 생각했습니다. 오히려 잘된 일이죠."

그 말이 딱 맞다. 나이를 먹어도, 회사에서 물러나도,
이혼해서 혼자가 돼도, 좋아하는 일에 몰두할 수 있다면
이처럼 건강하고 행복하게 살 수 있는 것이다. 더군다나
그는 '바둑 선생님'이라는 직업이 있고, 짐작건대 속해 있
는 단체가 있을 것이고, 식물이라는 취미도 가지고 있다.
요리코의 컴퓨터 교실에서 배우고 있다는 홈페이지에도
분명 사람들이 모여들 것이다.

"아내의 태도가 마침내 변하기 시작한 건, 제가 정년퇴
직한 지 반년쯤 되었을 무렵입니다. 곤노 씨도 슬슬 조심
하시는 편이 좋을 겁니다."

야키타 선생은 흡사 바둑 규칙보다도 중요한 사실을
가르쳐주는 양 목소리를 낮추었다.

시간이 다 되어 바둑 교실 수업이 끝났다.

바둑은 상상 이상으로 어려웠다. 수업 내내 야키타 선
생의 구두로 진행되며 메모를 할 수가 없었으므로 당최

머리에 들어오지 않았다.

그럭저럭 오늘만 넘기자는 생각도 했지만, 4월 2회분 수강료를 미리 내고 말았다. 앞으로 한 번은 더 가야 돈이 아깝지 않다.

다다미방을 나오자 젊은 남성이 눈앞을 지나쳐 갔다. 아까 사무실에서 컴퓨터 작업을 하고 있던 녹색 셔츠다. 그쪽을 처다보니 내측에 있는 방 출입구 위에 '도서실'이라는 문패가 걸려 있었다. 그는 안으로 들어갔다.

도서실이 있군.

아마 바둑 책도 있을 것이다. 한번 보기나 해볼까.

나도 녹색 셔츠를 따라 도서실에 발을 들여놓았다.

아담한 도서실이지만 한쪽 벽면의 책장에는 책이 빼곡히 들어차 있었다. 녹색 셔츠는 감색 앞치마를 한 여자아이와 가볍게 대화를 나누고 있었고, 그 외에 다른 이용객은 없었다.

바둑 책은 어디쯤 있으려나. 두리번거리고 있으니 앞치마를 한 여자아이가 책을 몇 권 끌어안은 채 지나갔다. 가슴께의 이름표에 '모리나가 노조미'라고 쓰여 있다.

"실례지만, 바둑 책은……."

말을 걸자 모리나가 노조미 씨는 내게 해바라기 같은

미소를 보내며 "이쪽입니다" 하고 한쪽 손으로 반대편 책
장을 가리켰다.

오락이라고 적힌 책장에 바둑과 장기 관련 책이 있었
다. 생각했던 것 이상으로 잘 갖추어져 있었다.

"많기도 하군."

책장을 둘러보고 있는데 노조미 씨가 말했다.

"이런 교재는 고르기가 참 어렵죠. 처음엔 뭘 모르는지
를 모르니까요."

이용객의 마음을 헤아려주고 있었다. 좋은 직원이다.

"저도 바둑은 해본 적이 없어서요, 저쪽에 사서분이 계
시니 상담해보시면 괜찮은 책을 찾아주실 거예요."

사서에게 물을 정도로 대단한 일은 아니지만, 노조미
씨가 권하니 한번 가볼까.

안쪽 천장에 '레퍼런스 코너'라는 간판이 매달려 있었
다. 나는 그쪽으로 가 게시판으로도 쓰이고 있는 가리개
너머를 들여다보았다.

헉, 하고 발이 멈추었다.

그곳에 있던 것은 어마어마하게 커다란 여성이었다.
터질 듯 말 듯 한 흰 셔츠는 앞 단추가 날아가 버릴 지경
이었다. 경단 모양으로 오뚝 묶은 머리에는 하얀 꽃 비녀

가 꽂혀 있었다. 그녀 자체도 살갗이 흰 탓에, 정월에 신사에서 장식하는 거대한 가가미모치* 같았다.

그녀는 나를 알아채지 못했는지 고개를 숙인 채 손을 움직이고 있었다. 자세히 보니 털 뭉치 같은 무언가에 콕콕, 콕콕 하고 바늘을 찌르고 있다. 어쩐지 화가 난 듯한 표정이라 다가가기 어려웠다.

……뭐, 구태여 사서에게 물어볼 필요는 없다. 알아서 괜찮아 보이는 책을 골라봐야겠다.

그렇게 생각한 순간, 사서 근처에 있는 상자가 눈에 들어왔다. 친숙한, 짙은 오렌지색. 양과자 상자다.

안에는 과자가 아닌 바늘과 가위가 들어 있었다. 빈 상자를 반짇고리로 쓰는 모양이었다. 바로 옆에는 뚜껑이 겉면이 보이게 놓여 있었다.

벌집을 형상화한 육각형 테두리 디자인, 중앙의 흰 아카시아꽃. 허니돔이라는 쿠키의 상자였다. 내가 오랜 세월 일했던…… 구레미야도의 허니돔 상자.

나는 무의식 중에 몸을 앞으로 구부리곤 그 상자를 골똘히 바라보았다.

---

* 둥근 모양의 떡을 쌓아 올린 일본의 정월 장식.

불쑥 사서가 얼굴을 들었다.

"뭘 찾으시죠?"

뭘 찾으시죠?

그 목소리는 뜻밖에도 온화하고 청아해, 내 몸 깊은 곳까지 울려왔다.

나는 무엇을 찾고 있는 걸까. 앞으로의…… 인생의 모습을?

사서는 나를 물끄러미 바라보고 있었다. 화가 난 듯 보였던 그 표정은, 이렇게 눈을 맞추고 있으니 관음상觀音像과 같은 고요한 자비로움이 느껴졌다.

나는 머뭇머뭇 대답했다.

"바둑 책을 좀. 오늘 처음 해봤는데, 이게 상당히 어렵더군요."

사서는 우둑 소리를 내며 목을 꺾었다. 가슴께의 이름표에는 '고마치 사유리'라고 쓰여 있었다. 고마치 씨는 바늘과 털 뭉치를 상자 안에 집어넣고는 뚜껑을 닫으며 말했다.

"바둑은 참 심오합니다. 한낱 땅따먹기 게임이 아닌,

죽느냐 사느냐를 고민하게 하죠. 한 판 한 판이 드라마에
요."

"흐음, 그렇게 심각한 건가요?"

전혀 오락이 아니지 않은가. 오락이나 취미라 함은 조
금 더 즐겁고 신나는 것 아니었나.

"이것 참, 아무래도 나하고는 안 맞을지도 모르겠군."

나는 머리를 긁적이며 화제를 바꾸었다.

"……좋아하십니까?"

음, 하고 고마치 씨는 내게 시선을 보냈다. 나는 상자
를 가리켰다.

"구레미야도의 허니돔 말입니다. 실은 제가 작년까지
그 회사에서 일했습니다."

그러자 고마치 씨는 대뜸 가느다란 눈을 번쩍 뜨더니
후욱 소리를 내며 숨을 들이마셨다. 그러곤 무언가에 빙
의된 듯한 미소를 짓더니 초점 없는 눈으로 노래하기 시
작했다.

어때 어때 어때 어때
어떤가요 너도 나도 어떤가요
어때 어때 어때 어때

구레미야도의 허니돔!

3년 전쯤부터 죽 나오고 있는 허니돔의 CM송이다.

가리개 밖에서는 들리지 않을 정도의 낮은 음량이었다. 또한 커다란 몸집의 그녀에게서 나오고 있다고는 생각되지 않을 만큼 가냘픈 가성이었다. 고마치 씨는 마지막의 '허니돔' 부분만 "도오오오옴" 하고 '돔'에 과하게 힘을 주었다. 어린애처럼 마냥 신이 나 보였다.

갑작스러운 나머지 처음에는 흠칫했지만, 이내 흐뭇한 마음이 들어 왠지 모르게 눈물이 날 것 같았다.

노래를 마치자 고마치 씨는 퍼뜩 정신을 차린 듯 정색을 했다.

"이 '어때 어때' 하는 부분은 여러 가지 의미로 들리죠. '어떤가요', 허니돔의 '돔', 구레미야도의 '도', 어쩌면 영어 'Do'도 가능하려나*."

"……명답이로군요."

광고에는 이 소절이 메인으로 쓰이고 있지만, 실제로는 더욱 긴 노래다. 마지막 부분에는 영어 가사도 있다.

---

* '어때', '어떤가요', '돔'을 일본어로 하면 각각 '도오', '도오데스카', '도오무'이다.

국적을 불문하고 남녀노소에게 사랑받았으면 하는 소망
이 담겨 있는 것이다.

고마치 씨는 공손히 머리를 숙였다.

"훌륭한 과자를 만들어주셔서 감사합니다."

나는 쓴웃음을 지었다.

"그게, 제가 만든 건 아니라서."

맞다. 내가 만든 양과자도 아니다. 그런데도 지금껏 구
레미야도의 사원이라는 이유만으로 제 것인 양 사람들에
게 권하곤 했었다. 옛날도, 그리고 지금도 칭찬을 받으면
역시나 뿌듯하다.

하지만 나는 이제…….

"이제 구레미야도에서 일하고 있지도 않고요……."

이 말만 하면 가슴이 뻐근했다. 고마치 씨는 나를 바라
보았다. 그 누긋한 분위기에, 무엇이든 받아줄 것 같은 너
그러운 그릇이 느껴졌다.

그렇다. 나는 줄곧 누군가 내 이야기를 들어주길 바랐
던 것이다. 눈앞에 있는 하얗고 커다란…… 무례한 표현
일 수 있지만, 어딘가 범상치 않은 고마치 씨에게 속 얘기
를 슬쩍 풀어놓고 싶어졌다.

"저같이 회사밖에 모르는 사람에게 정년퇴직이란, 사

회로부터 물러나는 것이나 다름없다는 사실을 실감하고 있습니다. 회사원일 적에는 느긋하게 쉬고 싶다는 생각도 하곤 했는데, 막상 시간이 생기니 무얼 하면 좋을지 모르겠더군요. 나머지 인생이 의미 없게 느껴져서 말이죠."

고마치 씨는 눈썹 하나 까딱하지 않고 온화한 말투로 물었다.

"나머지라는 게 뭐죠?"

나는 자문했다. 나머지란 뭘 말하는 걸까.

"남은 것이랄까요? 여분이랄지."

자조하듯 대답하자 고마치 씨는 이번에는 반대쪽으로 우둑, 하고 머리를 기울였다.

"예를 들어, 열두 개들이 허니돔을 열 개 먹었다고 칩시다."

"예?"

"그러면 상자 안에 있는 두 개는 '나머지'인가요?"

"……."

곧장 목소리가 나오지 않았다. 고마치 씨가 던진 물음이 핵심을 찌르고 있는 듯했다. 그러나 그에 대한 대답을 나는 말로 잘 형용할 수 없었다.

내가 입을 다물고 있자 고마치 씨는 등허리를 쭉 펴고

컴퓨터 앞에 고쳐 앉았다. 피아노를 치려는 것처럼 키보드 위에 두 손을 살며시 올려놓았다. 그리고.

타다다다닥, 하고 고마치 씨는 경이로운 속도로 자판을 두드렸다. 보동보동한 손가락이 어쩌면 그렇게 잽싸게 움직이는지 신기했다. 입을 반쯤 벌리고 그 모습을 바라보고 있는데 고마치 씨는 타앙, 하고 기세 좋게 마지막 한 수를 두었다. 그러자 프린터가 달칵달칵 움직이기 시작하더니 종이 한 장이 나왔다.

나에게 내민 그 종이에는 책 제목과 저자명, 책장 번호 등이 표로 정리돼 인쇄되어 있었다.

『바둑의 기본: 수비하고 공격하라』, 『0부터 시작하는 바둑 강좌』, 『초급·실전 바둑 마스터』.

그리고 맨 아래에 이런 제목이 있었다.

『겐게와 개구리』.

제목 옆에 괄호로 '주니어 포엠 모음집 20'이라고 적혀 있고, 저자는 구사노 신페이로 되어 있었다.

포엠? 확실히 구사노 신페이는 시인이었을 터다.

그런데 어째서 이 책을? 바둑과 무슨 관계가 있는 걸까. 내가 종이를 응시하고 있자 고마치 씨는 카운터 아래에 있는 목제 캐비닛에 손을 뻗었다. 제일 아래 서랍을 열어 무언갈 부스럭부스럭 꺼냈다.

"받으세요. 그쪽한테는 이거."

주먹 쥔 손을 이쪽으로 내밀었다. 덩달아 펼쳐 든 내 손 위에 고마치 씨는 붉은 털 뭉치를 올려놓았다. 네모난 몸통, 두 개의 작은 집게.

"게, 입니까?"

"부록입니다."

"부록?"

"네, 책의 부록."

"……흐음."

영문을 알 수 없었다. 바둑 관련 책을 물어보았는데, 개구리니 게니.

구부러진 다리가 제법 리얼한 게를 보고 있으니 고마 치 씨가 말했다.

"이거, 양모 펠트라는 거예요. 어떤 모양으로든, 어떤 크기로든 만들 수 있죠. 어떤 식으로든 제한이 없어서 '여 기까지'라는 게 없어요."

양모 펠트라. 이런 취미가 하나라도 있다니 부럽다.

"이런 것도 일이라고 부르곤 하죠. 손일."

"음?"

어쩐지 뜻이 담긴 어조인 듯해 얼굴을 들자 고마치 씨는 탁, 하고 허니돔 상자의 뚜껑을 열었다. 안에서 바늘과 털 뭉치를 꺼내어 고개를 숙인 채 콕콕 작업을 재개했다. 누가 얼씬도 못 하게끔 장벽을 쳐놓은 것 같아 그 이상 말을 붙이기가 미안쩍은 분위기였다. 나는 하는 수 없이 게를 웨이스트 백에 넣고 종이를 든 채 책장으로 향했다.

고마치 씨의 추천대로 모든 책을 빌려, 나는 저녁 식사 후 책을 들고 양실洋室로 들어갔다. 예전에 딸이 쓰던 방이다. 지금은 가족 공용이 되어 반은 딸의 방, 반은 창고가 되었다.

서른다섯에 분양 맨션 한 채를 샀다. 방이 세 개인 신축 건물이었지만 지금은 이곳저곳이 온통 삐걱대고 있다. 이제는 손님이 올 일도 거의 없어 특별히 문제가 되지 않는 곳은 그대로 내버려 두었다. 지워지지 않는 벽의 오염도, 구멍이 뚫린 장지도, 끼익끼익 소리가 나는 문도.

다다미방을 부부용 침실로 쓰고 있고, 이 방 외에 양실이 하나 더 있는데 그곳은 컴퓨터 방으로 쓰고 있다. 요리코의 영역이라는 느낌이 들어 발을 들여놓기가 꺼려진다.

치에가 중학생일 때 산 공부 책상에 앉아 나는 책들을 올려놓았다.

바둑 책을 훌훌 넘겨보았다. 내가 요청한 책이었지만 어느 것 하나 구미가 당기지 않았다. 여기에 죽느냐 사느냐 하는 드라마가 있다고는 생각되지 않았다.

그 가운데 딱 한 권, 어딘가 잘못 빌려 온 느낌의 목가적인 표지.

『겐게와 개구리』.

한가로운 얼굴을 한 개구리가 세 마리 있었다. 한가운데 강이 흐르고, 언덕에는 벚꽃을 연상케 하는 분홍색. 정말이지 어린아이들이 손에 들 법한, 크레파스로 칠해진 밝은 그림이었다.

책을 펼쳐 책장을 넘기니 맨 앞에 「시와의 만남」이라는 제목의 서장이 있었다.

구사노 신페이가 아닌 편집자 '사와 다카시'라는 사람이 쓴 모양이었다. '주니어'라는 이름이 붙은 시리즈인 만큼 어린이를 위한 부드러운 내용이지만, 시에 대해서도, 구사노 신페이에 대해서도 상당한 열정이 전해져 오는 문장이었다.

사와 씨는 좋은 시를 만나면, 시 전체든 마음에 든 일부든 노트 같은 곳에 옮겨 적기를 권하고 있었다. 그렇게 하면 제 손으로 직접 만든 앤솔러지*가 완성된다는 것이 었다.

시인의 마음, 시인의 삶을 접할 때 감동은 더욱 깊어집니다. 그것은 시인과 함께 감동하는 일, 시인과 함께 살아가는 일이라고도 할 수 있습니다.

시인과 함께 살아간다니, 과장스럽군. 나는 고개를 갸웃했다.

"그리고 여러분도, 시를 쓰고 싶다면 꼭 써보시기 바랍니다"라고 이어지는 글을 읽고 나는 엉겁결에 "에이, 무슨" 하고 소리 내어 웃고 말았다.

그러나 옮겨 적기만 할 뿐이라면 가능할 것도 같았다. 마음에 든 일부만이어도 된다니 마음이 가벼웠고, 앤솔러지라는 말도 멋스러웠다. 필시 바둑 기술을 배우는 것보다 간단하려니 싶은 데다 지적인 분위기가 풍겨 썩 좋을 듯했다.

---

* 시나 소설 등의 문학 작품을 하나의 작품집으로 모아놓은 것.

노트가 있었던가. 나는 책상에 딸린 서랍을 열었다. 부스럭부스럭 뒤져보니 공책 한 권이 나왔다. 처음 두 쪽에 알파벳과 짧은 영어 문장이 몇 개 적혀 있었다. 내 글씨였다.

그렇다. 어느덧 20년쯤 지난 옛날, NHK 라디오 강좌로 영어 공부를 하던 때가 있었다. 내게도 약간의 향학심이 있었던 것이다. 일에 도움이 되리라 생각했던 것 같고, 취미로 삼고 싶던 걸 수도 있다. 그러나 "마흔 넘어 이제 와서는 무리다"라며 금세 포기해버렸다. 그때 그냥 하루에 한 페이지씩이라도 공부했더라면 지금쯤 유창했을 텐데.

이제 이 뒤가 영어로 채워지는 일은 없을 것이다. 나는 그 페이지를 찢어 버리곤 새 노트를 손에 넣었다.

노트를 빙그르 가로로 눕혀 세로쓰기를 준비했다.

나는 세 편 정도의 시를 읽었고, 맨 처음 나온 「봄의 노래」를 볼펜꽂이에 있던 수성펜으로 옮겨 적어보았다.

앗 눈부셔라.

앗 즐거워라.

물은 반들반들.

바람은 산들산들.

케루룬 쿳쿠.

아아 좋은 냄새다.

시는 계속 이어지지만 거기서 펜을 놓았다.

네 번 등장하는 '케루룬 쿳쿠'는 개구리의 울음소리일 것이다. 운율이 좋고 글자 수를 맞춘 점이 훌륭했다.

나는 잠시 시집을 탐독했다.

「봄의 노래」처럼 평안한 정서만 있는가 싶었는데, 작품에 따라 어딘지 모르게 쓸쓸하거나 어두운 분위기가 감돌기도 했다.

이윽고 「가지카」라는 제목의 시를 맞닥뜨렸다.

"키키키키키키키키 키이루키이루키이루키이루키이루" 하고 초장부터 음감이 인상적인 시였다. 옮겨 적으면서 궁금증이 더해갔다.

이건 무슨 소리일까. 가지카는 물고기가 아니었나*. 아니면 사슴을 말하는 건가**.

설명이 없어 도무지 알 수가 없었다. 더욱이 "경계선에 밤이 끼어들어"라든가 "아가미의 명멸"이라든가, 어떤 상황인지 상상조차 되지 않았다.

나는 '키키키키키키키키'까지 적다 관두었다.

아무래도 시를 이해하는 일 역시 쉽지만은 않은 듯했다. 어쩌면 바둑 규칙을 익히는 것보다 어려울지도 모르겠다. 나는 노트를 덮었다.

다음 날 오후, 요리코와 함께 집을 나섰다.

내게는 생소한 에덴이라는 대형마트에 가기 위해서였다. 컴퓨터 교실 학생이 여성복 매장에서 일하고 있다는 걸 최근에 알았다고 한다. 요리코는 장롱면허고, 걸어가기에는 멀어 차를 운전해달라는 부탁을 받았다. 거절할 이유가 어디에도 없었다.

우리는 맨션 주차장으로 향했다.

"아, 에비가와 씨!"

뜰에 난 잡초를 뽑고 있던 관리인 에비가와 씨에게 요리코가 말을 걸었다. 에비가와 씨가 이쪽을 쳐다보았다. 얼굴이 기름한 초로의 남성으로, 전에 있던 관리인과 연

---

* '가지카'는 우리말로 '둑중개'를 뜻한다.
** '사슴'을 일본어로 '시카'라고 한다.

초에 막 교대한 참이다.

요리코는 상냥하게 웃으며 머리를 숙였다.

"지난번에는 감사했어요. 말씀하신 대로 청소했더니 브레이크가 훨씬 잘 듣더라고요."

지난주, 자전거 주차장에서 만난 에비가와 씨에게 요리코가 자전거 브레이크가 잘 안 듣는단 얘길 했더니, 브레이크 슈라는 부분을 중성 세제로 청소하기만 하면 좋아질 거라고 일러준 모양이었다.

"별말씀을요. 고쳐졌다니 다행이네요. 예전에 자전거점을 했던 적도 있어서요."

에비가와 씨는 여유롭게 웃으며 잡초 뽑기를 이어갔다. 결코 어두운 사람은 아니지만 말수가 많은 편도 아니다.

정문을 빠져나오자 요리코가 말했다.

"에비가와 씨, 밖에서 우연히 마주치면 딴 사람 같아요. 사복일 때는 항상 멋스러운 니트 모자를 쓰고 있어선지도 모르지만."

"딴 사람?"

"응. 그 뭐랄까…… 신선 같다고나 할까요? 속세를 벗어난 느낌이랄지. 유니폼 입고 창구에 앉아 있을 때는 평범한 관리인 아저씨지만요."

에덴에 도착해 주차장에 차를 대자마자 요리코는 곧장 2층 여성복 매장으로 나를 데려갔다.

"도모카짱."

이름을 불린 여자 점원이 요리코를 보곤 얼굴에 웃음을 머금었다.

"곤노 선생님! 진짜로 와주셨네요. 어서 오세요."

"진짜로 와버렸지. 이쪽은 우리 남편, 마사오 씨."

도모카 씨는 두 손을 배 위에 모으고 공손히 허리를 굽혔다.

"처음 뵙겠습니다. 늘 곤노 선생님께 신세 많이 지고 있어요."

"별말씀을요, 저야말로. 집사람이 신세 많이 지고 있습니다."

야키타 선생에 이어서 또다.

나는 이제 요리코를 통하지 않고서는 사회와의 접점을 가질 수 없게 되었다.

요리코는 옷을 고르기 시작했다. 나는 무료하게 그 근처의 블라우스니 스커트니 하는 것들을 바라보았다.

도모카 씨는 20대 초반쯤 되었을 것이다. 시원시원하고 건강한 아가씨다. 무엇보다 자기 일에 대한 밝은 의지가 느껴진다.

"이거, 입어봐도 될까?"

요리코가 원피스를 손에 들고 말했다. 도모카 씨가 "네, 물론이죠"라며 탈의실 커튼을 젖혔다.

나와 단둘이 남게 되자 도모카 씨는 자연스레 말을 붙여 왔다.

"너무 좋네요, 부부끼리 쇼핑하시는 거요. 사이가 좋으신가 봐요."

"글쎄요, 제가 집에 있게 돼서 집사람은 불편해하고 있을지도 모릅니다. 저는 집안일에도 영 소질이 없어서 말이죠. 요리 정도는 해볼까 싶은데, 좀체 하기가 어려워서."

도모카 씨는 잠시 무언갈 생각하더니 말간 미소를 지어 보였다.

"……주먹밥 같은 거 만들어보시면 어때요?"

"주먹밥? 그런 걸로 될지요."

"기뻐하실 것 같은데요? 남자가 만든 주먹밥은 밥이 잘 뭉쳐져 있어서 맛있거든요. 악력의 세기라든지 손 크기 때문일까요. 곤노 선생님, 남편분께서 주먹밥 만들어주시면 분명 가슴이 설레실걸요."

"가슴이 설렌다고요?"

나는 웃으며 물었다.

"도모카 씨도, 남자친구가 주먹밥을 만들어줬나 보군요."

도모카 씨는 얼굴이 새빨갛게 확 달아올랐지만, 부정하지는 않았다.

시착해본 원피스와 고양이가 프린트된 티셔츠를 산 뒤, 요리코는 나를 식품매장으로 끌고 갔다.

"여기서 저녁 반찬을 사서 가죠."

생선회라도 먹을까 싶어 생선 파는 곳으로 갔다.

생선 토막과 조개가 냉장된 유리 진열대 옆에 조그마한 받침대가 있었다. 그쪽에서 무언가가 움직인 듯한 느낌이 들어 쳐다보니, 투명한 사각 플라스틱 용기에 비단게가 들어 있었다.

고마치 씨에게서 게를 받았던 일을 떠올리며 나는 그 생물을 멀뚱멀뚱 바라보았다.

5, 60마리 정도 되려나. 얕은 물에 잠겨 서로 몸을 부대끼고 있었다. 납작한 몸통에 달린 작은 집게를, 어떤 신호를 보내듯 흔들어대는 놈도 있었다.

무심코 위쪽을 쳐다보았다가 나는 충격을 받았다.

자른 스티로폼 판에 눈에 띄는 빨강으로 큼지막이 '비단게'라 적혀 있고, 그 아래에 그보다 조금 작은 검정 글씨로 이렇게 적혀 있는 것이었다.

튀김으로! 애완동물로!

……애완동물로.

식품매장이니 물론 먹을거리로서 파는 것이겠지만, 별안간 '애완동물'이라는 선택지가 있음을 상기시키니 마음이 복잡했다.

———먹히느냐, 사랑받느냐.

이곳에 있는 게들은 판연히 다른 갈림길에 서 있었다.

플라스틱 용기 안에서 꿈틀대는 게의 운명을 생각하니 목 언저리가 꽉 막힌 듯 답답했다.

회사에 있어서 나는 어느 쪽이었을까. 상자 안에 있는 동안은 "부장님, 부장님" 하며 치켜세워지다, 결국은 회사라는 조직에 잡아먹히고 끝나버린 것인가.

생선회를 맛보던 요리코가 휙 돌아보았다.

"당신, 전쟁이랑 꽁치 중 어느 게…… 어머, 비단게잖아?"

요리코는 흥미로운 듯 들여다보았다.

"안 돼."

나는 쥐어짜 내듯 말했다.

"안 돼, 아직 살아 있잖아. 안 먹을 거야."

"그럼, 키울까요?"

요리코는 농담처럼 말했다.

그건 그것대로 어떨까.

게들에게 있어 좁은 케이스 안에서 갑갑한 일생을 보내는 건 행복하려나. 도리어 먹이사슬의 소용돌이에 휘말리는 쪽이 숙원宿願이지는 않을까. 아니, 그렇게 생각하는 것 또한 인간의 이기심인가.

아무 말도 못 하고 있는데, 요리코에게 메시지가 왔다.

"아, 치에다."

스마트폰을 만지며 요리코가 밝게 소리쳤다.

"부탁했던 책, 도착했대요. 당신, 아무래도 찬거리는 관두고 치에한테 들렀다 갑시다. 일찍 출근했으면 네 시쯤 끝나니까, 밥 같이 먹을 수도 있겠어요."

홀쭉했던 마음이 조금 부풀어 올랐다. 나는 나가면서 비단게를 한 번 더 쳐다보고는 그들의 행복을 빌었다. 그

행복이 어떤 것인지는 몰라도.

외동딸인 치에는 역 앞 서점에서 일하고 있다.

메이신 서점이라는 체인점이다. 스물일곱 살, 독신. 대학을 졸업하고 계약직 사원으로 입사했다. 그리고 취직을 계기로 치에는 아파트에서 혼자 살기 시작했다.

요리코는 이런저런 핑계로 이 서점에 노상 얼굴을 비추는 모양이지만, 나는 여간해선 오는 일이 없다. 부모가 자식이 다니는 직장을 엿본다는 것이 어딘지 모르게 꺼림칙하기 때문이다.

서점에 도착하니 치에는 문고본 책장 앞에서 손님을 응대하고 있었다. 노부인이 무언갈 물어보고 있는 듯했다. 나와 요리코는 멀찌감치 떨어져 그 모습을 잠시 지켜보고 있었다. 집에서는 볼 수 없는 표정이었다. 온화하면서도, 어딘가 말갛고 야무진 미소.

노부인은 알아들은 듯 고개를 끄덕이더니, 책을 한 손에 들고 가볍게 인사한 뒤 계산대로 향했다. 웃는 얼굴로 지켜보던 치에가 우리를 발견했다.

치에는 깃이 달린 흰 셔츠에 짙은 녹색 앞치마를 두르고 있었다. 유니폼은 없으나 복장이 그렇게 정해져 있다고 한다. 깔끔한 쇼트커트가 잘 어울렸다.

우리가 치에 쪽으로 걸어가자 치에는 책장을 가리키며 말했다.

"이 POP, 내가 만든 거다?"

표지가 앞으로 진열된 책 옆에 큼직한 엽서 크기의 카드가 붙어 있었다. 책 제목과 함께 내용이 어떤 식으로 흥미로운지 힘 있고 분명하게 적혀 있었다.

잘 만들었네, 하고 요리코가 말하자 치에는 자랑스러운 표정을 지었다.

"POP가 무지 중요해. 매출이 달라지거든. 이걸로 책에 대해 알게 되거나, 뭔갈 느끼는 손님들도 있어."

맞는 말이다. 나는 마트에서 본 비단게를 떠올렸다. 스티로폼 판에 그런 말을 써놓지 않았더라면 나는 게의 운명 따위 생각하지 않았을지도 모른다. 요리코가 말했다.

"몇 시에 끝나? 일찍 출근한 거면 셋이서 밥 먹으러 갈래?"

치에는 "아아"라며 고개를 저었다.

"오늘은 마감 당번이야. 이벤트 준비도 해야 하고."

서점 일은 체력 싸움이다. 서서 하는 일인 데다 책은 무겁고, 하루 종일 온갖 응대에 쫓기는 모양이었다. 허리를 다쳐 입원한 동료가 있다고 요리코가 이야기한 적도 있다. 나는 걱정이 되었다.

"고생이네. 몸조심하고."

"괜찮아, 내일은 휴일이니까."

쾌활하게 대답하는 치에는 즐거워 보였다.

휴일 말이군.

그러고 보니 퇴직하고 나서 깨달은 사실이 한 가지 더 있었다.

일을 하지 않는다는 건, 휴일이 없다는 것이란 사실. 일을 함으로써 비로소 휴일이 생긴다. 나는 더 이상 휴일 전날의 그 해방감을 맛볼 수 없다.

치에가 요리코 쪽으로 얼굴을 돌렸다.

"책 가지러 온 거지?"

"응. 아, 잡지도 사려고. 잠깐 기다려, 가지고 올게."

요리코가 잰걸음으로 잡지 코너로 향했다. 나도 뭔가 사는 편이 좋을까 싶었지만 갖고 싶은 책이 떠오르지 않았다. 순간적으로 이렇게 질문했다.

"시집 같은 건 어디 있냐?"

치에는 의외라는 듯 눈을 휘둥그레 떴다.

"시집? 예를 들면 누구 거?"

"구사노 신페이라든지."

치에는 환하게 미소 지었다.

"아아, 나도 좋아하는데. 초등학교 국어 교과서에 실려 있었거든. '케루룬, 쿳쿠' 하는 그거."

"봄의 노래 말이지."

"맞아, 맞아. 아빠, 잘 아는데?"

나는 몹시 흥이 오른 채로 치에의 뒤를 따라 걸었다.

아동서 코너로 안내를 받아, 지금 읽고 있는 『겐게와 개구리』를 찾아 집어 들었다. 책장을 넘기곤 치에에게 물었다.

"이 가지카라는 게 뭔지 아나?"

"아마 개구리일걸? 가지카가에루*."

굉장하다. 대번에 수수께끼가 풀렸다. 이것도 개구리 였군.

"초등학교 때, 선생님이 구사노 신페이의 다른 시도 읽 자면서 몇 편인가 가르쳐줬거든. 그래서 알게 됐어. 책 제 목에 있는 겐게는 연꽃을 뜻한대**."

---

* 일본 고유종으로, 울음소리가 아름다워 청류의 가희歌姬라 불리는 개구리.
** '연꽃'을 일본어로 '렌게'라고 한다.

"그런 거였군. 정말이지 이 사람 시는 군데군데 이해가 안 가서 말이야."

"이해가 안 가더라도, 시라는 건 까다롭게 생각 말고 분위기로 읽으면 되는 거야. 원하는 대로 상상하면서."

요리코가 두꺼운 여성 잡지를 가지고 돌아왔다. 나는 책을 책장에 돌려놓았다.

"이거야 이거. 부록으로 주는 가방이 갖고 싶어서."

두꺼워 보였던 건 부록이 끼어 있기 때문인가. 그러고 보면 고마치 씨에게서 받은 '부록'도 여기 넣어두었는데. 나는 웨이스트 백을 열었다. 안에서 빨간 게가 얼굴을 드러냈다.

"어, 게다."

치에가 발견하곤 큰 소리를 냈다. 무슨 이유에선지 볼에 홍조를 띠고 있다.

"갖고 싶냐?"

"……응."

치에는 고개를 끄덕였다. 내가 건네주자 행복해하며 게를 받아 들었다. 문득 마음이 누그러졌다. 이런 걸로 기뻐하다니, 아직도 어린애다.

결국 요리코와 둘이서 외식을 끝내고 집으로 돌아와, 나는 또다시 양실에서 『겐게와 개구리』를 펼쳤다.

가지카가 개구리임을 알고 나니 참으로 운치 있게 느껴졌다.

그렇군. 개구리가 울고 있는 거구나.

'케루룬 쿳쿠'와 같은, 봄의 기쁨으로 가득한 울음소리가 아닌 점이 심오했다.

'경계선'도 '아가미의 멸명'도 역시나 이해는 잘 안 가지만, 왠지 모르게 밤의 어둠 속에서 함초롬 물기를 머금고 있는 듯한 광경이 펼쳐졌다. 무언가가…… 세계가 빠끔 빠끔 열렸다 닫히며 빛을 내는 느낌이었다. 그곳에 기묘하고도 애절한, 그럼에도 어딘가 넋을 잃게 만드는 개구리의 울음소리가 울려 퍼지고 있다———.

……오오.

이게 바로 '시 감상'이라는 건가. 재미있다. 나도 약간은 이쪽 방면에 재능이 있는지도 모르겠다.

그 후 천천히 책장을 넘기며 읽어나가다 어느 한 작품에 시선을 멈추었다.

제목은 「창문」. 이 시집에서는 보기 드물게 긴 작품이었다.

파도는 밀려오고.

파도는 밀려가고.

파도는 허름한 돌담을 핥고.

볕이 들지 않는 이 후미에.

파도는 밀려오고.

파도는 밀려가고.

나막신이며 지푸라기며.

무늬진 기름.

나막신, 지푸라기, 기름……. 볕이 들지 않는 후미에,
인간이 버린 쓰레기가 모여드는 광경인 건가.

이후 이 작품은 '파도는 밀려오고. 파도는 밀려가고'가
몇 번이고 반복된다. 과연 파도의 움직임이 느껴지는 시
였다.

머나먼 외양外洋으로부터 눈앞의 후미까지 밀려왔다
밀려가는 파도. 웅대한 바다의 풍경을 상상해보았다. 파
도는 밀려오고. 파도는 밀려가고.

그런데.

어째서 이 시의 제목이 「창문」일까?

오로지 파도의 정경만이 담담히 묘사되어 있음에도 파

도가 아닌 창문이라니.

시는 계속 이어진다. 후반부에는 파도의 광경만이 아닌 "사랑이며 증오며 악덕"이라는 말도 나왔다.

나는 이 작품을 마지막 한 글자까지 공들여 읽었다. 그리고 세 페이지에 걸친 이 시를 전부 노트에 옮겨 적고는 몇 번이고 반복해 눈으로 쫓았다.

다음 주 월요일.

바둑 교실에 가려니 마음이 내키지 않았지만 수강료를 날리기엔 찜찜했다. 오늘까지만 가고 다음 수업부터는 가지 말자는 생각으로 외출 준비를 했다.

요리코가 그랬지. 에비가와 씨의 모자가 멋스럽다고. 나도 조금은 멋을 부리는 편이 좋을지도 모르겠다. 모자가 어디 있는지 요리코에게 물어보려 했는데 요리코는 마침 세탁소에 간 참이었다.

옷장 구석에 처박혀 있는 작은 상자에서 까만 캡 모자를 찾았다. 몇 년 전에 경품으로 받은 것이다. 나는 그 모자를 쓰고 신발을 신은 다음 밖으로 나갔다.

하토리 초등학교에 다다랐다. 정문 앞을 지나쳐 담장을 따라 걷고 있는데 교정에 있는 아이들의 씩씩한 목소리가 들려왔다.

멈춰 서서 담장 너머로 교정을 바라보았다. 체육 수업 중인가 보다. 3학년 혹은 4학년 정도일까. 반소매와 반바지 체육복을 입고 다 같이 준비 운동을 하고 있다.

귀엽군. 치에도 저럴 때가 있었다.

수업 참관을 가면 뒤에 있는 나를 발견하곤 소리 없이 "아빠" 하고 입을 움직이다 선생님에게 주의를 받곤 했다. 흐뭇했다.

후후후, 하고 웃음이 새어 나왔다. 눈 깜짝할 새구나, 아이가 아이인 시절도.

그때, 옆에서 날카로운 시선이 느껴졌다. 그쪽을 쳐다보니 젊은 경찰관이 나를 빤히 바라보고 있었다. 엉겁결에 시선을 돌리고 자리를 뜨려는데 "잠시만요" 하고 말을 걸어왔다.

켕길 만한 짓은 무엇 하나 하지 않았는데 왠지 모르게 덜컥 무서워졌다. 나는 안 들리는 척하며 걸음을 재촉했다.

"기다리세요!"

경찰관이 외치는 소리에 나는 움찔 몸을 떨었다. 이렇게 젊은 남성에게 큰 소리로 명령받기는 처음인지라 온갖 감정들이 뒤섞였다.

내가 멈춰 선 채로 경직돼 있자 경찰관이 다가와 매서운 얼굴로 말했다.

"할아버지, 지금 도망치신 거죠?"

할아버지…….

너덜너덜해진 기분이었다. 남들이 보는 내 모습은 이제 노인네인 것이다. 경찰관은 날카로운 눈을 번뜩였다.

"잠시 몇 가지 묻겠습니다. 성함이?"

"……곤노…… 마사오입니다."

"하시는 일은요?"

나는 입을 다물었다. 무직입니다. 그렇게 대답해야만 한다. 서글퍼져 고개를 떨구고 있었더니 경찰관은 나무라듯 말했다.

"신분증 좀 보여주시겠어요?"

웨이스트 백에 손을 넣었다가 흠칫했다. 평소 면허증과 보험증을 지갑에 넣고 다니는데, 오늘은 멀리 안 나간다고 방심해서 지갑이 아닌 동전 주머니만 들고 왔다.

망연자실. 공허한 눈을 한 내게 경찰관이 "왜 그러세요?"라며 한 발짝 더 다가왔다.

결국, 스마트폰은 들고 있었으므로 요리코에게 전화해

데리러 오게끔 했다. 요리코가 집에 돌아와 있어 천만다행이었다. 나와 자신의 면허증을 가지고 온 요리코가 잘 이야기해준 덕분에 나는 곧장 무죄 판결을 받고 풀려났다.

시작한 지 한참 지난 바둑 교실에는 더 이상 갈 마음이 들지 않았다. 집 가는 길을 걸으며 요리코가 투덜투덜 불만을 쏟아냈다.

"저 경찰도 문제지만, 당신도 마찬가지예요. 대체 뭐가 겁나서 그러고 있는 건지."

"그야…… . 깜짝 놀랐다고, 난데없이 그렇게 범죄자 취급을 당해서. 단지 어린애들이 귀여워서 보고 있었을 뿐인데."

요리코는 "으음" 하며 눈살을 찌푸렸다.

"그래도 뭐, 평일 낮에 이런 행색을 한 남자가 어린애를 히죽히죽 쳐다보고 있으니 의심받아도 싸죠. 애들을 노린 사건이 많으니까요."

"이런 행색이라니."

나는 화들짝 놀라 눈을 크게 떴다. 지극히 건전한 평상복이지 않은가. 더군다나 모자까지 쓰고 멋도 부렸는데. 요리코는 내 머리를 가리켰다.

"일단 그 캡 모자. 너무 푹 눌러써서 눈이 안 보이잖아요. 수상함 가득."

"뭐라고?"

"후줄근한 폴로셔츠에 추리닝 바지. 집에서 입는 그대로잖아요, 그거."

그렇게 말하곤 요리코는 혼잣말처럼 중얼거렸다.

"게다가 추리닝 바지에 가죽 구두는 왜 신나 몰라."

그도 그럴 것이 나는 새 운동화보다도 회사원일 적 자주 신던 가죽 구두가 더 편했다. 다다미방에 들어갈 때도 벗기 편하고 말이다. 그나저나 수상한 사람인지 아닌지는 행색으로 판단되는 것인가. 정장을 입으면 괜찮은 걸까. 나는 조심조심 물었다.

"추리닝에 가죽 구두가 그렇게 이상한가?"

"그걸 멋지게 코디하려면 상당한 수준의 센스가 필요하죠."

그 말을 듣고 퍼뜩 알아차렸다. 요리코는 내 옷 입는 센스가 마음에 들지 않는 것이다. 지금까지만 해도 입으려고 내놨던 셔츠가 어느 틈에 다른 걸로 바뀌어 있거나, "그 웨이스트 백, 좋아해요?" 하는 에두른 질문을 몇 번인가 받곤 했었다. 콕 집어 센스가 없다는 말을 들은 적은 없지만, 한계점에 이르러 참고 있는 걸지도 모른다.

야키타 선생이 말했던 '황혼 이혼'이라는 단어가 머리를 스쳤다. 여태껏 참아온 것들이 한꺼번에 터져서 용서가 안 된다는…….

"아무튼, 제일 큰 문제는 경찰을 보고 내빼는 거예요."

"내뺀 게 아니라고. 그쪽에서 멋대로."

할아버지라 불린 것이 떠올라 또다시 울적해졌다. 그 일은 요리코에겐 말하지 않기로 다짐하고, 나는 발치의 가죽 구두를 애달프게 바라보았다.

며칠 뒤, 상자 한가득 감귤이 도착했다. 에히메에서 농장을 운영하는 요리코의 친척이 보낸 것이다.

"우와, 엄청난걸. 이거, 에비가와 씨한테도 좀 나눠주죠. 마침 잘됐네. 브레이크 고치는 법 알려준 답례로요."

요리코는 모양이 괜찮은 감귤을 몇 개 골라 비닐봉지에 담았다.

"자. 가지고 가요."

"응?"

"자전거, 당신도 타잖아요."

"뭐, 그렇긴 하다만."

게다가 딱히 할 일도 없잖아요.

요리코가 말은 않아도 그렇게 생각하는 것처럼 느껴졌다.

나는 감귤이 든 비닐봉지를 들고 관리인실로 향했다.

관리인실은 정문 출입구 근처에 있다.

창구 안쪽이 작은 방으로 되어 있는 흔한 구조다. 슬라이드식 유리문은 늘 닫혀 있고, 용건이 있을 시 관리인이 안에서 열어 대응하게끔 되어 있었다.

창문 너머의 에비가와 씨는 비스듬히 앉아 무언갈 우두커니 바라보고 있었다.

내가 다가가자 불쑥 고개를 들었다. 나는 유리 너머로 "에비가와 씨" 하고 말을 붙였다.

에비가와 씨는 일어서더니 구태여 관리인실 문을 열어 모습을 드러냈다. 나는 문간에서 비닐봉지를 내밀었다.

"에히메에 사는 친척이 감귤을 많이 보내줘서요. 조금이지만 받으세요."

"아이고, 이런 걸 다."

감귤을 받아 드는 에비가와 씨 뒤에 모니터가 있었다. 방범 카메라 영상이 나오고 있는 듯했다. 이걸 보고 있던 건가. 에비가와 씨는 말했다.

"아, 곤노 씨 댁, 물양갱 좋아하시나요?"

"예, 뭐."

"어제 받았는데, 실은 팥을 안 좋아해서 말이죠. 받아 주시면 고맙겠어요. 잠깐 기다리세요."

그것도 누군가에게서 받은 답례일까. 선물을 많이 받는군. 감귤도 좋아하지 않는 거면 어쩌나.

그런 생각을 하며 서 있는 내게서 등을 돌리고 에비가와 씨는 안쪽으로 들어갔다.

처음 들여다본 관리인실은 생각보다 넓게 느껴졌다. 바깥에서 보면 에비가와 씨가 앉아 있는 공간 정도밖에 보이지 않는데, 안쪽에는 작은 싱크대와 수납장까지 있었다.

파일이 들어찬 선반, 책상 위에 산처럼 쌓인 서류, 벽에 걸린 화이트보드. 더할 나위 없는 '사무실'이었다.

그리고 눈앞에는 커다란 유리창.

"······창문."

나는 무의식중에 중얼거리고 있었다.

화과자점 종이봉투를 손에 든 에비가와 씨가 뒤를 돌아보았다. 나는 얼버무리며 말했다.

"아, 아뇨, 관리인은 어떤 일을 하나 싶어서요. 정년퇴직하고 시간이 남아돌다 보니, 괜찮은 일자리가 없나 하고."

임시방편으로 한 말이었지만 입 밖에 내고 보니 꼭 터무니없는 소리지만은 않았다. 몸이 건강하고 시간이 있고, 무직으로 있기가 괴로우면 다시 일하면 되는 것이다. 그건 충분히 알고 있었다.

그러나 회사 일밖에 해본 적이 없는 내가 정년 후에 다시 취직할 만한 곳이 좀처럼 떠오르질 않는다. 예순 살에 퇴직하지 않고 예순다섯 살까지 빠듯이 계속 일하길 희망한 것도 그런 이유에서였다.

에비가와 씨는 작게 "들어오세요"라고 말했다. 나는 안으로 발을 들여놓았다.

"여기, 주민분들은 원칙적으로 출입이 금지돼 있어요. 혹시라도 누가 물어보면, 관리조합 향상에 대해 논의하고 있었다든지 하면서 적당히 둘러대 주세요."

그리고 잠깐 동안 에비가와 씨는 관리인 일에 대해 가르쳐주었다. 업무 내용이나 시급, 어떤 곳에서 모집을 하고 있는지. 그는 나보다 한 살 위였다.

창밖에서는 오른쪽으로, 왼쪽으로 사람들이 오갔다.

주민, 방문객, 택배기사.

아이, 어른, 노인.

그 풍경을 바라보고 있으니 시「창문」이 떠올랐다.

파도는 밀려오고. 파도는 밀려가고.

에비가와 씨는 이렇게 어떤 날이든 매일매일, 창문 너머로 인파人波를 보고 있는 거구나.

매일 반복되고 또 반복되는 사람들의 생활과 영위를. 나는 말했다.

"여러 사람들이 지나가는군요."

"네. 신기하게도 유리 한 장을 사이에 두었을 뿐인데, 이쪽과 저쪽은 아예 딴 세상처럼 느껴져요. 수족관의 수조 안을 보고 있는 듯, 물고기가 헤엄치고 있는 느낌입니다. 그런데 저쪽에서는 이 관리인실이야말로 작은 수조처럼 보이겠죠."

에비가와 씨는 웃었다.

듣고 보니 그럴지도 모르겠다. 무기질의 유리는 살아 있는 것의 기척을 깨끗이 차단한다.

얼마 전 정문 부근에서 큰 소리로 싸우는 젊은 부부를 본 적이 있다. 창문 너머에 사람이 있다는 의식이 희미했을 터다. 그들은 나를 발견하고 곧바로 대화를 멈추었지만, 그러기 전에 에비가와 씨에게는 전부 들렸을 것이다.

등이 굽은 할머니가 정문 쪽으로 천천히 지나쳐 갔다.

이쪽을 향해 꾸벅 인사를 했다. 인사하는 에비가와 씨를 보고 나도 덩달아 머리를 숙였다.

얼굴은 본 적 있지만 어느 층에 사는지는 모른다. 에비가와 씨는 말했다.

"아아, 다행이네요. 오늘도 건강해 보이셔서. 대개 비슷한 시간에 여길 지나치시거든요. 혼자 살고 계셔서 신경을 쓰고 있죠. 저는 한때 안마사를 했던 적도 있어서, 걷는 모습을 보면 어느 정도 몸 상태를 알 수 있어요."

나는 눈이 휘둥그레졌다.

"에비가와 씨, 자전거점만 하신 게 아니라 안마사도 하셨습니까?"

에비가와 씨는 하핫, 하고 웃었다.

"여러 직업을 전전했거든요. 해보고 싶다는 생각이 들면 안 하고는 못 배기는 성미라."

"호오……. 그래도 그것들이 훗날 쓸모가 있지 않습니까. 대단하십니다."

감탄하고 있는 내게 에비가와 씨는 느긋하게 대답했다.

"그런데 뭔갈 시작할 때는, 그것이 훗날 쓸모가 있을지 어떨지를 생각해본 적이 없어요. 그저 마음이 움직인다면, 그것만으로도 도전할 이유가 충분하다고 보거든요."

마음이 움직인다.

내가 그런 기분을 느껴본 적이 있던가. 에비가와 씨는 말을 이었다.

"직업이 어찌나 바뀌었는지. 회사원이던 시절도 있었는데, 그때도 여러 회사를 돌아다녔고요. 제지 공장에 청소 업체에, 보험 회사, 자전거점, 라멘집. 아아, 골동품점도 했었구나."

"골동품점을요? 호오."

에비가와 씨는 얼굴을 잔뜩 찡그리면서도 즐거운 듯 말했다.

"그게 가장 돈이 안 됐었어요. 재밌었지만요. 마지막엔 빚을 지고 문을 닫았죠. 돈을 꿔줬던 지인이 제가 도망을 갔다고 착각한 바람에 경찰이 저를 찾아다녔답니다. 정작 저는 먼 친척네 가서 일을 봐주고 있었는데 말이죠. 그 후 제대로 일해서 갚을 돈을 갚았는데, 당시 단골이었던 손님들 사이에서는 최근까지도 도망자로 여겨졌던 모양이에요. 경찰은 소란만 피울 줄 알고 해결됐다는 얘긴 안 하고 다니니까요."

불심 검문을 받았던 일이 떠올라 나는 고개를 위아래로 끄떡끄떡 흔들었다.

그러나 에비가와 씨는 온화하게 말을 이었다.

"그래도 경찰은 해야 할 일을 제대로 했을 뿐이죠. 지인한테 연락을 안 한 제 잘못이고요."

나는 흔들던 고개를 멈추었다. 그렇다. 그 젊은 경찰관도 해야 할 일을 했을 뿐이다. 아이들을 보호하기 위해. 훌륭하지 않은가.

"지금은 오해가 풀리셨는지요?"

내가 묻자 에비가와 씨는 살며시 상냥한 미소를 띠었다.

"네. 부동산 일을 하는 단골손님 하나가 이곳 관리회사와 연결돼 있어 우연히 만날 기회가 있었거든요. 예전에 가게에 자주 왔던, 당시엔 고등학생이던 손님이 지금 앤티크 잡화점을 열 준비를 하고 있다더라고요. 그때는 아직 10대였는데 벌써 30대 중반이라네요. 저는 실패했지만, 누군가의 인생에 가게를 열 계기를 만들어주었다니, 뭐, 잘된 일이죠."

나는 에비가와 씨의 옆얼굴을 보았다. 깊게 팬 주름. 메마른 피부.

그는 어딘가 달관한 듯 보였고, 요리코의 말대로 마치 신선 같았다.

에비가와 씨는 수많은 직업을, 그리고 수많은 일을 경

험하면서 누군가의 인생을 밝게 변화시킬 만한 위업을 이룬 것이다. 분명 그 고등학생뿐만 아니라 많은 이들에게 빛을 비추어주었음이 틀림없다.

나는 고개를 숙였다.

"……굉장하시군요. 저는 지금껏 줄곧 같은 직장에서, 주어진 일을 처리하기만 했을 뿐입니다. 에비가와 씨처럼 제 삶이 누군가에게 영향을 준 적은 한 번도 없죠. 회사를 그만두자마자 사회의 무용지물이 돼버렸습니다."

그러자 에비가와 씨는 부드럽게 웃었다.

"사회란 게 뭘까요? 곤노 씨에게는 회사가 사회인가요?"

가슴에 무언가가 날아와 박힌 느낌에 나는 심장 언저리를 손으로 눌렀다. 에비가와 씨는 턱 끝을 슬쩍 창문 쪽으로 돌렸다.

"뭔가에 속해 있다는 건 참 애매합니다. 같은 곳에 있어도, 이렇게 투명한 판을 하나 끼운 것만으로 저 너머의 일은 자신과 상관없게 느껴지죠. 이 칸막이를 치우면 곧바로 당사자가 되는데도요. 내가 보는 것이든 남에게 보이는 것이든 다 똑같은 건데도 말이에요."

에비가와 씨는 내 얼굴을 가만히 바라보았다.

"곤노 씨, 저는 말이죠. 사람과 사람이 연관되어 있다면 그건 전부 사회라고 생각해요. 접점을 가짐으로써 생기는 무언가가 과거든 미래든요."

접점을 가짐으로써 생기는 무언가가 과거든 미래든…….

신선이 하는 말은 어딘지 모르게 수준이 높아, 내게는 잘 이해되지 않았다.

하지만 에비가와 씨의 말처럼 나에게 있어 사회는 회사였는지도 모른다. 그리고 그것은 이제 창밖의 세상이라 생각하고 있었다. 유리 너머로 멍하니 바라볼 수밖에 없는, 눈에 보이지만 닿을 수 없는 세상.

이를테면 이 맨션에서 평소 창문 저편을 걸어 다니는 나는, 지금 이쪽 편에서 에비가와 씨와 이야기를 나누고 있다.

에비가와 씨의 말대로 생각해보면 그와 접점을 가지고 있는 지금의 나에게 있어 이곳 역시…… 사회인 걸까?

파도는 밀려오고. 파도는 밀려가고. 파도는 허름한 돌담을 핥고――.

사회에 험한 황파荒波는 으레 따르기 마련이다.

구사노 신페이는 어느 창문으로 바다를 바라보고 있었을까.

어째서 해변이 아닌 창문에서였을까.

그 이유는 바다의 아름다움과 무서움 모두를 알고 있었기 때문 아닐까. 그런고로 구태여 유리를 사이에 두고 그 세상을 타자로서 방관해보고 싶었던 게 아닐까.

물론 이것은 한낱 상상에 지나지 않는다.

하지만 나는 조금은, 아주 조금은…… 그와 함께 살아가는 느낌을 받았다.

이튿날 점심, 나는 혼자서 역 건물에 있는 메이신 서점으로 갔다. 요리코에게는 말하지 않았지만 감귤 두 개를 가지고 왔으니 지금쯤 눈치를 챘을지도 모른다.

치에는 문고본 코너에서 흐트러진 책을 정리하고 있는 참이었다. 말을 걸자 "요즘 자주 오네!"라며 웃었다.

판판하게 쌓인 문고본 더미에 밝은 분홍색 POP가 서 있었다. 잎사귀 그림이 그려져 있고, '핑크 플라타너스'라는 글자가 입체적으로 디자인되어 있었다.

"이것도 네가 만든 거냐?"

"응. 가나타 미즈에 선생님의 핑플. 영화 개봉일이 발표됐거든."

책 띠지에 인기 여배우 두 명의 얼굴이 실려 있다. 이

배우들이 주연일 것이다. 치에는 황홀해하며 말했다.

"진짜 너무 좋아, 이 소설. 무심코 나누는 대화들에 마음이 울컥한다니까. 여성 독자뿐 아니라 아빠 나이대의 아저씨도 감동해서 눈물이 났다 그러더라고. 잡지 연재에서 끝나지 않고 제대로 된 책으로 출간되면, 내용은 같아도 손에 드는 독자층이 넓어지지. 멋진 일이야."

호오, 하고 나는 흥분한 듯한 치에를 바라보았다. 치에는 말했다.

"책 사러 왔어?"

"아니……. 너한테 좀 물어보고 싶은 게 있어서 말이지."

치에는 눈을 휙 움직이더니 작은 목소리로 말했다.

"좀 있으면 휴식 시간이니까, 잠깐만 기다려. 점심 먹자."

점심 휴식 시간은 45분이라고 한다. 앞치마를 벗은 치에와 둘이서 역 건물에 있는 식당가로 갔다. 메밀국숫집으로 들어가 테이블 자리에 마주 앉았다.

따뜻한 호지차를 한 모금 마신 치에는 후우, 하고 숨을 내뱉었다.

"바쁘냐?"

"오늘은 그렇게 안 바빠."

찻종을 든 손가락의 손톱이 짧게 다듬어져 있었다. 대학생 때는 긴 손톱에 갖가지 색깔을 칠했던 것 같다. 치에는 가볍게 웃었다.

"정규직 전환 얘기가 나왔었는데, 역시 잘 안 됐어."

치에는 근무한 지 올해로 5년째가 되지만 계약직 사원에서 정직원이 되기는 어렵다는 말을 했었다. 서점 업계가 꽤 까다로운 모양이다.

"······그렇구나. 아쉽네."

"아냐, 일할 수 있는 것만으로도 감사하지."

소바가 나왔다. 치에는 튀김 소바, 나는 유부 우동을 시켰다.

"서점이 점점 줄어든다더군. 요즘 책이 안 팔리니까."

유부를 국물에 담그며 내가 말하자 치에의 얼굴빛이 단숨에 흐려졌다.

"그런 소리 마. 다들 아는 체하면서 그런 얘길 하니까 그런 분위기로 흘러가는 거라고. 책을 필요로 하는 사람은 언제나 있어. 누군가에게 소중한 한 권이 될 책과의 만남이 책방에 있는 거거든. 나는 무슨 일이 있어도 이 세상에서 책방이 사라지게 놔두지 않을 거야."

치에는 후루룩 소바를 빨아들였다.

정직원이 못 된다고 투덜거리면서도 이렇게나 장대한 생각을 하고 있다니.

마음이 움직인다는 게 이런 건지도 모르겠다. 책이 정말로 좋은 거구나. 그리고 서점 일이.

"……미안하다. 치에는 열심히 하고 있는데 말이야. 아빠보다 훨씬 대단하지."

내가 젓가락질을 멈추자 치에는 고개를 흔들었다.

"한 회사에서 쭉 끝까지 일해온 아빠야말로 대단해. 고생 많았어. 구레미야도의 허니돔, 다들 좋아하잖아."

"뭐, 아빠가 만든 과자도 아닌데."

고마치 씨와도 그런 대활 나눴었지, 하고 생각하면서 나는 다시 젓가락을 움직였다. 치에는 미간을 잔뜩 찌푸렸다.

"뭐라고? 그렇게 따지면 내가 파는 책 중 내가 쓴 책은 한 권도 없어. 그런데도 내 마음에 쏙 든 책이 팔리면 무지 기쁘다? 그래서 POP도 열심히 만드는 거고. 내가 미는 책, 마음으로는 약간 내 책 같기도 해."

치에는 튀김을 덥석 물었다.

"만드는 사람만 있으면 안 되잖아. 전달하고, 건네주는 사람이 있어야지. 책 한 권이 만들어질 때부터 독자의 품으로 가기까지, 그 과정에 얼마나 많은 사람이 연관돼 있다고 생각해? 나도 그 흐름의 일부라는 데에는 자부심을 갖고 있어."

나는 치에를 바라보았다. 이렇게 똑바로 마주 보고 일 얘기를 나눈 적은 없었다. 어느새 이렇게…… 어른이 돼서.

내가 만든 게 아닌 허니돔. 하지만 나 역시 치에처럼 훌륭한 과자라며 열의를 가지고 권해왔다. 누군가가 맛있어하며 웃음을 머금는 순간에 다다르기까지, 그 흐름의 일부가 되었던 적이 틀림없이 있었는지도 모른다. 그렇게 생각하니 나의 42년도 보상을 받는 기분이었다.

"아, 맞다. 그러고 보니까."

소바를 거의 다 먹은 참에 치에는 토트백에 손을 대 안에서 책을 꺼냈다. 『겐게와 개구리』다.

"아빠가 구사노 신페이를 읽고 있다길래, 왠지 기뻐서 사버렸어."

치에는 책을 펼치곤 팔락팔락 책장을 넘겼다.

"이 「창문」이라는 시가 좋더라고. 나머지 시들과는 살짝 이질적인 느낌이 들어."

부녀가 같은 시를 좋아한다는 게 흐뭇해 나는 물었다.

"이거, 왜 제목이 「창문」인지 궁금하지 않았냐?"

책장에 시선을 떨군 채 치에는 으음, 하고 신음했다.

"내 상상이긴 한데, 민박집에 묵는 중에 창문을 열었다가 '바다다!' 하고 감동한 거 아닐까? 여태껏 방 안만 보고 있었는데 바깥에 이런 세상이 펼쳐져 있었음을 깨닫고서. 창가에서 바닷바람을 맞으며, 웅장한 바다에 인생을 겹쳐보았던 거지."

마지막에는 상상 속 세계에 몸을 맡기듯 책을 펼친 채 가슴에 품고 있었다. 놀라웠다. 같은 문장인데도 치에는 나와 전혀 다른 풍경을 보고 있었다.

치에와 함께 살아가는 구사노 신페이는 더없이 밝고 긍정적이다.

시라는 게 참 좋은 거구나. 나는 진심으로 그렇게 생각했다.

진실은 구사노 신페이밖에 모른다. 그러나 읽은 사람마다 해석이 각기 다르다는 점이 좋다. 치에는 책을 덮고 표지에 있는 개구리를 살며시 어루만졌다.

"나한테 있어선, 독자로서 책을 사는 것 또한 흐름의 일부야. 출판계를 돌아가게 하는 건 책과 관련된 일을 하는 사람만이 아니고, 누가 뭐래도 첫째는 독자인걸. 만드는 사람과 파는 사람과 읽는 사람, 책은 이 모두의 것이잖아. 사회란 게 이런 거구나 싶어."

———사회.

치에의 입에서 나온 그 단어에 흠칫했다.

세상을 돌아가게 하는 건…… 일을 하는 사람만이 아니고…….

치에는 책을 가방에 넣었다. 그 순간 가방에 달려 있는 게가 보였다. 나도 모르게 "그거" 하고 가리키자 치에는 천진난만한 표정을 지어 보였다.

"앗, 이거. 귀여워서 뒤에 옷핀을 달아 배지로 만들었어. 괜찮지."

다행이다. 저 게 또한 내 수중에 있는 것보다 훨씬 즐겁게 살 수 있어 더할 나위 없이 만족스러울 것이다.

치에는 게를 보며 미소 지었다.

"……초등학교 때, 아빠랑 같이 게걸음 달리기 한 적 있잖아?"

"게걸음 달리기?"

내가 어리둥절해하며 되묻자 치에는 웃었다.

"기억 안 나? 3학년 때 말야. 운동회에서 엄마 아빠랑 같이 하는 경기. 등을 맞대고 게걸음으로 달리는 거. 결과는 꼴찌였지만."

"그, 그랬었지."

"그때 아빠가 말했었거든. '게걸음을 걸으니 재밌네. 풍경이 옆으로 지나가잖아. 평소보다 세상이 넓어 보여'라고. 옆으로 걸으면 와이드 뷰가 되니까."

그런 말을 했던가, 멍하니 생각했다. 아마도 치에의 기억이 맞을 것이다. 치에는 살짝 수줍은 듯 고개를 숙였다.

"나, 성인이 되고부터 아빠의 그 말이 가끔씩 생각나더라고. 앞만 보고 있으면 시야가 좁아지잖아. 그래서 일이 잘 안 풀려 고민될 때면 문득, 관점을 넓혀보자, 어깨 힘을 빼고 게걸음을 걸어보자, 하고 생각해."

그렇게 생각해주고 있었구나.

나는 가슴이 벅차올라 울고 싶은 것을 애써 참았다.

오랫동안 줄곧 마음에 걸렸던 것이다.

치에가 크는 동안 일만 하고, 육아는 전부 요리코에게 맡겼었다.

함께한 추억이 얼마 없을지도 모른다고. 나는 딸에게 아무것도 가르쳐주지 못한 것 같다고.

───사람과 사람이 연관되어 있다면 그건 전부 사회

라고 생각해요. 접점을 가짐으로써 생기는 무언가가 과 거든 미래든요.

에비가와 씨가 했던 말이 이제야 이해되는 듯했다.

회사만이 아니다. 부녀 사이에도 분명히 '사회'가 존재 했던 게 아닐까. 어릴 적 내가 무심코 내뱉은 말을 소중히 받아들여 자기 것으로 삼아준 치에. 성장한 그 모습에 크 나큰 감동을 받는 나.

치에의 가방에서, 살아 움직일 것만 같은 게가 나를 보 고 있었다.

나는 지금껏 줄곧 앞으로, 앞으로 걸어왔다. 인생은 세 로로 뻗어 있는 것이라 생각했었다.

하지만 지금, 옆으로 걷는 풍경에는 무엇이 보이려나.

곁에 있어주는 딸이, 아내가, 나날의 생활이 어떻게 비 치려나.

치에가 점원을 향해 한쪽 손을 들어 호지차를 한 잔 더 부탁했다. 그리고 무언가 생각난 듯이 나를 처다보았다.

"참, 물어보고 싶은 게 뭔데?"

며칠 뒤 정오가 조금 지났을 무렵, 커뮤니티 센터 도서 실에 책을 반납하러 갔다.

레퍼런스 코너의 가리개 겸 게시판에 지난번 녹색 셔츠를 입고 있던 남자 직원이 포스터를 붙이고 있었다.

"히로야 씨, 좀 더 오른쪽 위로요."

조금 떨어진 곳에서 노조미 씨가 지시를 내린다. 히로야라고 불린 그는 오른쪽 위에 박힌 압정을 빼 위치를 조정했다.

사서 일일 체험. 그런 행사를 하는 모양이었다. 책을 보는 양 그림이 그려져 있었다. 소용돌이 모양의 뿔은 그 자체로도 하나의 생명체 같았다. 살짝 이상야릇해서 눈길을 확 끄는, 희한한 매력이 있는 그림이었다.

나는 "안녕하세요" 하고 말하며 그 옆을 지나쳤다. 노조미 씨가 "앗, 안녕하세요" 하며 미소를 머금었다.

가리개 너머.

그곳에는 역시나 바늘을 움직이는 고마치 씨가 앉아 있었다. 나를 발견한 고마치 씨는 손을 멈추었다. 시선 끝이 내가 들고 있는 종이봉투에…… 구레미야도 로고에 집중되었다.

"선물입니다. 받으세요."

나는 종이봉투에서 상자를 꺼냈다. 열두 개들이 허니돔이다.

고마치 씨는 두 손을 볼에 가져다 대곤 "……좋아라" 하고 숨을 내뱉었다.

나는 앞으로도 자신감과 자부심을 가지고 허니돔을 전하고, 계속해서 먹을 것이다. 그야 마음으로는 내 허니돔이니까.

일어서서 "감사합니다"라며 상자를 받아 든 고마치 씨에게 나는 말했다.

"고마치 씨가 그러셨죠. 열두 개들이 허니돔을 열 개 먹으면, 상자 안에 있는 두 개는 '나머지'인 거냐고요. 제가 그 대답을 알아낸 것 같습니다."

상자를 든 채 고마치 씨가 나를 보았다. 나는 미소 지었다.

"상자 안에 있는 두 개는, 맨 먼저 먹은 허니돔과 별반 다르지 않습니다. 모든 허니돔이 하나같이 훌륭하죠."

그렇다. 이제는 잘 알겠다.

내가 태어난 날과 이곳에 서 있는 오늘, 그리고 앞으로 다가올 수많은 내일.

모든 날이 하나같이 소중하다.

고마치 씨는 만족스러운 듯 씩 웃으며 상자를 끌어안고 의자에 앉았다.

나는 천천히 질문했다.

"한 가지, 물어보고 싶은 게 있습니다."

"뭔가요?"

"그, 부록 말입니다만……. 어떻게 고르시는 겁니까?"

책 선정에 있어서는 이 이용객에겐 이 책이 좋겠다고, 고마치 씨의 오랜 경력과 직감으로 알 수 있을 것이다. 하지만 마트에서 비단게를 맞닥뜨리거나 게걸음 달리기 이야기를 하게 되리란 건 고마치 씨가 알 턱이 없다.

뭔가 엄청난 비기秘技가 있지 않을까 기대했는데, 고마치 씨는 태연하게 대답했다.

"대강 고르는 거예요."

"허."

"있어 보이게 말하면, 영감."

"영감……."

"그게 그쪽을 어딘가로 이끌었다면 잘된 일이네요. 정말 잘됐어요."

고마치 씨는 나를 똑바로 쳐다보았다.

"하지만 저는 무언갈 알고 있지도, 영향을 주는 것도 아니에요. 모두들 제가 드린 부록의 의미를 스스로 찾아내는 것이죠. 책도 그래요. 만든 이의 의도와는 상관없는 부분에서 그곳에 적힌 몇 마디 말을, 읽은 사람이 자기 자신과 연결 지어 그 사람만의 무언갈 얻어내는 거예요."

고마치 씨는 상자를 들어 올리곤 다시 한번 나에게 감사의 말을 전했다.

"감사합니다. 남편하고 잘 먹을게요."

고마치 씨네 부부 사이에서 열리는 상자. 그들의 눈을, 혀를, 마음을 즐겁게 하는 허니돔. 영광스럽게도 나는 그 흐름의 일부가 되었다.

5월에 접어들었다.

화창한 오후, 공원 근처의 시민 회관 로비에서 요리코를 만났다. 오전 중 시니어를 위한 컴퓨터 강좌를 맡고 있는데, 수업이 끝나면 소풍을 가기로 한 것이다.

벚나무가 우거진 공원을 요리코와 걸었다.

배낭에는 주먹밥이 들어 있다. 깜짝 선물이다. 요리코가 외출한 사이 몇 번인가 몰래 연습했다. 요리코가 어떤 속 재료를 좋아하는지는 메밀국숫집에서 치에게 물어 조사를 마친 상태였다.

노자와나*.

뜻밖이었다. 물어보길 잘했다는 생각이 들었다. 나 혼

자서는 분명 생각해내지 못했을 것이다. 여태껏 그런 사실조차 모르고 있었다. 요리코는 내가 뭘 좋아하는지 빠삭하게 꿰고 있는데도.

벤치에 앉아 랩에 싼 주먹밥을 꺼내자 요리코는 "엥?" 하고 큰 소리를 냈다. 그리고 잠시 주먹밥과 내 얼굴을 번갈아 쳐다보더니, 한 입 베어 물고는 "노자와나!" 하며 눈을 휘둥그레 떴다. 설레하는지 어떤지는 모르겠다. 그래도 기뻐하는 요리코의 모습을 보니 나 역시 기뻤다. 불쑥 고개를 숙이며 요리코가 말했다.

"……당신, 내가 정리 해고 당했을 때 나가노로 드라이브시켜줬잖아요?"

"어? 응."

요리코가 마흔 살일 때, 일하던 회사의 경영 부진으로 가장 먼저 정리 해고를 통보받았다. 부양해줄 남편이 있으니 괜찮겠지, 하는 분위기가 감돌았다고 한다.

"내 일하는 능력이랑은 아무 상관 없는데, 너무 분해" 라며 울고 있는 요리코에게, 말주변이 없는 나는 무슨 말을 건네야 할지 몰라 그냥 드라이브를 가자고 했던 것이

---

* 일본에서 재배되는 무청의 일종으로, 대개 장아찌용으로 쓰인다.

다. 당일치기로 온천에라도 가서 기분 전환을 했으면 했다. 요리코는 손에 든 주먹밥을 보며 말을 이었다.

"그때, 조수석에서 당신 옆모습을 보면서 생각했어요. 해고를 당하고 뭔가 커다란 걸 잃은 듯한 기분이었는데, 딱히 아무것도 잃은 게 없지 않나 하고요. 그야, 나는 그 전과 무엇 하나 달라지지 않았거든요. 단지 지금껏 다니던 회사를 떠났을 뿐. 정말로 그뿐이었던 거예요. 일로서 얻어지는 기쁨도, 소중한 사람과 함께하는 행복도, 내가 어떻게 하느냐에 따라 앞으로도 꼭 움켜쥘 수 있지 않을까 싶었죠. 그래서 이제부턴 프리랜서로 일해야겠다고 생각한 거예요."

요리코는 내 쪽으로 얼굴을 돌리고 생긋 웃었다.

"그때 나가노에서 먹은 노자와나가 너무 맛있어서 안 잊히더라고요. 그 이후로 좋아졌어요."

나도 미소 지었다. 노자와나에 관해선 치에에게 묻는 약간의 꾀를 쓰긴 했지만, 그 정도는 용서해주겠지. 나야말로 잊지 못할 것이다. 둘이 나란히 앉아 주먹밥을 먹은 오늘의 일을.

나도 랩을 벗기기 시작하자 요리코가 말했다.

"야키타 씨, 기뻐하시던데요. 바둑, 재밌어요?"

바둑 교실의 5월분 수강료를 나는 미리 내두었다.

고마치 씨가 추천해준 바둑 입문서를 다시 읽어보았다. 잘 이해되진 않아도 친숙하게 느껴졌던 이유는, 한 번이긴 하지만 교실에서 바둑을 접해보았기 때문일 것이다. 아무것도 경험해보지 않았더라면 틀림없이 그런 생각은 들지 않았을 터다. 그 '한 번'이 있느냐 없느냐로 이토록 큰 차이가 나는 것이다. 어떤 점을 두고 드라마 같다고 하는지를 알고 싶어졌다.

"어려워. 외워도 외워도 잊어버린다니까."

나는 웃었다.

"그래도 자꾸만 '아아, 그렇군' 싶은 게 재밌어서 좋아. 좀 더 해보려고."

도움이 되는지, 쓸모가 있는지. 지금껏 나를 방해해온 건 그런 가치 기준이었는지도 모른다. 그러나 마음이 움직이는 것 자체가 중요하다는 생각을 하니 하고 싶은 일이 얼마든지 있었다.

소바 만들기 체험이나 역사 투어, 요리코가 가르쳐준 인터넷으로 배우는 영어 회화 레슨 등등. 양모 펠트도 한 번 만들어보고 싶다. 채용 정보를 보다 끌리는 일이 있으면 도전해봐도 좋겠다.

눈에 비치는 나날을 알차게 만끽하고자 한다. 와이드
뷰로.

주먹밥을 다 먹고, 초여름의 녹음 속을 운동화를 신고
걸었다.

새가 지저귀고 있다. 바람이 불고 있다. 옆에서 요리코
가 웃고 있다.

나는 나로부터 물러나지 않을 것이다.

앞으로는 좋아하는 것들을 소중히 모아나갈 것이다.
나만의 앤솔러지를.

나는 떠오르는 대로 흘러나오는 말을 내뱉었다.

마마 마마 마사오가 간다

사사 사사 마사오가 간다

오오 옆엔 요리코가 있다

"뭐야, 그게?"

요리코가 눈을 동그랗게 떴다.

"마사오의 노래."

내가 그렇게 대답하자 요리코는 "나쁘지 않은 센스네요"라며 고개를 끄덕였다.

　작가에는 두 부류가 있다. 입은 옷을 벗어 자기 모습을 드러내는 사람과 한 겹 한 겹 자꾸자꾸 옷을 덧입는 사람. 이 책의 저자 아오야마 미치코가 자신은 영락없이 후자라 밝히며 했던 이야기다. 평소 목소리를 낼 때는 물론 SNS에 게시글 하나를 올릴 때마저 망설이곤 한다는 그녀는, 소설을 쓸 때만큼은 가면 무도회장에서 춤을 추는 양 자유로워진다고 한다. 부단히 바뀌는 음악에 맞춰 가지각색의 가면을 쓰듯, 그녀는 소설 안에서 다른 이들의 모습으로 가장해 그간 머금어둔 이야기를 풀어놓는다.

　그래서인지 그녀의 소설을 읽을 때면, 한바탕 파티가

벌어진 뒷마당에 멀거니 서 있는 것만 같은 기분이 들기
도 한다. 파티장이라는 장소는 변함없지만 이야기가 진
행될수록 그곳을 이루는 사람들은 다양해진다. 가면을
쓴 사람, 쓰지 않은 사람, 춤을 추거나 추지 않는 사람, 술
을 마시며 웃거나 화를 내는 사람 등, 여러 모양을 한 사
람들은 그녀가 갖춰놓은 장소에서 각각의 몸짓으로 파티
를 즐기고 각각의 시선으로 공간을 바라본다. 누군가는
파티가 재미있었다고 말하고, 또 다른 누군가는 아주 끔
찍했다고 말하듯 그녀의 소설 속 인물들은 각자에게 주
어진 세계를 저마다의 언어로 전한다.

　파티장에는 정해진 주인공도, 엑스트라도 없다. 누구
나 춤을 추고 술에 취할 수 있다. 이는 저자의 소설이 지
니는 가장 큰 특징, 본래 엑스트라일 법한 인물들이 주인
공 역할을 맡는다는 점과 맞닿는다. 그녀는 자신의 소설
에 등장하는 인물들에 대해 "어디에나 있을 법한 평범한
사람들이지만, 차츰 자기만의 색깔을 띠며 '특별하지는
않지만 닮은 사람도 없는 누군가'가 되어간다"고 말했다.
평범한 사람의 삶은 스쳐 가기 마련이다. 신경을 곤두세
우고, 접중해서 지켜봐야만 그 사람의 진짜 모습이 보인
다. 그 뒤에 감춰진 진짜 삶까지도. 그런 점에서 한 사람

한 사람을 끈기 있게 다루는 연작 소설의 형태는 그녀의 다정한 관심과 시선을 오롯이 내보이기에 최적한 방식이라 볼 수 있다.

그런 저자가 『도서실에 있어요』에서는 나이도 성별도 제각각인 다섯 인물의 가면을 쓰고, '일'을 둘러싼 저마다의 '삶' 이야기를 들려주었다. 앞날에 대한 막연함을 안은 채 대형마트 여성복 매장에서 일하는 스물한 살의 도모카. 오랜 꿈이 어른거림에도 원치 않는 일을 해야 하는 서른다섯 살의 료. 임신과 출산을 계기로 커리어에 변화가 찾아와 목마름을 느끼는 마흔 살의 나쓰미. 쓰디쓴 직장 생활을 경험한 후 주저앉아 백수가 되고 만 서른 살의 히로야. 42년을 일한 회사에서 정년퇴직해 눈앞에 놓인 하루하루가 어렴풋한 예순다섯 살의 마사오. 이들의 일상과 고민은 우리 삶과도 바싹 다가붙어 있는 탓에, 이야기에 금세 스며들어 그들의 삶과 읽는 이의 삶을 겹쳐보도록 만든다. 저자 역시 다섯 인물 모두에 자기 자신, 그리고 주변 인물들을 투영하고 있다고 털어놓았으며, 특히 사람과의 관계에 서툴고 도감과 생물 책을 좋아했던 어린 시절의 본인과 4장의 주인공 히로야는 아주 많이 닮아 있다고도 언급한 바 있다.

이같이 몹시도 낯익은 그들의 고민은 어느 커뮤니티 센터 안, 크게 특별할 것 없는 작은 '도서실'에 모인다. 도서관이 아닌 도서실이 배경이 된 데에는 누구에게나 열려 있는 장소를 마련하고자 했던 저자의 의도가 담겨 있다. 책을 좋아해서, 책이 필요해서가 아니라 각자의 형편에 따라 우연히 들르게 된 곳에서 우연히 책을 만나, 우연히 변화의 계기를 맞는 전개를 위해 도서실이라는 무대를 빌린 것이다.

그리고 그 도서실에 자리한, 이 소설의 중심과도 같은 사서 고마치 씨는 사실 저자의 두 번째 작품 『고양이 말씀은 나무 아래에서』에도 등장했던 인물이다. 그 무렵엔 사서가 아닌 양호 선생님으로, 고마치 씨가 아닌 '히메노 선생님'으로 불리는 그녀는, 어느 과거 노조미짱에게 그랬던 것처럼 반 아이들로부터 괴롭힘당하는 아이를 보건실로 데려가 안심감을 안겨주는 역할을 한다.

중심과도 같다고 표현했으나, 돌이켜보면 고마치 씨는 고민을 토로하는 이들에게 딱히 대단한 말을 해주는 건 아니다. 또 그녀의 말은 어딘가 뜬금없는 데다 갈피를 잡기 어려운 구석이 있어, 저자가 비유하듯 '벽에 있는 낙서'

를 연상케도 한다. 벽의 낙서는 누구를 대상으로 한 것인지 꼭 집어 말할 수 없으며, 보는 사람이 자기 멋대로 해석하거나 그것에서 종종 뜻밖의 힌트를 얻기도 하므로.

"하지만 저는 무언갈 알고 있지도, 영향을 주는 것도 아니에요. 모두들 제가 드린 부록의 의미를 스스로 찾아내는 것이죠. 책도 그래요. 만든 이의 의도와는 상관없는 부분에서 그곳에 적힌 몇 마디 말을, 읽은 사람이 자기 자신과 연결 지어 그 사람만의 무언갈 얻어내는 거예요."(368쪽)

꼭 필요한 것만을 툭 던져주고 나머지는 그것을 넘겨받는 쪽에게 맡기는 고마치 씨의 장점은 '책'의 이점, 즉 독자의 면전에 대고 '이렇게 해야 한다'며 몰아붙이지 않는 점과 흡사하다고 저자는 말한다. 고마치 씨가 도서실을 찾은 이들에게 그랬듯, 책 또한 자신만의 무언갈 얻어낼 선택의 몫을 읽는 이에게 고스란히 넘겨주는 것이다.

고마치 씨가 추천해주는 책과 그 부록은 그들 각자의 상황을 고려한 것이 아니다. 그녀의 말마따나 '대강' 고른 것들이므로 다른 누군가에게도 똑같은 책을 추천하고 똑같은 부록을 건네준다 한들 문제 될 게 없다. 예컨대 1장에 등장한 그림책『구리와 구라』와 프라이팬 모양의 부록은 때마침 도모카에게 간 까닭에 우리가 읽은 그 이야기로 끝을 맺었다. 단지 그뿐이다. 다섯 인물은 모두 특별한 책 한 권과 맞닥뜨리긴 하지만, 특별한 건 책만이 아니다. 정작 그들을 깨우친 건, 그 문장들을 알맞게 풀이해 자기 것으로 삼은 '스스로'인 것이다.

그래서, 고마치 씨가 툭 던져준 것들로 인해 다섯 인물 각자가 얻어낸 것은 무엇이었을까. 결국 도서실에 있었던 것이란 무엇이었나. 제목에 비워진 주어를 고민해보는 시간도 이 책에 딸린 부록이 아닐까 싶다.

2021년 가을
박우주

작품 속에 등장한 실재하는 책

나카가와 리에코 글·오무라 유리코 그림, 『구리와 구라』, 후쿠인칸쇼텐.

가이 바터, 『영국왕립원예협회와 함께 즐기는 식물의 신비』, 기타 아야코 옮김, 가와데쇼보신샤.

이시이 유카리, 『달의 문』·『개정판 달의 문』, 한큐커뮤니케이션즈·CCC미디어하우스.

데이비드 쾀멘·조셉 윌리스, 『사진으로 보는 진화의 기록: 다윈 등이 바라본 세상』, 와타나베 마사타카 옮김, 포푸라샤.

구사노 신페이, 『겐게와 개구리』, 긴노스즈샤.

후지코 후지오, 『21에몬』, 쇼가쿠칸.

다카하시 루미코, 『란마 1/2』·『시끌별 녀석들』·『메종일각』, 쇼가쿠칸.

우메즈 가즈오, 『표류교실』, 쇼가쿠칸.

우라사와 나오키, 『마스터 키튼』, 쇼가쿠칸.

야마기시 료코, 『해 뜨는 곳의 천자』, 하쿠센샤.

부론손 글·하라 데쓰오 그림, 『북두의 권』, 슈에이샤.

데즈카 오사무, 『불새』, KADOKAWA.

아오야마 미치코 青山美智子

1970년 아이치 현에서 태어나 현재 요코하마 시에 거주 중이다. 대학 졸업 후 시드니로 건너가 일본계 신문사에서 기자로 근무했다. 2년간의 호주 생활을 정리하고 귀국해, 출판사에서 잡지 편집자로 일하다 집필 활동을 시작했다. 데뷔작 『목요일에는 코코아를』로 제1회 미야자키책대상을 수상했으며, 이 작품과 두 번째 작품 『고양이 말씀은 나무 아래에서』로 미라이야소설대상에 입상했다. 본 작품인 『도서실에 있어요』는 2021년 서점대상 2위에 오른 화제작으로, 우연히 찾은 도서실에서 신비로운 분위기의 사서와 마주한 다섯 인물이 자신만의 삶을 찾아가는 모습을 보여주며 일상의 희망을 잃지 않게 독려하는 소설이다. 그 외 저서로는 『가마쿠라 소용돌이 안내소』, 『빨강과 파랑과 에스키스』 등이 있다.

박우주

서울여자대학교와 세이신여자대학에서 일어일문학을 전공하고, 나고야대학 대학원 인문학연구과에서 언어학을 전공하며 석사 학위를 취득했다. 한일대조언어학을 연구하다 현재는 일본 문학 전문 번역가로 활동하고 있다. 옮긴 책으로는 오가와 이토의 『토와의 정원』이 있다.

도서실에 있어요

초판 1쇄 발행 2021년 12월 17일
초판 3쇄 발행 2024년 6월 20일

지은이   아오야마 미치코
옮긴이   박우주
펴낸이   서재필

펴낸곳   마인드빌딩
출판등록   2018년 1월 11일 제395-2018-000009호
전화   02)3153-1330
이메일   mindbuilders@naver.com

달로와는 마인드빌딩의 문학 브랜드입니다.

ISBN 979-11-90015-66-0 (03830)